勇者と魔王が転生したら、最強夫婦になりました。

登場人物紹介
オズワルド
魔王だった前世を持つ
ガルディア帝国の皇帝。
容姿端麗で文武両道の
(一見)完璧な青年。
アデル
女勇者だった前世を持つ
クロイス王国の王女。
見た目は美しい姫だが、
中身は豪胆な男前。

サイラス
オズワルドの叔父で宰相。
甥とは確執があるようで……？
ダレン
常に穏やかな物腰の、
オズワルドの腹心。
ノーマ
忠誠心も口うるささも
人一倍な、アデルの侍女。
アーロン
オズワルドの前世。
強大な魔力と魔剣を操る
魔族の長《おさ》。
クレア
アデルの前世。
魔王アーロンを打倒した。

1

（ああ……また、あの夢だ）

浅い眠りの中で、アデル・クロイスは夢を見ていた。

夢の中のアデルは頑強な鎧《よろい》に身を包み、ずっしりと重い剣を携《たずさ》えている。うら若き女性でありながら戦士のごときいでたちで、濃い霧《きり》の向こうを見据えていた。

ごつごつとした岩山の中に、白亜の城が建っている。

いくつもの鋭い尖塔は、まるで天に向けられた剣だ。白い光を放つ石壁は美しく、アデルを誘うように輝いている。

それは、幼い頃から繰り返し見てきた夢だった。

夢と呼ぶにはあまりに鮮烈で、強烈で、忘れたくても忘れられない。

だから、この先の展開もよく知っている。

城の最奥で待っている黒い人影。

ぞくりとするほど冷たい黒い瞳と、闇のような黒い髪。

「おまえを待っていた」

愉悦を含んだ低い声が言う。

それは、アデルが長年追い求めてきた宿敵。

人々から恐れられていた――魔王アーロン――

＊＊＊

「……う〜ん……魔王、アーロン……」

「アデル様、いいかげんに起きてくださいませ」

「……この……あくぎゃくひどうなじんるいのてき……」

「アデル様！」

「私が……おまえを、叩き斬ってやるから……覚悟……むにゃむにゃ…………」

「アデル王女様!!」

「……ん？」

一喝《いっかつ》され、乱暴に肩を揺さぶられたアデルはようやく薄目を開けた。

そこは見慣れた自分の部屋で、目の前では侍女のノーマが目をつり上げている。どうやらアデルは長椅子の上でうたた寝をしていたらしい。

「……あ、ノーマ……おはよう」

「『おはよう』ではありません！　今は昼です。居眠りなんてお行儀が悪い。ドレスがしわになってしまうじゃありませんか。髪も崩れているし、おまけに涎《よだれ》まで垂らして……子供ですか！」

ノーマは声を荒らげながら、アデルの口元をハンカチでごしごしとぬぐった。

アデルはされるがまま、ノーマが持ってきた手鏡を覗《のぞ》き込む。うら若き乙女としては人前に出られないしまりのない顔だが、これでもアデルは歴《れっき》とした一国の王女である。

「あはは、酔っぱらったときのお父様にちょっと似てるわ。やっぱり親子なのね」

「笑い事ではありません！　まったく、クロイス王国の姫ともあろう方が嘆かわしい。どうしてそんなふうに豪胆に育ってしまわれたのでしょう。私の育て方が間違っていたのでしょうか」

ノーマは両手を胸の前で組み、大仰《おおぎょう》に天を仰いだ。

「ノーマったら、大袈裟《おおげさ》よ。自分の部屋で寝ているんだから、誰にも迷惑はかけていないじゃない。それに、あなたにはおねしょしたところまで見られているんだから、今更寝顔くらいなによ」

「開き直らないでください！　アデル様はもうすぐ二十歳になられるのですよ？　いつ縁談がきてもおかしくないご年齢なのです。アデル様のご結婚はクロイス王国の命運をも左右するのですから、もう少し王女としての自覚をお持ちください」

「ノーマ、そんなに怒るとしわが出来るわよ」

「誰のせいだと思っているんですか！」

厚意で忠告したつもりが、かえって怒らせてしまった。ノーマはもともと小言が多いけれど、最近は特に増えている気がする。

赤茶色の髪を上品に結い上げた四つ年上のノーマは、アデルが十歳の頃から身の回りの世話をしてくれていた。王女付き侍女という肩書きだが、下級とはいえ貴族の娘であり、アデルにとっては姉のような存在でもある。

「旦那様となられる方にあんなお姿を見せたら、すぐに離縁されてしまいますよ」

「離縁される前に、結婚相手が見つかるかどうかも怪しいじゃない。クロイスみたいな貧乏王国の姫を娶《めと》ったって、なんの得にもならないわ」

「アデル様がそんな弱気でどうしますか！　いいですか？　あなたの素材は悪くないのです。その上、この私が幼い頃からお仕えし、せっせとその美貌に磨きをかけてさしあげたのですから、外見だけならどこの大国の姫君にも引けは取りません。外見だけなら」

「二度言ったわね」

「クロイス王国のアデル王女といえば、類《たぐ》い希《まれ》な美姫として近隣の国々にも知られているというのに、実物がこれほど残念だなんて……」

ノーマががっくりと肩を落として落ち込んでしまったので、アデルは少しだけ反省する。

（ノーマに苦労をかけて悪いとは思うけど、私の場合は王女といってもかなり特殊だし……）

クロイス王国は近隣諸国の中でもっとも国土が狭く、これといった産業もなく、戦力も乏《とぼ》しい弱小国家だ。しいて良いところを挙げるなら、温暖な気候のおかげで農作物が豊富に実ることくらいだろうか。

そんな王国なので、王族とはいえ暮らしは慎《つつ》ましい。野菜など城内の菜園で自給自足だし、屋根や外壁にはところどころ穴が空《あ》いている。アデルがいざ結婚となっても、持参金や嫁入り道具など、どれだけ用意できるのか心許《こころもと》なかった。

だからこそ、裕福な他国と姻戚関係を結び、援助を受けるため、アデルは玉《たま》の輿《こし》に乗る必要がある。そのことは自分自身わかっているつもりだ。決して呑気《のんき》に昼寝だけしているわけではない。

ただ、アデルには、人には言えない複雑な事情があった。

姉のように慕っているノーマにも、家族にも話したことがない、奇妙奇天烈《きみょうきてれつ》な秘密が——

「えーと……ノーマ、ごめんなさい。そんなに落ち込ませるつもりはなかったの。私だって、こう見えても王女としての自覚はあるつもりよ。たとえば結婚に関しても、覚悟は決めているわ。クロイス王国の窮状《きゅうじょう》を救えるなら、相手がうんと年上でも、太っていても、ハゲていても気にしない。だって、女性としての幸せより、日々の生活のほうが大事だもの。住む場所にも食べるものにも困らないっていうのは、本当に幸せなことなのよ！」

「アデル様、ご立派ですわ。王女らしい気高さというよりは、庶民的な逞《たくま》しさを感じますけれど。ですが、アデル様のお相手が年寄りで太っていてハゲなど、私は認めたくありません。アデル様には、顔も頭も性格も良くてお金持ちの殿方を射止めて、幸せになっていただきたいのです」

「それは理想が高すぎない？」

自分以上に結婚に対して燃えているノーマに、アデルは苦笑した。

一国の王女として、結婚相手を自分で選べないことは、幼い頃から理解している。結婚にアデルの気持ちなど関係ない。クロイス王国に手をさしのべてくれる国があれば、きっとすぐにも嫁《とつ》ぐことになる。

アデルはこれまで色恋には無縁だったし、面食いでもないので、相手の容姿にはこだわらないつもりだ。けれど、ささやかな希望はある。たとえ政略結婚だとしても、自分の両親のように仲むつまじい夫婦になり、幸せな家庭を築きたい。

(それも相手がいればの話だし、今はまったく実感が湧かないけど)

「ああ、それにしても……眠いわ」

欠伸《あくび》をしそうになったアデルは、ノーマに睨《にら》まれてそれを噛み殺した。

「たった今まで寝ていたじゃありませんか」

「悪夢を見ていたから、寝た気がしないのよ」

「悪夢？　そういえば……やけに乱暴な寝言が聞こえていた気がしますが、聞き間違いではなかったんですね。いったい、どんな夢をご覧になったんですか？」

どんな夢と問われ、アデルは夢の中の光景をぼんやり思い出す。

「女勇者になって魔王と戦う夢よ」

「あら、またその夢ですか。アデル様はよほど勇者クレアの伝説がお好きなんですね。そういえば、昔は自分の名前はアデルではなくクレアだと言い張っていたこともありました」

ノーマが口元に手の甲を添えてくすくすと笑う。

(笑い事じゃないんだけど……)

アデルはふて腐れたように頬を膨らませた。

勇者クレアの伝説とは、クロイス王国を含むセレーネ大陸全土で、古くから語り継がれている英《えい》雄譚《ゆうたん》である。

今から千年も昔、まだクロイス王国が建国される以前のこと。

女勇者クレアは悪の魔王アーロンを倒し、大陸全土に平和をもたらしたと伝えられている。そんな話を子供の頃から聞かされて育つため、クロイス王国でもクレアを崇拝《すうはい》する者は多い。

アデルもそのひとりだとノーマは思っているのだろう。けれど、アデルが繰り返し勇者の夢を見る理由は、そんなことではなかった。

「べつに憧れたりなんかしてないわ。実際、勇者なんて仕事は、きつくて危険で汚くて最悪なのよ。おとぎ話のように格好いいものではないわ」

「あら、まるで勇者を知っているような口ぶりですこと」

「よーく知ってるわ」

「アデル様ったら、勇者など今の世には存在しませんよ」

「今の世にはね……」

「え？」

「いいえ、なんでもないわ。冗談に決まってるでしょ」

にっこり笑って答えつつ、アデルは心の中で声を大にして叫ぶ。

（勇者を知ってるか、ですって？　知ってるわよ。私がその『伝説の勇者』なんだから！）

それは、アデルがアデルとして生まれるよりもはるか昔のこと。

いわゆる前世という非現実的な話なのだが。

アデル・クロイスの前世は、伝説の女勇者クレアだった——それが、アデルの抱える複雑怪奇な秘密である。

今から二十年ほど前、セレーネ大陸の南にある小国クロイス王国に、アデルは第一王女として生を享《う》けた。輝く金の髪と空色の瞳を持つ美しい姫君は、両親や家臣、クロイス国民から愛され、すくすくと成長する。

けれど、当のアデルは『アデル王女様』と呼ばれるたびに、赤ん坊ながら戸惑った。なぜなら、生まれたそのときから、遠い昔に若くして亡くなった勇者クレアの記憶を持っていたのだから。

(え、『王女様』って誰が!? ……っていうか、ここはどこ!?)

別人に転生したのだと理解するまで、だいぶ時間がかかった。

言葉を話し始めた頃はまだ、前世と現世の自分が区別できなくて、自分をクレアだと言い張ったこともある。幸運にも、周囲の大人たちには子供の豊かな想像力と思われただけで、気味悪がられることはなかった。

しかし、勇者の素質はそのままアデルにも受け継がれていたため、現世においても運動能力はやたらと高い。王女のたしなみとして護身術を習い始めると、めきめきと上達してあっという間に師匠を倒してしまった。以来、できるだけ人前では能力を隠すようにしている。

成長するにつれて、アデルは現世の自分が置かれた状況を受け入れていった。

今の自分は女勇者クレアではなく、クロイス王国の王女アデル・クロイスなのだと。十九歳になった現在では、前世の記憶は薄れて、アデルとしての自我が勝っている。

こうなってみると、この時代に生まれ変わったことをアデルは心から感謝した。

前世からは千年も経っている平和な世界。今でも人間同士の戦《いくさ》が多少はあるが、魔族はすっかり滅びたらしく存在していない。

つまり、もう命がけで魔王討伐《とうばつ》に赴《おもむ》いたりしなくていいのだ！

勇者は伝説の中で英雄のように持て囃《はや》されているが、実際はきつくて危険で汚い、ただの肉体労働である。それなのに女の身で勇者などやっていたのは、単に報酬が高額だったからだ。

クレアには身よりがなく、他に生きる術がなかったというだけで、べつに正義の名の下《もと》に悪の魔王を倒そうとか、世界に平和をもたらそうとか、そんな大層な志《こころざし》があったわけではない。

おまけに、クレアが引き連れていた部下の男たちはヘッポコばかりで、役に立たないどころか足を引っ張るわ、クレアを置いて逃げ出すわ――正直いないほうがマシだったので、最終的には全員クビにした。

魔王城に乗り込んだのは女勇者クレアただひとり。それもまた、孤高の英雄として語り継がれている理由なのだろう。

クレアは常人離れした運動能力を持っており、体術、剣術ともにずば抜けていた。男でも敵《かな》う者はなく、史上最強の勇者と謳《うた》われていたほどである。下級魔族など敵ではなかったが、相手がそのボスともなるとそう簡単にはいかない。

苦労してたどりついた魔王の城の最奥で、クレアは魔王アーロンと一対一で対峙した。

彼に会ったのは、それが最初で最後。けれど、たった一度だけ相まみえたアーロンの姿を、今もはっきりと覚えている。

長い黒髪をなびかせ、切れ長の黒い瞳は鋭く輝いていた。全体的に黒くてずるずるした衣装は重くて動きにくそうだし、陰気で顔色が青白くて、頭の山羊《やぎ》に似た角は重くないのかな、などと余計なことを考えてしまったものである。

「魔族を片っ端からなぎ倒しているという女勇者だな。名はなんという？」

広間の奥に設《しつら》えた石の玉座に、魔王は座っていた。

「教える義理はないけど、倒す相手に名乗るのは礼儀かもね。クレアよ」

「クレア……美しい名だ。おまえにふさわしい」

魔王に世辞を言われるとは思わなかった。しかし、嘲《あざけ》るような笑みのせいか少しも嬉しくない。

「それはどうも。あなたが魔王アーロン？　噂《うわさ》通りの陰険そうな男ね。悪いけど、まったく私の好みじゃないわ」

「気が強い女だ。地べたに這《は》いつくばらせて泣かせてやりたい衝動に駆られる」

「気持ち悪いこと言ってんじゃないわよ、変態魔王！」

人を舐《な》めきった態度には、苛立ちと不快感がこみ上げた。

クレアは剣を抜き、魔王めがけて勢いよく斬りかかる。それまで余裕だった魔王も、素早く立ち上がりクレアの剣を己の剣で受けた。

キンッと甲高い金属音が広間に響いた。魔王城のだだっ広い空間には、クレアとアーロンしかいない。ここでどちらかが倒れるまで戦い続けるのだ。

アーロンが持つ剣は、白く輝く刀身の、魔力を放つ魔剣である。魔剣を操るアーロンは、それまでに戦ったどんな相手よりも強かった。まるで剣にも意思があるかのような動きで、何度も死を覚悟したほどである。

一進一退を繰り返し、幾度も剣を交えた後に、ふいにアーロンが尋ねた。

「おまえは何故、女の身で勇者などしている？　人間の正義を貫《つらぬ》くために命を懸けるのか？」

魔王の声には疲労が混じっていた。クレアも息を弾ませて答える。

「いいえ、私が生きるためよ」

「生きるため？」

アーロンが意外そうに聞き返す。

「魔族は確かに人間にとって敵だけど、私にとってはそれ以上に、戦うことが仕事なの。魔族を倒してお金を稼がなきゃ、私がのたれ死ぬのよ。だから、あなたの命をちょうだいするわ」

「たいした自信だな。俺に殺されるとは思わないのか」

「そのときはしょうがないわね。あなただって簡単に死にたくはないでしょうから、お互い様よ」

アーロンの黒い目が見開かれ、やがて彼の顔に笑みが広がった。クツクツとくぐもった笑い声が喉の奥から漏《も》れる。

「フッ……気に入ったぞ、クレア。もしもおまえが俺を倒すなら、それは……」

その直後、クレアの剣がアーロンの脇腹を貫《つらぬ》いた。

あの後、アーロンはなんと言ったのだったか。思い出せない。

体力と気力が尽きるまで剣を交えた末、クレアは魔王アーロンを退《しりぞ》けた。その場を逃げ去った彼の魔族特有の青い血が、点々と床に落ちていた光景ははっきりと覚えている。

ふたりの戦いの後、魔王アーロンの姿を見た者はいなかった。

クレアが負わせた傷がもとで死んだという噂《うわさ》が流れたが、真相はわからない。首領を失った魔族たちは散《ち》り散《ぢ》りになり、やがてセレーネ大陸は人間だけが住む土地となった。千年経った今では、魔族の痕跡はどこにもなく、その存在は伝説の中のみに残っている。

そして、伝説では語られない女勇者クレアのその後だが、彼女もまたそれからそう長くは生きられなかった。あれほど強かったクレアが、流行病《はやりやまい》であっけなく亡くなったのは二十五歳のとき。転生したアデルの意識は、そこから繋がっている。

自分がどうして転生したのかわからないが、アデルは二度目の人生をそれなりに謳歌《おうか》していた。

貧乏王国の王女とはいえ、生まれたときから食べるものにも住む場所にも困らないなんて、十分に幸せだ。前世の記憶のおかげで、アデルは王女にしては堅実すぎるほどの価値観で生きている。

(平和って素晴らしい！　魔王のいない世界、最高！　今生の私は楽しく生きる！)

お金のための政略結婚だって、魔王討伐《とうばつ》に比べたら苦ではない。どこかの妃《きさき》として生きるのも、考えようによっては安定した生活を保証された仕事のようなものだ。

(まあそれだって、今すぐってこともないだろうし)

結婚などまだまだ先のこと。そう高をくくっていたアデルに厳しい現実が突きつけられたのは、それから間もなくのことである。

二十歳の誕生日まであと一週間というその日、アデルは父親であるクロイス国王ジェイルから、話があると告げられた。

国王の応接間で、ジェイルは神妙な面持《おもも》ちで娘と向かい合う。尋常ではない空気を感じたアデルも、ソファの上でかしこまった。

「突然だが……おまえに結婚の申し込みが来ている」

「結婚……」

(ああ、ついに来てしまったか……)

ようやく舞い込んだ縁談にほっとするよりも、肩にずっしりと責任がのしかかる。お気楽だった独身生活に未練はあるが、クロイス王女として潔《いさぎよ》く受け入れなければなるまい。

「お父様、お相手はどこのどなた?」

「隣国ナギム公国を治めるナギム公爵だ」

ナギム公国はクロイス王国の西に隣接する。大きさはさほど変わらないが、商業が発展しており、財政はクロイス王国よりずっと豊からしい。そこを治める公爵については、あまりよく知らなかった。

ジェイルは俯《うつむ》き加減で、重い口を開くように話し始める。

「実は……クロイス王国はナギム公国に借金をしている。我が国はただでさえ貧しいところに、昨年は農作物が不作だったからな。ナギム公国に援助してもらったのはいいが、その金をまだ返せていない上に、当分は返せる見込みもない」

話しながら、ジェイルはだんだんと項垂《うなだ》れていく。

「ナギム公爵は、クロイスに美しい姫がいるというおまえの評判を聞いていたらしい。それで、おまえが妃《きさき》になれば借金を帳消しにすると、そして今後も援助を続けると言ってくれている。もしかすると快《こころよ》く援助したのも、おまえを妃《きさき》にするためだったのかもしれん。アデル……私が不甲斐《ふがい》ないばかりに、すまない！」

「お父様、お顔を上げて」

とうとうテーブルに頭がついてしまった父に、アデルは呼びかけた。

借金のカタに嫁《とつ》ぐというのは少し抵抗があるが、政略結婚など所詮《しょせん》はそんなものだろう。縁談が思っていたよりも早かっただけで、クロイスの王女としていずれ他国に嫁《とつ》ぐ覚悟はできていた。

「どうせいつかはどこかに嫁《とつ》ぐことになるのだから、私は構わないわ。クロイスの役に立てるのなら嬉しいもの」

「おお、アデル……」

顔を上げた父の瞳は潤《うる》んでいる。国王としてアデルに命じることもできるのに、すまないと口にするやさしい父なのだ。

クロイス王家は国王と王妃、アデルと弟の王太子カロルの四人家族だが、あまり裕福ではないせいか、まるで庶民のように家庭的なところがある。前世で家族らしい家族を持たなかったアデルにとって、初めて得た大切な絆《きずな》だった。

五十歳近いジェイル国王はまだ見た目も若々しいものの、クロイスという小国を治める苦労は並大抵ではないだろう。それが想像できるから、アデルも本心から父の力になりたいと思っている。

「ところで、ナギム公爵はどんな方なの？」

アデルの質問に、ジェイルが押し黙る。少し間を置いて、父は口を開いた。

「公爵は五十歳を過ぎていて、妃《きさき》は既に五人いる」

「……………そ、それは……なんというか、予想していなかったわ」

その事実には、さすがのアデルも動揺を隠せない。貧乏王国の借金のカタとしては贅沢《ぜいたく》を言っていられないが、これは最悪と言っていいレベルの縁談ではなかろうか。

（結婚相手の理想は特になかったとはいえ、三十以上も年上のオッサンの、六番目の妃《きさき》とか……今度の人生も絶望的だわ）

魔族と命がけの戦いを繰り広げていた前世と、そんなに違わない気がしてきた。

けれど、ここで断ればクロイス王国すべての人々が不幸になる。王女であるアデルに選択権はない。

（まったく気は進まないけど、しょうがない。六番目ならそう表に出ることもないだろうし、せいぜい楽させてもらうわ）

「わかったわ、お父様……」

「ダメだ！　やはりこの縁談は断る！」

承諾しようとしたアデルの言葉を、ジェイルが大声で遮《さえぎ》った。突然の父の変化に、アデルは目をぱちくりとさせる。

「でも、断ったらクロイス王国の借金が……」

「ナギム公爵の好色ぶりは有名だ。可愛いおまえをそんな男のもとへやるわけにはいかない！　……実はもうひとつ、策がないこともない。おまえがナギム公国より格上の国に嫁《とつ》ぐことだ。そうなれば公爵もおまえを諦めるしかない上に、嫁《とつ》ぎ先に援助を求めることができる」

「それはそうかもしれないけれど……」

セレーネ大陸には大小合わせて二十以上の国がある。その中で、クロイス王国は国力で常に最下位争いをしているが、ナギム公国は十本の指に入るほど裕福な国だ。そのナギム公国より格上の国が、崖《がけ》っぷちのクロイス王国に手をさしのべてくれるだろうか。

「そんな国に当てはあるの？」

期待せず尋ねたアデルに、ジェイルが厳《いか》めしい顔をずいっと近づけてきた。その気迫に圧《お》され、アデルは座ったまま後退する。

「ガルディア帝国だ」

「……はぁっ⁉」

アデルは思わず調子の外れた声を発した。

（私がガルディア帝国に嫁《とつ》ぐ？　借金のせいでお父様の頭がおかしくなった！）

アデルでさえそう疑ってしまうほど、それはあり得ない話なのである。

ガルディア帝国は、クロイス王国の北方に位置する超大国だ。領土の広さも財力もセレーネ大陸一で、とりわけ軍事力に優れている。隣接するクロイス王国とは友好関係にあるとはいえ、国力の差は歴然。ガルディアが大人ならクロイスは子供、それどころか人間と虫けらくらい違うと言っても過言ではない。

「お父様、大丈夫？　それは夢物語どころか、危険な妄想よ。ちゃんと現実を見て！」

「私はいたってまともだ」

「まともなクロイス国王は、娘をガルディア帝国の妃《きさき》にしようなんて考えないわよ。だいたい、どうやって売り込むの？　つてがあるわけでもないし、使者を送ったところで相手にもされないわ」

アデルは父を諫《いさ》めるが、ジェイルはまったく動じない。いつもはどこか気弱にも見える表情が、妙に自信に溢《あふ》れていた。

「それが、一週間後に一世一代の好機が訪れるのだよ。ガルディア帝国の現皇帝……オズワルド・バルド・ガルディア陛下が、ガルディア領土を見回るついでにクロイス王国に立ち寄ってくださるというのだ」

「オズワルド陛下？」

アデルもその名前くらいは耳にしたことがある。昨年崩御した前ガルディア皇帝の子息で、即位してまだ一年くらいのはずだ。ガルディア帝国は昔から軍事に強く、その力で領土を拡大してきたという歴史がある。そんな国を統治する皇帝は、きっと強面《こわもて》で恐ろしいに違いない。

「陛下は近隣諸国との関係をより強固なものにしたいと考えておいでのようだ。先帝も名君と言われていたが、オズワルド陛下も先帝に劣らぬ……いや、それ以上に優れた皇帝だと、帝国内では絶大な人気を誇っているらしい。即位される以前は自《みずか》ら軍の先頭に立って指揮を執《と》られていたそうだ。まだ二十歳かそこらでトーラン王国を制圧し、その後の統治も見事だったと聞く。トーラン国王は民《たみ》に圧政を敷いていたので、国民は陛下に感謝しているのだとか」

「それは、すごい方なのね」

ガルディア帝国には、武力で他国を制圧する残虐《ざんぎゃく》なイメージしかなかったが、そんなふうに受け入れられることもあるのかとアデルは感心する。父の話が事実なら、オズワルドは人としても尊敬できる人物なのだろう。

「陛下は今年二十五歳になられた。そろそろ結婚を考えてもいいお年頃ということで、側近たちが妃《きさき》選びを始めているという話だ。おまえなら皇帝陛下とは年回りもちょうどいい」

「それだけで私が妃《きさき》になるなんて、どう考えても無理があるでしょう。ガルディア帝国ほどの国なら、お妃《きさき》なんてよりどりみどり。我が国では、大国に見合うだけの持参金も用意できない。クロイス王国とガルディア帝国の間にどれほどの差があるか、お父様はわかっているの？」

「国土の広さで言うなら、クロイスはガルディアの三分の一、いや四分の一くらいか？」

「十分の一くらいよ、お父様」

アデルがぴしゃりと言い放つと、父はいじけたような顔になった。

「国の価値は国土の広さだけでは……」

「広さだけではなく、軍事力も経済力も、すべてにおいて次元が違うの。クロイス王国がこれまで平和だったのは、わざわざ手を出す価値もないと思われていたからよ。ガルディア帝国が本気を出せば、クロイス王国なんてあっという間に制圧できるわ。私たちにできることといったら、せいぜい皇帝陛下に失礼がないように精一杯おもてなしすることだけよ」

大それた夢は捨てて、五十過ぎの公爵の六番目の妃《きさき》で妥協《だきょう》するしかない。幸せな結婚生活ではなくても、衣食住には困らないだろう。

（人間、それが基本よ。愛でお腹はいっぱいにならない。私は堅実に生きる！）

二十歳を前にして、アデルは既に人生を達観し始めている。

しかし、ジェイルはどうしても娘の幸せを諦めきれないらしかった。

「ナギム公爵がおまえの噂《うわさ》を聞いて妃《きさき》に欲しがったほどだ。ガルディア皇帝もおまえの名前くらいは耳にしているだろう。クロイス王国には、アデル・クロイスというセレーネ大陸一美しい王女がいる、とな。オズワルド陛下がおまえを見初《みそ》めれば、妃《きさき》候補の筆頭だ」

「言いたくはないけれど、それは親の欲目というものよ。王女なんてものは、どこの国もそれなりに小綺麗にしているわ。オズワルド陛下が私を見初《みそ》める保証がどこにあるの？」

「保証はない。だがアデルよ、これは命がけの戦いなのだ。おまえの人生も、クロイス王国の未来も、おまえの肩にかかっている」

ジェイルの力強い声に、アデルの耳がぴくりと震えた。

（命がけの戦い……）

その言葉に前世勇者の血が騒ぐ。

転生してのんびり生きてきたが、それは戦う必要がなかったというだけで、アデルの本性は負けず嫌いである。戦わなければならない状況に陥《おちい》れば、なにがなんでも負けたくない。

「王女として生まれたからには、より良い条件で嫁《とつ》ぐことこそ勝利。どうせ嫁に行くなら、少しでも大きな国を狙うのだ。ガルディア皇帝の妃《きさき》ともなれば、おまえの人生は安泰だ。一生、悠々自適《ゆうゆうじてき》に暮らせる」

「悠々自適《ゆうゆうじてき》……」

その魅力的な響きに、アデルの心がぐらぐらと揺れる。

（そうだ、ガルディアほどの大国なら、絶対に食べるものにも住む場所にも困らない。三食どころか三時のおやつと昼寝までついた幸せが約束されている！）

借金のカタに若い娘を嫁にねだるような公爵など、はっきり言って人間のクズである。アデルが妃《きさき》になってしまえば、クロイス王国などさっさと切り捨てるかもしれない。

その点、制圧した国の民《たみ》にまで支持されているガルディア皇帝のほうが、人として信用に値《あたい》するのではないか。もしもガルディア帝国が後ろ盾となってくれれば、ナギム公国に媚《こ》びる必要はなくなるし、クロイス王国にとってこれほど心強いことはない。

クロイスの未来もアデル自身の幸せも、自分しだいなのだ。

「アデル、おまえは美しいだけでなく、不思議な強さも持っている。子供の頃から剣術の才能も足の速さも弟のカロルを凌《しの》ぐほどだったし、勝負事では誰もおまえに敵《かな》わなかった。おまえなら、不可能も可能にできると私は信じているのだよ」

ジェイルが手を伸ばし、祈るようにアデルの手を両手で握った。クロイス国王として少しでも有利な縁談を望むのはもちろんだが、そこには心から娘の幸せを願う父親の思いも込められていると感じる。

アデルは父の手をがっちりと握り返すと、その目を覗《のぞ》き込んで頷いた。

「やりましょう、お父様！　このアデル・クロイス、クロイス王女の誇りに懸けて、ガルディア皇帝のお心を射止めてみせるわ！」

「おお、よく言ったアデル！　それでこそ我が娘だ！」

ジェイルは大喜びで娘を抱きしめる。ガルディア皇妃となることが決まったと言わんばかりのはしゃぎぶりだ。

「それで、決行日はいつ？」

鼻息も荒くアデルは聞いた。既に臨戦態勢である。

「陛下がお立ち寄りになるのは一週間後。ちょうど、おまえの二十歳の誕生日だ。その夜はオズワルド陛下の歓迎会を開く予定だが、おまえのお披露目《ひろめ》にもちょうどいい」

王族の誕生日といっても、あまり贅沢《ぜいたく》できないクロイス王国では特に祝いの席を設《もう》けるわけではない。毎年ひっそりと年を取るだけなのだが、アデルの誕生日に皇帝が来訪するというのは、なにやら運命的な巡り合わせを感じる。

「クロイス王国の総力を挙げて盛大な夜会を開くぞ。おまえも張り切って着飾りなさい。オズワルド陛下は結構な美男子だというからな」

「承知しました、お父様！」

（悠々自適《ゆうゆうじてき》の皇妃生活！）

その言葉を胸に、アデルは王女としての誇りを懸けて戦いに臨《のぞ》むのであった。

そして、アデル二十歳の誕生日当日。

その日は城で夜会が開かれるという知らせが、国中に通達された。ガルディア帝国皇帝を歓迎する宴《うたげ》である。

クロイス王国内の貴族だけでなく、今回は外国からの要人も招かれている。ガルディア帝国の皇帝オズワルドは、予定通りその日の朝にクロイス王国を訪れ、今夜は城に泊まるらしい。

前日まではやる気に満ちていたアデルだったが、当日は朝から死にそうな気分になっていた。宴《うたげ》は夜だというのに、早朝から幾人もの侍女に囲まれて、まるで人形みたいに飾り付けられているのである。

（やると言ったのは私だけど、こんなことになるとは！）

あまりの苦痛に、父に上手く乗せられた一週間前の自分を呪いたくなる。ただでさえ着飾ることは好きではないのに、長時間身動きもとれず立たされているのだ。おまけに、朝からなにも食べていない。

衣装箱や靴などを持った侍女たちが、入れ替わり立ち替わり部屋に入ってくる。彼女たちをまとめているのがノーマだ。

「そこのあなた、装飾品の準備をしてちょうだい。……いいえ、その箱じゃなくて、その隣の箱よ。それから、この口紅は色が濃すぎるわ。もっと控えめな色があったはずよ。……それは頬紅でしょう。……それじゃなくて……だからっ、違うって言ってるでしょう！」

侍女に指示を出す声が殺気立っている。

この宴《うたげ》が、アデルの玉《たま》の輿《こし》婚にとって重大な役割を担《にな》っていると知ってからのノーマは、端《はた》から見て恐ろしくなるほど一心不乱に準備をしていた。まるで、アデルではなくノーマのほうが、これで人生が決まるかのような熱の入れようである。

「ノーマ、口紅の色なんてなんでもいいわ。それより、少し休憩させて」

コルセットでぎゅうぎゅうに体を締めつけられたアデルは、息も絶え絶えでノーマに助けを求める。しかし、ノーマは険しい表情をゆるめない。

「動かないでください、アデル様！」

「お願い……せめてお水を……このままでは……し、死んでしまう……」

「なにを腑抜《ふぬ》けたことを仰《おっしゃ》っているのですか。死ぬ気で挑まなければ、ガルディア皇帝の気を引くことなどできません。今日はアデル様にとって、いいえ、このクロイス王国にとっても命がけの大勝負。私もこの命に代えても、アデル様の美しさをさらに完璧なものにしてみせます」

たかが男の気を引くくらいで、そんなに命を懸けていたらたまったものではない。とアデルは思うが、そう言うとノーマの逆鱗《げきりん》に触れそうなのでやめておく。

「ガルディア皇帝オズワルド様といったら、文武に秀《ひい》でた若き名君として大陸中にその名が知られています。おまけに、神秘的な黒髪と黒い瞳をお持ちの超美男子。溢《あふ》れ出る色気に当てられて、女性は目が合っただけで失神するとか妊娠するとか」

「ガルディア皇帝が化け物だってことはわかったわ」

「それくらい手強い相手という意味ですわ。ですから、色仕掛けでも泣き落としでも脅迫《きょうはく》でも、どんな卑怯な手段を使ってでも、アデル様は皇帝をものにするのです。ナギムのゲス公爵などに嫁《とつ》がせるわけにはいきません！」

ナギム公国の一件を聞いたとき、ノーマは激怒していた。悔し涙を浮かべて怒っていた彼女を見て、改めてこの夜会の重要性をアデルは感じたのだ。

（そうだ、衣装と責任の重さに負けるわけにはいかない。私はこの勝負に勝たなければ！）

当初の心意気を思い出したアデルは、その後数時間にもわたる着付けと化粧をどうにか乗り切った。

「とてもお綺麗です、アデル様。どんな殿方でも一目で恋に落ちてしまいますわ」

完成した『アデル王女』をノーマがうっとりと見つめる。彼女の手腕と、力を出し尽くした侍女たちのおかげで、アデルはどこから見ても完璧な王女に仕上がった。

今日のために仕立てた濃い青のドレスは、肩を出した大人っぽい型で、もともと細いアデルの腰はコルセットの力で両手で掴めそうなくらいくびれている。光沢《こうたく》のある高級生地《きじ》を贅沢《ぜいたく》に使い、大きく膨らみを持たせた腰から下の部分には、透けて見える薄手の生地《きじ》を花びらのように何層も重ねてあった。

色白で華奢《きゃしゃ》な首もとには、レースを思わせる繊細な銀細工の首飾り。波打つ金の髪にも首飾りと揃いの冠《かんむり》が添えられている。化粧は控えめに見えるが、その実、入念に計算されており、はっきりとしたアデルの目鼻立ちを上品に彩《いろど》っていた。

アデルの頭のてっぺんから足の先まで、クロイス王国のなけなしの財力をつぎ込んだ結果と言えよう。絶対に無駄にするわけにはいかない。

「ありがとう、ノーマ、みんな。おかげで私も王女っぽくなれた気がするわ」

「『っぽく』ではなく、アデル様は正真正銘の王女であることをお忘れなく！」

ここまできっちりと盛装するのは久々で、姿見に映る自分が自分ではない気がする。こそばゆい気分だが、これならばガルディア皇帝とも互角に戦えるだろう。

「さあ、やるからには勝つわよ！　待っていなさい、ガルディア皇帝！」

「アデル様、そんな心の声を口に出してはいけません！　よろしいですか？　人前ではできるだけしゃべらないように。受け答えは簡潔に『はい』や『いいえ』でごまかしてください。少し緊張しているふうを装《よそお》っておけばなんとかなるでしょう。あくまでも淑女《しゅくじょ》らしく、今夜だけはオズワルド陛下を騙《だま》し通すのです。大丈夫、結婚してしまえばこっちのものです」

そういうノーマも心の声がだだ漏《も》れである。

しかし、彼女の助言もあって、なんだかいけそうな気がしてきた。

（悠々自適《ゆうゆうじてき》、三食おやつに昼寝つき！）

鏡の中の自分に言い聞かせ、アデルはぴんと背筋を伸ばした。

日が暮れると、王都の中心に建つ城を目指して馬車が次々にやって来た。

城の外には豪華な馬車が列を成《な》し、着飾った紳士淑女《しんししゅくじょ》たちが門をくぐっていく。皆、夜会に招かれた客である。

アデルは自室のテラスに立ち、集まってくる人々を遠目に眺めながら、大広間から流れてくる楽団の音色に耳を傾けた。

朝からずっと部屋でめかしこんでいたので、城内にいるはずのガルディア皇帝にはまだ会っていない。皇帝は多忙なため、明日には帰国するそうだ。アデルが彼に気に入られるかどうかは、やはり今夜が勝負ということになる。

「ガルディア帝国皇帝、オズワルド・バルド・ガルディア……なんだか舌を噛みそうな名前ね。間違わないように気をつけないと」

未来の夫（予定）の名前を呪文のように繰り返す。肩書きはもちろん、外見も才能も文句のつけようがないらしいが、性格はどうなのだろう。政略結婚においては二の次とはいえ、本来はそれが一番重要だ。

（まあ、多少問題があってもそれはお互い様ってことで）

こちらもおしとやかな王女として騙《だま》し通す気満々なのだから、文句は言えない。

「アデル様、そろそろ大広間のほうへまいりましょう」

扉が開いてノーマが呼びに来た。少し遅れて来るようにと、父からは言われている。頃合いを見計らって華々しく登場し、ガルディア皇帝の目に留まらせるためだ。

まず、大広間に集まった客人たちの前で、クロイス王女アデルの紹介をする。主要な客には、後で国王とともに改めて挨拶《あいさつ》をして回る予定だ。おそらく、皇帝オズワルドともそのときに初めて言葉を交わすことになるだろう。

これからの段取りは嫌と言うほどノーマから聞かされている。それを頭の中で復習しながら、アデルはノーマとともに部屋を出た。

大広間までは螺旋《らせん》階段を下りて、中庭を取り囲む回廊を通らなければならない。重いドレスを引きずって歩くには、結構な距離がある。

ドレスはアデルの体をきつく締めつけているし、おまけに今日は朝からなにも食べていない。体力には自信があるアデルもさすがに倒れそうだ。

アデルはぜいぜいと息を切らせて、先を歩くノーマを必死に追いかける。

「ノーマ……ノーマ、ちょっと休憩させて」

「アデル様、お急ぎください。夜会はもう始まっているのですから。今夜は他国からもお客様がお集まりですし、ガルディア皇帝を狙っているのはアデル様だけではありません」

「わかってはいるけど、ドレスも装飾品も鎧《よろい》みたいに重いのよ。鎧《よろい》のほうが動きやすいだけまだマシかも」

「ドレスは王女の戦闘服ですわ。そのくらい堪《こら》えられなくては、オズワルド陛下を勝ち取ることはできません」

「勝ち取る前に私が死ぬかもしれないわよ……」

当てつけがましくぼやき、アデルはドレスの裾を踏まないようゆっくりと階段を下りていく。フリルやレースは美しいが、普段着ているシンプルなドレスの三倍は重い。いくら前世が勇者でも、いきなりこの苦行はこたえる。

(普通のお姫様も、実はすごい力持ちなんじゃ……)

優雅に見えて、きっとみんな人知れず鍛《きた》えているのだ。姫君たちの涙ぐましい努力を想像すると、少しは耐えられる気がした。

煌々《こうこう》と輝く月が、中庭を取り囲む回廊の柱を白く浮かび上がらせる。アデルは幻想的な光に目を吸い寄せられ、足を止めた。

(いつかどこかで、こんな光景を見たような……)

ぼんやりと思い返すと、脳裏に白亜の城が浮かぶ。

夢で何度も見ている、魔王アーロンの城だ。魔王城と呼ぶにはやけに綺麗で神々《こうごう》しい。

しかし、これから大勝負というときに思い出すなど不吉である。なんだか嫌な予感がしてきたアデルの耳に、ノーマの呼びかけが届いた。

「アデル様、お急ぎくださいませ……アデル様」

「待って、ノーマ……今行くわ」

アデルは慌ててドレスの中で小刻みに足を動かす。靴もいつもより踵《かかと》が高く、歩きにくい。少しでも急ぐと転びそうになる。廊下の壁には等間隔にランプが備えつけてあるが、薄暗くて足下が心《こころ》許《もと》ない。ドレスの裾を踏まないように下を見て歩いていたアデルは、曲がり角から出てきた人影に気づかなかった。

「アデル様、危ない！」

「え？　……きゃっ！」

ノーマの声で顔を上げたときには、アデルは誰かにぶつかっていた。

踵《かかと》がすべって転びそうになった瞬間、相手が素早くアデルの体を支えてくれる。なんとか転倒を免《まぬが》れたアデルは、知らない誰かの胸につかまったままほっと息を吐く。

「大丈夫か？」

頭上で低い声が聞こえた。

全体重でしがみついていたアデルは、慌てて体を離す。おそらく招待客のひとりに違いない男性に、こんな醜態《しゅうたい》をさらすとは。あれほど注意していたのに、早々にやらかしてしまった。

「申し訳ありません！　私の不注意でご迷惑をおかけしてしまいました」

「べつに、大したことではない」

若い男性の声だった。素っ気ない物言いだが、アデルに気遣わせないために敢《あ》えてそうしているとも思える。力強い腕に支えられた感触を思い出し、少しどきどきした。

男は長身に黒い正装を纏《まと》い、胸元になにかの紋章をあしらった鎖つきの金ブローチを留めていた。決して華美ではなく、清潔感と品位が漂《ただよ》う服装である。

アデルは恐る恐る、自分よりずっと背の高い相手を見上げた。ランプの灯りで少し影になっているが、整った顔立ちが窺《うかが》える。黒い髪に黒い瞳。クロイス王国ではあまり見ない風貌であるせいか、異国的な印象を受けた。きりりとした目元は理知的だが、近寄りがたい雰囲気だ。

（え……？）

自分を見下ろすその美しい顔に、アデルは覚えがある。

「あなたは……」

「おまえは……」

アデルとほぼ同時に、黒髪の男も言葉を発する。

そしてふたりとも押し黙り、瞬《まばた》きするのも忘れて見つめ合った。

生暖かい風が吹き、回廊の灯りを揺らす。夜風はアデルの胸に不快なざわつきをもたらした。

「アデル様、大丈夫ですか？」

「オズワルド陛下、そちらにおいででしたか」

ノーマの声と、知らない男の声が重なる。

目の前の人物がガルディア帝国皇帝、オズワルド・バルド・ガルディアであることをアデルは察した。

（この人が、オズワルド？　いいえ、違う……）

突然、アデルの心臓がドクンと大きく脈打つ。

心臓だけではない。なにかで叩かれたような頭痛に襲われて、鼓膜《こまく》が破けそうなほどの耳鳴りまでする。体中が熱いのか寒いのかわからず、全身に冷や汗が噴き出た。

荒い呼吸を繰り返しながら、アデルは胸のあたりでぎゅっと手を握る。

（思い出した！　そうだ、この顔は……っ！）

「アデル様、どうされたのですか？」

アデルの異変を感じたのか、駆けつけたノーマが不安そうに尋ねた。アデルは立っていることができず、高価なドレスが汚れるのも構わずその場に膝をつく。

「アデル様！　お気を確かに！　……誰かっ！」

ノーマが声を張り上げると、近くにいた衛兵が駆け寄ってきた。

アデルはノーマに抱きかかえられながら、すぐ傍に佇む黒い人影を見上げる。

ガルディア帝国の皇帝オズワルドは、息を呑んでこちらを見下ろしていた。

その顔をアデルはよく知っている。姿形も、彼が放つ圧倒的な存在感も、記憶よりも深い魂《たましい》の奥底に刻みつけられていた。

これまで何度も夢に見た。忘れたくても忘れられない、その姿は――

（前世の宿敵、魔王アーロン！）

頭の中でオズワルドとアーロンの姿がぴったりと重なったとたん、アデルは意識を失った。

2

クレアの剣が魔王の脇腹を貫《つらぬ》いたとき、色素の薄い唇から青い血が一筋こぼれた。

魔族の血は青い。冷たい水のような、毒のような青。彼らの顔色が悪いのも頷ける。

荒い呼吸の中で、魔王は言った。

「もしもおまえが俺を倒すなら、それは運命だ。おまえが与える傷も痛みも、俺は死んでも忘れない――」

そして口の端に、にやりと笑みを刻む。

それが、最後に聞いた魔王アーロンの声だった。

＊＊＊

驚愕《きょうがく》の事実に神経が耐えきれなかったのか、その後アデルは三日間も眠り続けた。

アデルが倒れたあとも夜会は行われたが、国王も王妃もそれどころではなく、家臣も城の使用人たちも大慌てだったらしい。目覚めたときにはみんな憔悴《しょうすい》しきっていて、アデルは心から申し訳なく思った。

アデルの体のどこにも異常はなく、医師からは疲労と診断された。体型を美しく見せるために、まともな食事も取らずに窮屈なドレスを身につけていたことを注意され、ノーマは自分の責任だと落ち込んでいる。そのせいか、アデルに対していつになくやさしい。

「アデル様、お体の調子はいかがですか？　今はゆっくりと養生なさってくださいませ。なにか欲しいものはありますか？」

しかし、そんなふうに気遣われると、かえって気が咎《とが》める。あの夜に倒れた原因は、疲労でもドレスのせいでもないことは、自分が一番よくわかっていた。

「大丈夫よ、今はなにもいらないわ。ありがとう、ノーマ」

ノーマには笑顔で答えるが、本当はまったく大丈夫などではない。アデルの頭の中は、あの夜からパニック状態である。

(間違いなくあれはアーロンだった。ってことは、魔王までこの時代に生まれ変わったってこと？　しかも、私が射止めなきゃいけない相手に？　そんなことってあるっ⁉)

あれからずっと、その件で悶々《もんもん》と悩み続けていた。そのせいかこのところ、前世でアーロンと対峙したときの夢ばかり見る。

魔王の最後のセリフも思い出し、アデルはぞっとした。あれは、命を懸けた最期の呪いに違いない。アーロンは死んだ後も延々と、クレアを恨み続けたのだ。

伝説では、クレアに負わされた傷がもとでアーロンが命を落としたことになっている。それが本当なら、クレアの転生者であるアデルに復讐したいと考えてもおかしくはない。

（運命とか、死んでも忘れないとか言ってたもの！　なんて執念《しゅうねん》深さなの、アーロン……じゃなくてオズワルド？　やっぱりアーロン？　いえ、名前なんてどっちでもいいわ！）

記憶がごちゃ混ぜになり、しまいには、忘れかけていたクレアとしての感情まで蘇《よみがえ》りそうになる。

アーロン――改めオズワルドのほうも、アデルと対面したときの様子が変だった。

もしも、アデルと同じように彼にも前世の記憶があるとしたら、アデルがクレアであることに気づいたのではないだろうか。アデル自身は、今の自分はクレアとあまり似ていないと思っていたが、化粧をすることもなかった前世では、自分の顔を鏡で見る機会などほとんどなかった。もしかすると、他人の目から見れば似ているのかもしれない。

それに、おそらく姿形はあまり関係がないのだ。魔族だったアーロンには角があったし、肌の色も人間とは違っていた。アデルがオズワルドにアーロンの面影《おもかげ》を見たのは、容姿が似ていたというよりも、もっと本質的な魂《たましい》の波動のようなものを感じ取ったからである。

これまで前世の記憶を持つ人間に出会ったことはないが、転生者は意外と多いのだろうか？　口にしないだけで、実はみんな誰かの生まれ変わりなのか。

「ねぇ、ノーマ、つかぬことを聞くけど……生まれ変わりって信じる？」

「どうなさったんです、唐突にそんな話をなさるなんて」

ノーマが心配そうな顔でアデルの額《ひたい》に手を当てる。病《や》み上がりのせいでおかしくなったと思われたようだ。

「お熱はありませんわね」

「……うん、つまり信じないってことね。よくわかった」

現実的なノーマはそう言うだろうと思っていた。というか、おそらく前世の記憶を持つ人間など、そうそういないに違いない。

(だったら、なんでよりによって私とアーロンなわけ？)

この世に神様などというものが存在するとして、これがその采配《さいはい》なのだとしたら、今すぐ神殿に殴り込みに行きたい。ふたり揃って転生したとしても、わざわざ巡り合わなくてもいいではないか。せっかく別々の国に生まれたというのに、意地悪な運命によって引き合わされた気がする。

(でも、私に前世の記憶があることを、向こうは気づいていないかも……)

動揺のあまり気を失いはしたが、彼の前でアーロンの名前を口にしたわけではない。今ならまだしらを切り通せる可能性もある。

(そうしよう！　みんなには悪いけど、オズワルドとの結婚はなかったことにしてもらう)

いくらクロイス王国の平和のためでも、前世の宿敵との結婚など考えられない。

いつだって前世の夢を見た朝は、クレアに戻った気分になる。自分はアデル・クロイスだと自覚していても、まだ完全にクレアの意識を切り離せていないのかもしれない。これでオズワルドと結婚などしたら、隣で寝ている夫を殺しかねないし、その逆だってあり得る。

こうなると、まともに挨拶《あいさつ》する前にアデルが倒れたのは、むしろ幸いだった。

わざわざ来訪してくれた賓客《ひんきゃく》に対して、こんなに失礼なことはない。ガルディア帝国としては、クロイス王国の王女に失望したはずだし、そんな女を皇妃にと望むわけもなかった。

（そうよねー、これですべて丸く収まるわ。良かった――！）

勝手にそう結論づけて、アデルは肩の力を抜く。

魔王アーロン改め皇帝オズワルドとは、もう二度と会うことはないだろう。

（さようならアーロン、私の知らないところで幸せになって！　宿敵の幸せを願うなんて、私って心が広い）

単純なもので、気が楽になったらとたんに空腹を覚えた。寝室には所狭しと、花や果物入りの籠《かご》が置かれている。眠っている間に、誰かが見舞いに持ってきてくれたのだろう。

「ノーマ、お腹がすいたわ。そこの美味《おい》しそうな果物をいただいてもいい？　誰かがお見舞いにくださったの？」

「オズワルド陛下です」

「あらそう、ではありがたくいただき…………今、なんて言ったの？」

信じがたい名前を耳にした気がして、アデルはくるりとノーマを振り向く。ノーマは籠《かご》からリンゴをひとつ取ると、傍《かたわ》らの椅子に座って皮を剥《む》き始めた。

「オズワルド陛下からのお見舞いの品です、と申し上げました」

「オズ……ワルド……？」

「実は、陛下はアデル様を心配されて、毎日お見舞いの品を届けてくださったのです。果物の他にも、お花やお菓子や、なんと宝石まで……このお部屋にあるお見舞いの品は、ほとんどが陛下からのものです」

「なっ……なななな……っ」

（なんですって――っっ!?）

アデルは絶叫したいのをなんとか堪《こら》えたが、毛布を掴む手がわなわなと震える。

どうしてオズワルドがアデルを見舞う必要があるのか、わけがわからない。けれど冷静に考えれば、向こうはこちらがクレアの生まれ変わりであることに気づいていないということだ。気づいていたら、そんな親切を示すわけがない。たまたま居合わせた場でアデルが倒れたので、形式的に見舞ったといったところだろう。

（いや、だけどもしかして、私がクレアだと気づいて、見舞いの品に毒を入れていたり……）

「どうぞ、アデル様」

「あ、ありがとう」

皿に載せて差し出されたリンゴにアデルは不審な眼差《まなざ》しを向ける。食欲などすっかりなくなっていた。

「目の前でアデル様が倒れられたことで、オズワルド陛下はアデル様をいたく心配されておいでした。本当に一時はどうなることかと思いましたけれど、こんな形で陛下のお目に留まるなんて、本当にアデル様は幸運ですわ」

「……本当に幸運なら、目に留まってないはずだけど」

「なにか仰《おっしゃ》いました？」

「いいえ、なんにも」

アデルは笑って独り言をごまかす。オズワルドが余計なことをしてくれたおかげで、今日のノーマはこれ以上ないくらい上機嫌だ。

「これでお膳立《ぜんだ》ては整いました。あとは、アデル様がお元気になられたら、オズワルド陛下に直接お見舞いのお礼をお伝えするのです。どれほど感激したか、多少大袈裟《おおげさ》なくらい訴えたほうがいいでしょう。涙を流せれば完璧です。殿方は女性の涙に弱いものですから」

「そうかしら……」

相手が魔王の場合は別である。地べたに這《は》いつくばらせて泣かせてやりたい、と前世で言われたことを思い出し、アデルは怖気《おぞけ》を感じた。

「お見舞いには感謝するけど、お礼を言うためだけに、私がガルディア帝国を訪問するのは大袈裟《おおげさ》だと思うの。だって、向こうは多忙な皇帝なわけだし、気を遣わせてしまったらかえって申し訳ないでしょ。だからお礼はお手紙にして……」

「アデル様がガルディア帝国まで行く必要はありません。オズワルド陛下はまだクロイス城に滞在していらっしゃいますもの」

「なんですって――っっ!?」

今度は声に出して絶叫してしまったが、「はしたない」と叱るどころか、ノーマは微笑んでいる。

「まあまあ、アデル様ったら。嬉しいお気持ちはわかりますが、大声を出してはいけませんわ」

ノーマの機嫌が良すぎて怖い。それもすべてオズワルドの謎の気遣いのせいかと思うと、魔王恐るべしである。

「オ、オズワルド陛下がどうしてまだクロイス王国に？　お忙しいから翌日には帰国するって仰《おっしゃ》っていたはずよ！」

「私もそう聞いておりましたが、陛下はアデル様の容態が気がかりで帰国を延ばされたのだそうです」

（皇帝って結構ヒマなの？　私が気がかりってどういう意味……？）

オズワルドの意図がまったくわからない。頭を抱えるアデルをよそに、ノーマは胸の前で手を組むと、夢見る瞳で虚空《こくう》を見つめる。

「あれほどお若くして大国を治めていらっしゃることもさすがですが、人格もすばらしく、なによりあの見目麗《うるわ》しさ……オズワルド陛下は噂《うわさ》以上の殿方でした」

すっかり心酔しているが、これはオズワルドに対する一般的な感想なのだろう。彼の前世が悪魔王であることは、アデルしか知らないのだから。

「私、オズワルド陛下はアデル様に一目惚れされたと思いますの。アデル様がガルディア帝国に嫁《とつ》ぐ日は、きっとそう遠くありません。これは運命ですわ！」

ノーマの弾んだ声が、アデルの気持ちを滅入《めい》らせる。

（最悪の運命よ！　まさか、私がクレアだって気づかず本当に一目惚れしたの？　それとも、気づいていて前世の復讐をしようと企《たくら》んでいる？　どっち？　ああ、わからないっ！）

日頃、悩むこととも深く考えることとも無縁のアデルは、頭が爆発しそうな気分に陥《おちい》り、毛布の上にばったりと突っ伏した。

「アデル様……まあ、感激のあまり泣いていらっしゃいますのね？　わかります！　悲願が叶うのですもの！　ぞんぶんにお泣きくださいませ！」

ノーマが勝手に勘違いしてくれているおかげで言い訳しなくて済む。

（私……今回の人生もあんまり長くないのかしら……）

別の意味で涙が出そうだった。


もうしばらく仮病を使って時間を稼ごうかとも考えたが、アデルはオズワルドの存在が気になって仕方がない。悩んでいるのも性に合わないので、結局それからすぐにオズワルドと会う約束を取りつけた。

表向きは、見舞いに対する礼を言いたいからという理由である。どうやって探りを入れようかと考えたあげく、前世に関してはすっとぼけることにした。オズワルドに前世の記憶があるとしても、こちらがクレアである証拠などどこにもない。もし何か聞かれても『クレアって、あの伝説の美人勇者のことかしら？　私がクレアの生まれ変わりですって？　まー陛下ったら冗談がお上手ですこと、おほほほほっ……』と、しらを切り通せばとりあえずはごまかせるだろう。

当然ながら、最上級の国賓《こくひん》であるオズワルドは、城で一番いい客間を占領していた。ジェイルが見栄を張って用意したこの客間には、続き部屋に応接間も設《しつら》えてあり、アデルの寝室よりも広く豪華である。

アデルが応接間に入ると、国王の部屋のそれよりも上等な革張りのソファにオズワルドが座っていた。ゆったりと背もたれに体を預けていたが、アデルを見て立ち上がる。

こうして明るい場所で見ても、やはり完璧な貴公子だった。

すらりとした長身に、やせ形だがしっかりとした体つき。纏《まと》う衣服は品のいい黒の上下で、その下に着ているシャツの襟をわずかに開き、くだけた雰囲気を出している。

神秘的な黒い瞳と黒い髪。一見冷たそうに感じるが、吸い寄せられるような魅力があった。

(魔王アーロン……)

アデルは頭の中で、若き皇帝と前世の宿敵とを重ねた。アーロンと同じ黒髪と黒い瞳。角や肌の色など魔族の特徴はないが、やはり面影《おもかげ》はある気がする。

魔王と対面したのは前世でたった一度きりだ。それなのに、彼らが同じ人物だと一目でわかったのは、アデルにとってそれだけ強烈な記憶だったということなのだろう。

室内にはオズワルドしかいない。アデルは彼の前へ進むと、ドレスの裾をつまみ、膝を折って頭を垂れた。

「オ……オズワルド皇帝陛下、ごきげんよう。クロイス王国第一王女アデル・クロイスです」

柄《がら》にもなく緊張して声が上擦《うわず》る。

オズワルドはなにも言わない。無言のままアデルを食い入るように凝視《ぎょうし》している。人を取って食いそうなその迫力に、覚悟を決めてきたはずのアデルも怯《ひる》んだ。

(うわあぁぁっ……すっごいこっち見てる！　なにこの目つき、やっぱり復讐する気なの？)

ガルディア皇帝との対面に際して、武器を所持するわけにはいかず、今のアデルは丸腰である。

向こうも仮にも一国の皇帝なので、いきなり襲ってきたりはしないはずと踏んでいたのだが。

「ええと、その……先日はたいそうなお見舞いをありがとうございました。その節は、陛下に大変なご迷惑をおかけしてしまい……」

とにかくなにか言わなければと口を開いたアデルは、途中で言葉を呑み込んだ。

オズワルドが近づいてきたと思ったら、いきなり抱きつかれたのである。

「ヒッ……なっ、なななななにを……っ！」

反射的に振り払おうとしたが、それすらも封じられるほど強い力だった。息もできないアデルの耳元で、オズワルドが囁《ささや》く。

「会いたかったぞ、勇者クレア」

(この男、やっぱり！)

渾身《こんしん》の力で逃れると、アデルはオズワルドを睨《にら》みつけた。

「あなたはやっぱり魔王アーロン！　私がクレアだって気づいていたのね！」

しらを切る作戦のはずが、自分からあっさり暴露《ばくろ》してしまった。これでもう言い逃れはできない。

目の前に魔王アーロンがいると思うと、頭に血が上《のぼ》り冷静ではいられなくなる。

夢で見た光景が、細部まで一気に蘇《よみがえ》ってくるようだ。魔族との戦いで味わった数々の苦労とともに、報われなかったクレアの人生までもが。

そんなアデルの気持ちを知ってか知らでか、オズワルドは口元に薄い笑みを刻んだ。黒い瞳はアデルをとらえたまま動かない。

「一騎当千と謳《うた》われた女勇者が、まさか王女に転生とは……おまえとこうしてふたたびまみえたことは、やはり運命だったのだな」

オズワルドの喉から邪悪な笑いがこぼれる。襲いかかってくることを想定して、アデルは身構えた。

（やっぱり、オズワルドは私に復讐する気なんだ！）

いざとなったら逃げるしかないと隙を窺《うかが》うが、さすがは元魔王で現皇帝。オズワルドにはまったく隙がない。クレアならともかく、ずるずるとしたドレスを着た王女のアデルでは、逃げることも反撃することもままならない。

「髪の色がクレアよりも明るいが、その澄んだ青色の瞳は変わらない」

アデルを見つめたままオズワルドは目を細めた。

前世で対面したのはたった一度きりなのに、髪や瞳の色まで覚えているとは。アデルにとってそうであったように、オズワルドにとってもあの出会いは忘れられない記憶なのだろう。

（そりゃあ、自分を殺した相手なんだものね）

「そういうあなたは角がないわね。……変な感じ」

「おまえは相変わらず面白い女だな」

それほど面白くはなさそうに言って、オズワルドはソファに腰を下ろす。

「おまえも座れ」

向かい合わせに置かれたソファを目で示されたが、アデルは立ったままでいた。従わないアデルに構わず、オズワルドはゆっくりと足を組む。

「あれから千年も経ったのだな」

「思い出話をしたいわけじゃないでしょう？　あなたと話すことなんてないわ」

「そう苛つくな。血の気が多いところも前世と変わらないな」

緊張を漲《みなぎ》らせるアデルに対して、オズワルドのほうは冷静に見える。前世が魔王だし、オズワルド自身もともと喜怒哀楽が少なそうな雰囲気だ。

（大丈夫、オズワルドだって今は一国の皇帝だ。こんな場所で襲ってきたりしない……たぶん）

自分にそう言い聞かせ深呼吸する。

アデルと同じように、オズワルドもアーロンの性質を受け継いでいるのだろうか。見たところ武器は所持していないが、もしも魔法を使えたりしたら、とても素手では太刀打《たちう》ちできない。

（う……緊張しすぎて気分が悪くなってきた。まさか悪阻《つわり》!?　目が合っただけで妊娠するって噂《うわさ》だし、この前は不覚にも失神したし……これも前世魔王の力なの？）

思考力までおかしくなってきた。

ふらついたアデルを見て、オズワルドが立ち上がる。逃げる暇もなく、アデルはむりやりソファに座らされていた。

「なにするのよ！」

「まだ体調が悪いのではないか？　立ったままでは話もできん。とにかく座れ」

そう言って、自分はふたたび向かいに腰を下ろす。気遣われた気がしたが、気のせいだろうとアデルは思い直した。

「三日も伏せっていたと聞いたが」

「魔王が同じ城にいるというのに、おちおち寝ていられないわ」

つんと澄ましてアデルが答える。オズワルドは不愉快そうに目をすがめた。

「ずいぶんと魔王を目の敵《かたき》にしているんだな」

「当たり前でしょ！　あなたのせいで、私がどれだけ苦労したと思ってんの？」

「しとやかな王女の仮面を被っていても、素は生きのいい勇者のままか」

「そんなことあなたに関係ないでしょ！」

喧嘩腰《けんかごし》のアデルとは対照的に、オズワルドはアデルを軽くあしらう。自分ばかりが感情的になっていることに、ますます苛立ってくる。

(ああやっぱり、このイラッとする感じ、アーロンだわ！)

剣があったら抜いていたに違いない。しかし、抜けば外交問題に発展することを思うと、持ってこなくて正解だった。

「それを言うなら、俺もおまえにさんざん手こずらされた。最後には城を追われたわけだからな」

オズワルドの反論に、アデルは言い返さずにはいられない。

「あなたが先に人間の領土に攻め込んできたんじゃない。おかげで、私が住んでいた町は焼け野原になったわよ」

「誰が人間の領土と決めた？　魔族を差別して追い立てたのは人間だ」

「魔法なんていうインチキな力を持っていたからでしょう？」

「人間のくせにデタラメな強さを持っていたおまえが、それを言うのか？　下級魔族など虫けらのように蹴散らしていただろう」

「女ひとりに大群で向かってきたのはどっちよ！」

ひとしきり言い合い、アデルは深く息を吐いた。

こんな罵《のの》り合いをしに来たのではない。オズワルドがなにを企《たくら》んでいるのか聞き出すのだ。

アデルはキッとオズワルドを見据え、単刀直入に尋ねる。

「あなたは私を殺しに来たの？」

オズワルドが目を見開いた。

「なぜそう思う」

「私を恨んでいるでしょう？　前世の戦いの続きをしに来たんじゃないの？」

あのときはアデルの勝利で終わったが、力は互角だった。オズワルドが態勢を立て直して再戦していたら、伝説は違っていたかもしれない。

「俺はおまえを殺すつもりはない」

アデルをまっすぐに見つめ、静かな声でオズワルドは言った。

嘘をついているようには見えないが、魔王の本心などわからない。油断させておいて、突然斬りかかってくるかもしれない。

夜闇を思わせるオズワルドの黒い瞳は前世と同じで、まるで感情が読めなかった。腹の探り合いは苦手だ。アデルはじれったくなって重ねて尋ねる。

「それが本心なら、なにを考えているの？　私にお見舞いの品を贈ったり、予定を変更してクロイス王国での滞在を延ばしたり……なんの意味があるのよ」

「見舞いの品が気に入らなかったのか」

「はぐらかさないで！」

オズワルドのほうへ身を乗り出して、アデルは声を荒らげた。そんな抗議にも動じることなく、オズワルドは優雅に膝の上で手を組む。

そして、こう告げた。

「俺がこの国に残ったのは、おまえに結婚を申し込むためだ」

「け……」

アデルはぽかんと口を開け、ぱちぱちと瞬《まばた》きする。

今、とても信じられない言葉を聞いた気がしたのだが、空耳か。

「クロイス国王には既に話し、許可はもらった。国王も王妃も涙を流して喜んでいたぞ」

「けっ……」

「どうした。間抜けな顔をして、まだ具合が悪いのか？」

「けっっ……けけけ結婚っっっ!?」

かなりの時間をかけて、ようやくその言葉の意味を理解する。オズワルドが、哀れむような目で見ていた。

「悪いのは頭か。前世でもやたらと力任せに攻撃するとは思っていたが、勇者は脳まで筋肉で出来ているのだな」

「誰の脳が筋肉ですって⁉　そっちがいきなり変な冗談言うからでしょ！　よりによって、けっ……けけけ結婚、とか！」

「冗談を言った覚えはないが」

オズワルドは真顔で答える。あの夜のようにアデルは気を失いそうになった。

（はっ……失神してる場合じゃない！　こいつとの結婚なんて、五十過ぎの公爵以上にあり得ないから！）

両頬を叩き、気を確かに持ってオズワルドに向き直る。

「いきなりなにを言い出すかと思えば、どういう魂胆《こんたん》よ？」

「売り込んできたのはおまえの父親、クロイス国王のほうだ。アデルは美しく心やさしい、しとやかな王女だと。外見は確かにガルディア皇妃としても問題ない。中身に関しては詐欺《さぎ》だが」

「ほっといてよ！　だったら断ればいいじゃない。ガルディア帝国の皇帝なら、なにもクロイスみたいな小国から妃《きさき》をもらう必要はないでしょう」

「だから、おまえは喜んで俺と結婚すればいい」

「嫌よ！」

「なぜだ？　大国の君主で、知性と美貌と類《たぐ》い希《まれ》な統率力を兼ね備えたこの俺の、一体なにが不満だというんだ？」

「自分で言うな！」

オズワルドが眉間にしわを寄せる。こちらが断るとは考えていなかったらしい。

「おまえにとっては、俺ほど条件のいい結婚相手はいないはずだが。はっきり言って、クロイス王国は弱小国だ。経済が潤《うるお》っているわけでも、軍隊が強いわけでもない。他国に攻め込まれれば簡単に落ちる」

「言われなくてもわかってるわよ」

しかし他国から、しかもセレーネ大陸一の強国ガルディア帝国の皇帝から言われると腹が立つ。

「おまえが俺の妃《きさき》になれば、ガルディア帝国がクロイス王国の後ろ盾となってやろう」

「ずいぶんと気前がいいのね。なにを企《たくら》んでいるの？」

「なぜそう思う？」

「なぜ？　私のほうが聞きたいわよ」

お互いに、前世で命を懸けて戦った相手なのだ。生まれ変わっても忘れることなどできなかった。

そして、その恨みは、勇者に倒された魔王のほうが根深いはず。

この求婚にどんな裏があるかはともかく、それを断ることはクロイス王国にとって大きな損失だ。

王女として自分を犠牲《ぎせい》にするべきだとわかっていても、アデルはそこまで思い切れない。

(寝首をかかれるとわかっていて結婚するバカはいないわよ)

アデルを殺すつもりはないとオズワルドは言ったが、前世魔王の言葉など信用できるものか。

「あなたは魔王アーロンで、私は勇者クレアだったのよ。いくら今の私たちが一国の君主や王女で、これが政略結婚だとしても、私には耐えられない。私にとってあなたは、そしてあなたにとって私は、前世の宿敵以外のなにものでもないんだから」

アデルが思いのたけをぶちまけると、表情の乏《とぼ》しいオズワルドの顔が、どことなく沈んだように見えた。それはすぐに不満げなものに変わり、彼がなんと答えるのかとアデルは身構えた。

「そうか、おまえの気持ちはよくわかった」

そう言った声は案外落ち着いていて、納得してくれたのかと一瞬ほっとする。けれど、それはアデルの勘違いだった。

「だが、こちらから申し込んだ結婚を断られるというのは、ガルディア帝国皇帝としての面子《メンツ》が立たない。国王の許しを得ているのだから、おまえがなんと言おうとこの結婚は成立させる」

「どういう理屈よ！」

魔王も皇帝もプライドの高い生き物であることは理解できるが、なにもこんなことで意地を張る必要はないだろう。アデルとの結婚で彼が得をするとも思えない。ならば、これはアデルに対する嫌がらせに決まっている。

「面子《メンツ》なんて……それなら、あなたの気が変わったことにすればいいわ。私に失望したとか、他に好きな女性が出来たとか、理由なんかどうにでもなるでしょ？」

「不実な男と思われるのは俺の信用に関わる」

「誰もそんなこと思わないわよ！　それに、ガルディア帝国の皇帝に異を唱える者なんていないでしょう。お父様だって諦めるわ。所詮《しょせん》、クロイス王国とはレベルが違うんだって」

「おまえは、どうしてもこの結婚が嫌だと言うわけか」

「ええ、死んでも嫌よ」

アデルがしっかりと頷いたとき、オズワルドの瞳にひどく冷酷な光が宿った。魔王を彷彿《ほうふつ》とさせるその眼差《まなざ》しに、アデルは寒気を覚える。

「では、クロイス王国はガルディア帝国を敵に回すということだな」

「なんですって⁉」

あまりに極端な解釈にアデルの声が裏返った。

「なんでそんな話になるのよ！　これはあなたと私の問題でしょ！」

「皇帝と王女の婚姻ともなれば国同士の問題だ。おまえが俺に恥をかかせるのなら、クロイス王国が侵略されても文句は言えまい」

「はぁ？　なにそれ！」

「ガルディア皇帝として、俺は望むものをすべて手に入れる」

皇帝と言うより、まるでだだをこねる子供である。あまりに身勝手で呆れるが、残念なことに彼にはそれを実行できる力があるのだ。

ガルディア帝国が攻めてきたら、クロイス王国などたった一日、いや一時間くらいで壊滅してしまう。城も土地も人間も、なにもかもがオズワルドの手に落ちる。

裕福ではなくとも、穏やかで平和なこの国で、アデル・クロイスとして得たたくさんの幸せがあるのだ。それを与えてくれた家族や、臣下たち、クロイス王国の人々を絶対に苦しませたくはない。

悪の皇帝から祖国を守ることができるのは、アデルただひとりだ。

（こいつのどこが英明な君主ですって？　こんなの、ただの暴君じゃない！　この男の本性はやっぱり魔王アーロンなんだわ！）

予想通り、オズワルドからは相当恨まれているのだと思う。アデルを妃《きさき》にすることは、彼にとって前世の復讐なのだ。殺さないと言った言葉が本当だとしても、手元に置いてじわじわといたぶることはできるだろう。アデルにとっては、死ぬ以上の不幸が待っている。

悔しくてたまらず、俯《うつむ》いて唇を噛んだ。

「私があなたと結婚すれば、クロイス王国には手を出さないと約束するのね？」

「ああ、クロイス王国はガルディア帝国が守ってやろう」

「……わかったわ、あなたと結婚する」

「それでいい」

満足げにオズワルドが答えた。

「アデル、おまえは俺の妃《きさき》だ」

勝ち誇った声で言われ、アデルはぎりぎりと歯ぎしりする。

（これで勝ったと思うんじゃないわよ！　陰険魔王め、私と結婚したことを後悔させてやる！）

千年前の戦い――勇者と魔王の命を懸けた戦いの幕が、今ふたたび切って落とされた。

＊＊＊

アデルが部屋を出ていったあと、オズワルドはひとりぼんやりと宙を見つめた。

クロイス城でもっとも豪華な客間の壁には、人物や建物が細やかに描かれた織物が飾られ、家具やベッドの柱には木工彫刻が施《ほどこ》されている。それらはクロイス王国らしい素朴《そぼく》で繊細な文化を表していた。芸術性よりも合理性を重んじるガルディア帝国とは、正反対の気風と言える。

そう、まるでオズワルドとアデルの前世のように。本来、交わるはずのなかった運命である。

「オズワルド陛下、ご機嫌がすこぶるお悪いようですが、なにかありましたか？」

オズワルドとアデルをふたりきりにさせようと、気を利かせて席を外していた部下のダレン・レナードが、部屋に戻るなりそう言った。

もともとオズワルドの目つきは悪いが、今は人を殺せそうな眼力を放っている自覚がある。ここまで気持ちがささくれ立っている原因は、アデルに他ならない。

「ダレン、おまえは運命を信じるか？」

「なんですかいきなり」

「いや……なんでもない」

心が乱れているせいで、変なことを聞いてしまった。抜け目ないダレンは取り繕《つくろ》う主《あるじ》の異変を、察したらしい。

「もしや、アデル王女となにかあったんですか？」

「別に……」

「なにもない、わけはないですよね。さっきまではめずらしく上機嫌でいらしたというのに、今はいつにもまして顔が怖いですよ。原因がアデル王女でないのなら、他になにがあるんです？」

アデルとなにかあったと決めつけて、ダレンが尋ねる。事実、そうなのだが。

「やめてくださいよ、結婚前に手を出して破談になるとか。世間に知られたら、ガルディア皇帝ともあろうお方がみっともないですから」

「ダレン、死にたいのか？」

オズワルドの声に凄みが加わったが、ダレンが臆《おく》することはない。

常に傍に控えている二歳年下のダレンは、オズワルドの右腕と言ってもいい側近だ。立場的には臣下だが、レナード家はガルディア皇家の傍系《ぼうけい》であり、ダレンの父親は帝国内で強い影響力を持っている。オズワルドとダレンは、昔から気心の知れた友人でもあった。

髪と瞳はやわらかな茶色で、育ちの良さを思わせる身ごなしと穏やかな笑顔が人に好印象を与える。頭が切れ、剣の腕も確かだ。そしてなにより、オズワルドへ率直に意見できる貴重な存在でもある。

「いくら妃《きさき》になる方でも、礼儀を欠かないように、もっと慎重に行動なさってください」

口うるさいダレンに、オズワルドは不愉快そうに顔をしかめる。

部下らしからぬあからさまな物言いには腹が立つが、いつも傍にいるだけあってあながち外れてはいない。だから、オズワルドは昔から、ダレンの言葉には耳を傾けてきた。

ただし、それを素直に認めるほど純粋ではないのだが。

「おまえは、俺をなんだと思っている」

「美しい女性に一目惚れして舞い上がっている男、だと思っています」

「…………」

「そもそも、アデル王女との結婚をおひとりで決めてしまわれて、国には事後報告していることがもういつもの陛下ではありません。ガルディア帝国皇帝の結婚は、一般庶民のそれとは意味が違うのですよ。ですが、陛下がそれほど情熱的にアデル王女に恋をされているなら、僕は反対しません。実際、アデル王女はとてもお美しい方です。しかも、クロイス王国という小さくのどかな国のご出身というのも悪くありません。他国の人間の多くは、未《いま》だガルディア帝国に対して恐ろしいイメージを持っていますから、あの方が皇妃となればそれも変わるでしょう」

さすがに、ダレンはよくわかっている。アデルとの結婚に賛成されて、オズワルドは気をよくした。だが、聞き流せない部分もある。

「アデルが我が国に良い影響をもたらすことはわかっている。だから、あの女を選んだ。俺は別に一目惚れしたわけではない」

「僕の勘違いでしたか。失礼しました」

絶対にそう思っていない笑顔でダレンが頷いた。いちいち癇《かん》に障《さわ》る部下である。

「それで、アデル王女との会話はいかがでしたか？　陛下に求婚されて喜んでおられたでしょう」

「……当然だろう」

ガルディア皇帝の妃《きさき》になりたくない女がこの世にいるなど、ダレンも思わないだろう。オズワルドでさえ、アデルに拒絶されるまではそうだった。彼女に前世の記憶が残っていることは薄々感じていたが、現在のクロイス王国の立場を考えれば、素直に受け入れると信じていたのだ。

それが大誤算だったとは。やはりアデルは強者だ。

「それなら、なにがあったんです？　また失言でもしてアデル王女を怒らせましたか？　陛下は女性に対して……というより、他人に対して気遣いに欠けるところがありますからね。以前、陛下に気のある素振りを見せた某国の姫君を、ドレスが似合っていないとか、化粧が濃すぎるとか言って泣かせていたでしょう」

「あれは、あまりにつきまとわれて煩《わずら》わしかったから、事実を言ってやったまでだ」

「それがいけないんですよ。拒絶するにしてももう少しやんわりと、言い方ってものがあるでしょう。女性は傷つきやすいんですから。そんなことしていると、そのうち刺されますよ？」

教師のような口調でダレンに窘《たしな》められて、オズワルドは内心いたたまれなくなった。

（アデルにも、脳筋とか中身は詐欺《さぎ》とか、いろいろ言ってしまったが。それがまずかったのか？）

彼女の思い込みの激しさにも原因はあるものの、あれで余計に怒らせた可能性は否《いな》めない。

「優秀すぎるせいなのか、陛下は人としてなにかが欠落していらっしゃるので、常々危惧《きぐ》していたところです。外見だけは良いのですから、なるべく口を開かずにクールな美形を気取っていらっしゃるほうが安全ですよ」

「ダレン、国に戻ったらおまえを不敬罪で投獄することに決めた」

「僕がいないと困るのは陛下だと思いますが」

にっこりと笑ったダレンに、オズワルドはそれ以上なにか言う気が失せた。

しかし、ダレンの言うことももっともである。もしも、結婚を渋るアデルにクロイス侵略をちらつかせて承諾させたなどとバレたら、なんと罵倒《ばとう》されるかわかったものではない。それが世間にも知られたら、ガルディア皇帝としての名声も人望も地に落ちる。

それでも、どんなに強引な手段を使ってでも、オズワルドはアデルを妃《きさき》にしたかった。

彼女とふたたび出会ったことは、運命だと信じたからだ。今ここで繋ぎ止めなければ、その運命は分かたれてしまうと思った。

アデル・クロイスがクレアであることは、彼女を一目見たときに気づいた。どうしてなのか、自分でも説明がつかない。心の奥底に眠る前世の自分が、そう知らせたように思えた。

オズワルドの前世は、伝説の魔王アーロンである。

魔王の記憶と知識を持って生まれたオズワルドは、最初こそその事実に戸惑いを覚えたが、特に混乱することも抵抗することもなく受け入れた。

魔王であったことに嫌悪感はない。人間の伝説では、魔王が悪の権化《ごんげ》のように描かれているが、魔族には魔族の言い分があった。今ではすっかり滅びてしまったことに多少の寂しさはあるものの納得はしている。あくまでも今のオズワルドは人間であり、人間が同族なのだ。

勇者と魔王の伝説は、それなりに正確に語られている。

人間と魔族との戦いにおいて、魔族はしだいに劣勢となっていた。もともと、人間のほうが魔族より数が多く、武器の扱いや戦術に長《た》けていたことも関係するだろう。魔法という特殊な力に頼っていた魔族が敗北するのは、時間の問題だったのかもしれない。最後は城の最奥まで勇者クレアに攻め込まれ、魔王城は陥落《かんらく》した。

魔族が態勢を立て直して人間に反撃する、とならなかったことについては、ふたつの理由がある。

一番の理由は、魔力の源《みなもと》が豊富に流れる地を追われ、魔族の力が衰退したこと。

そしてもうひとつの理由、それは——

魔王アーロンが、勇者クレアに恋をしたことだった。

アーロンがクレアと会ったのは生涯でただ一度きり。それにもかかわらず、勇者というにはあまりに美しく、女の身でひとり魔王に立ち向かってきた強くひたむきな彼女に、心を奪われたのである。

魔王が自分を殺しにきた相手に惹かれたあげく、ひっそりと命を落としたことは、魔王本人以外誰も知らない。知らなくていい。そこまで詳しく伝説で語られていたら、いくら前世の話でも恥ずかしさのあまり引きこもりたくなるだろう。

これまでオズワルドは、前世は前世として客観的にとらえていたつもりだった。

魔王アーロンの記憶はあるが、自分ではないと。夢の中の自分を見るように、どこかぼんやりと感じていた。

三日前に、クレアの生まれ変わりであるアデルと出会うまでは。

（クレア……いや、アデル……アデル・クロイス……）

あの夜、月明かりに照らされた回廊で彼女の姿を目にした瞬間、前世の記憶が鮮《あざ》やかに蘇《よみがえ》った。

魔王アーロンがクレアに抱いた想い。それまでは他人事に近かったすべてが、はっきりとオズワルドのものとなった。

鎧《よろい》に身を包んでいた勇者と、華やかに着飾った王女とでは、まるで雰囲気が違う。それでも、アデルにクレアの魂《たましい》が受け継がれていることが、オズワルドにはわかった。

美しさと強さとを併《あわ》せ持つ、純粋な魂《たましい》の輝き。強大な魔力を持つ魔王を一瞬で虜《とりこ》にしてしまったそれは、彼女にしかないものだ。

ダレンが言うように、確かに一目惚れなのだ。ただし、惚れたのは千年も前で、以来ずっと惚れ続けている。こじらせたその恋慕は最早、呪いだ。

クレアと対峙したあのとき、アーロンは心に誓った。

『もしもおまえが俺を倒すなら、それは運命だ。おまえが与える傷も痛みも、俺は死んでも忘れない――』

そして、転生したこの世でふたたび彼女と出会った。これが運命でなくてなんだというのか。

アデルと出会い、オズワルドは確信した。今度の人生は、前世の叶わなかった想いを叶えるためにあるのだと。

（野心を抱いて戦うより、今生の俺は愛に生きる）

改めてそう決意している主《あるじ》に、ダレンがなにか不気味なものを見るような目を向けていた。

「あの……陛下、どうなさいました？　今度は心なしかお顔が赤く息も荒いですが……お熱でもあるのでは？」

「……いや、問題ない。今日は少し暑いからな」

考え事に熱中するあまり、高ぶりが顔に出ていたらしい。オズワルドはすぐに平静を装《よそお》う。

「とにかく、アデルとの結婚に関して、おまえはなにも気にする必要はない。俺が万事上手くやる」

「陛下がそう仰《おっしゃ》るなら。……ところで、ひとつ気になる話を耳に挟んだのですが。最近、アデル王女には他にも縁談があったとか」

「なんだと？」

とたんにオズワルドの声と表情が険しくなり、部屋の空気が張り詰める。それを察したらしいダレンは、言葉を選ぶように話を続けた。

「縁談といっても、一方的なものだったそうです。私の調べによると、クロイス王国はナギム公国に多額の借金をしています。それを帳消しにする代わりにアデル王女を妃《きさき》に寄こせと、ナギム公爵が要求したのです。クロイス国王はずいぶんと悩まれたそうですので、オズワルド陛下が求婚したことで救われたでしょうね」

「では、ナギム公爵は潰そう。ガルディア帝国から圧力をかけて失脚させ、爵位は他のやつにくれてやれ」

オズワルドが即答し、ダレンは顔を引きつらせた。

「それはいくらなんでも私情を挟みすぎでは？　アデル王女はもう陛下と結婚すると決まったようなものなんですから、放っておけばいいではありませんか」

「もともとあの男には、関税を好き勝手にされたり交渉をすっぽかされたりと不愉快な思いをさせられてきたからな。おまけに、公爵は五十を過ぎているんだぞ？　妃《きさき》は既に五人もいる。それをよくもアデルを妃《きさき》にしたいなどと……あのエロジジイ、やはり殺しておくか」

「陛下、落ち着いてください！　わかりました、その件は僕が適当に処理しておきますから！」

ダレンが必死に宥《なだ》めるが、オズワルドはまったく冷静ではいられない。

(アデルを妃《きさき》にしたいと考える男は、俺だけではないということか)

クロイスは貧乏王国だが、だからこそ借金のカタに王女を要求するなどという不埒《ふらち》なまねができるのだ。侵略を脅《おど》しに使うのとどちらがより非人道的か、そんな比較はこの際どうでもいい。

「ダレン、もうひとつおまえに頼みがある」

「はい、なんでしょう」

「三日……いや、遅くとも明後日《あさって》までに、アデルの婚礼用のドレスを作らせろ」

「明後日《あさって》まで？　いくらなんでもそれは無理がありますよ。ドレスの仕立てなんて、少なくとも一週間はかかります」

「無理でもやれ。クロイス王国中の腕のいい仕立屋をかき集めろ。金ならいくらでも出す」

オズワルドがこうと決めたらそれは絶対なのだが、いつもならここまでの無理は言わない。反論を許さない雰囲気の主《あるじ》に、ダレンは遠慮がちに口を開く。

「どうしてそんなに急いでドレスを仕立てる必要があるんですか？　婚礼用の衣装など、ガルディア帝国に戻ってから手配しても遅くないでしょう」

当然、結婚式は万全の準備を整えてガルディア帝国で行われる。そのことはオズワルドにも異存はない。しかし、それはあくまでも本番についての話だ。

「二日後、俺はアデルと仮の結婚式を挙げることにした」

「はっ⁉　二日後って……正式な婚約もまだなのに？　いくら仮でもできるわけがないじゃないですか！　国同士の、それもガルディア帝国ほどの大国なら、結婚にもそれなりの準備が必要なんです！　陛下だってそのくらいわかっていらっしゃるでしょう？」

「そんなものはどうでもいい。今はとにかく、アデルを妃《きさき》にしたという既成事実が必要なのだ。国に戻れば、アデルとはしばらく離れることになる。その前に形だけでも式を挙げておきたい」

当初クロイスには一泊だけする予定だった。その夜に、思いもよらない運命の再会があったおかげで、滞在を三日も延ばしている。ガルディア皇帝の不在は、帝国の内外に不穏をもたらす。

皇帝として国民に支持されているとはいっても、オズワルドは即位してまだ一年だ。年配の家臣たちを従えるのもそう簡単ではない。特にガルディア帝国のような大国ならなおのこと、城の中でも様々な思惑が渦巻いているのである。

（アデルが妃《きさき》としてガルディア帝国へ来る前に、そのあたりもどうにかしておきたいものだが）

ガルディア皇帝という立場は心労が多い。惚れた女にうつつを抜かしつつも、やるべきことは山積みである。

オズワルドの言葉をどうとらえたのか、ダレンは心を打たれたように表情をなごませる。

「そうか……そうだったんですね、陛下。仮の式を挙げるのはアデル王女を安心させるため、必ず迎えに来るという約束なんですね？」

「……ああ、その通りだ」

「陛下がそこまでひとりの女性を思いやるとは、感激です」

（ちょっと……いや、かなり違うが、まあいい、そういうことにしておこう）

むしろ、安心したいのはオズワルドのほうなのだ。

ナギム公爵の一件で、他の男にアデルを奪われるかもしれないという焦りを覚えたせいもある。

だがそれ以上に、アデル本人に逃げられる可能性も否定できない。

なんといっても、彼女は前世で魔王に勝った女勇者なのだ。たとえクロイス王国の存亡がかかっていても、本当に拒絶したいと思ったらどんな手でも使ってくるだろう。

それを阻止するために、とにかく一刻も早くアデルを妻にしたい。

たとえ仮でも結婚式を挙げ、その事実を広めてしまえば、あのアデルも観念するはずだ。

（アデルの心を射止めるのは、晴れて妃《きさき》としてガルディア帝国に迎えてからでも遅くない）

オズワルドはガルディア帝国の皇帝であり、かつそれにふさわしい能力と威厳と、端麗《たんれい》な容姿を備えている。己の持てるすべてで、絶対にアデルを振り向かせてみせる。

（アデル、おまえはもうじき俺の妃《きさき》だ）

前世の宿敵に恋をした男は、固い決意を胸に、恍惚《こうこつ》とした笑みを浮かべた。

＊＊＊

オズワルドと面談して二日が経つが、アデルの気持ちは今も沈んでいる。

部屋にこもってばかりいては体にも心にも良くないので、その日は朝から庭に出てみた。

大陸の南に位置するクロイス王国では、冬でもほとんど雪が降らないため、ほぼ一年を通じて花を楽しめる。さほど広くはないが綺麗に手入れされている城の庭園には、今も色とりどりの花が咲いていた。中央には池と噴水《ふんすい》が設《しつら》えられ、のどかで美しいこの場所は、アデルのお気に入りである。

けれど、今はまったく安らぎを感じない。頭の中はオズワルドのことでいっぱいだ。あのふてぶてしい顔を思い出すたび、腹の底からどす黒い感情がこみ上げてくる。

「くぅ……っ、またしてもあいつが私の人生に立ちふさがるなんて！　あの暴君、腹黒魔王、××××！　×××の×××××っ！」

感情的になるあまり、前世の粗野な言葉遣いが出てしまう。王女とは思えない罵詈雑言《ばりぞうごん》を誰かに聞かれていないかと周囲を見回す。幸いここにはアデルしかいない。

こんなことなら、さっさとナギム公国に嫁《とつ》いだほうが良かったのかもしれない。三十年上の夫の六番目の妻でも、少なくとも寝首をかかれる心配はないだろう。

「なんという究極の選択！　どっちに転んでも悲劇！　私ってかわいそう！」

池の畔《ほとり》に座り込み水面《みなも》に映る自分を見下ろすと、深い溜め息が漏《も》れる。

貧乏国の王女とはいえ、アデルの人生はつい最近まで順調だった。

悠々自適《ゆうゆうじてき》とは言わないまでも、今回の人生は平和に呑気《のんき》に生きることが目標だったのに、急に前世にも劣らない不穏な空気が漂《ただよ》い始めている。

政略結婚そのものは厭《いと》わない。仮にも一国の姫として生を享《う》けたからには、結婚はアデル個人の意思ではどうしようもないことは重々承知しているし、いわゆる幸せな結婚とはならないかもしれないことも、ある程度は覚悟していた。

ナギム公国への輿入《こしい》れは条件としては最悪だったが、夫となる男の前世が悪辣《あくらつ》な魔王で、彼にものすごく恨まれている、というのはそれ以前の問題ではないか。いつ殺されるかと一時《ひととき》も気が休まらない結婚生活など、既に死んでいるに等しい。

しかも、立場上は向こうがはるかに上なのだ。オズワルドと一対一の力勝負なら勝てる可能性もあるけれど、皇帝陛下をぶちのめしたらクロイス王国が滅ぶ。結婚を拒否しても滅ぶ。

「あーっ、思い出したらまた怒りがこみ上げてきた！　こっちの立場が弱いからって、なんて傲慢《ごうまん》な態度！　あの綺麗な顔に拳を打ち込んでやりたい！」

アデルが拳を振り上げて叫んでいると、ぱたぱたと近づいてくる足音が聞こえた。

「アデル様、ここにいらっしゃったのですか？　お探ししたのですよ」

息を切らせて駆けてきたのはノーマである。彼女は傍《かたわ》らに膝をつくと、アデルの肩に両手をかけた。

「おひとりで立ったり座ったり叫んだり、お忙しいですわね。これ以上ない縁談が決まってはしゃぐお気持ちはわかりますが、もう少し落ち着きを持ってください。アデル様はもうすぐガルディア帝国の妃《きさき》になられるのですから」

オズワルドがアデルに結婚を申し込んだと知ったとき、ノーマは誰よりも喜んでいた。その様子に、まったく喜べないアデルは胸が痛んだ。

「妃《きさき》になんかなりたくない……だって、ガルディア帝国に行ったらノーマと離ればなれでしょう？私、ずっとクロイス王国でノーマと一緒に暮らしたい」

アデルは甘えた仕草でノーマの肩に額《ひたい》をくっつけた。オズワルドの妃《きさき》になりたくないだけでなく、ノーマと離れたくない気持ちも本当である。

そんなアデルを慰《なぐさ》めるようにノーマは髪をなでてくれた。

「まあ、アデル様ったら。でも心配いりませんわ。アデル様が嫁《とつ》がれるときには、私もガルディア帝国へご一緒いたしますもの」

「本当？　良かった、それだけが救いだわ。でも、嫁《とつ》ぐのはまだまだ先よね？　結婚にはいろいろと準備が必要だし」

あわよくばその猶予《ゆうよ》期間になにかいい手を考えて、結婚そのものを破談にしたいとアデルは目論《もくろ》んでいる。わずかでも可能性がある限り諦めない。前世勇者の意地である。

ところが、アデルがそう聞いたときのノーマの態度が妙だった。少し困ったような、けれど嬉しそうでもある、生暖かい目でアデルを見つめている。

「アデル様、それが……予定よりも早まりまして」

「早まった？　どういうこと？」

アデルの中で嫌な予感が急激に膨れあがった。

固唾《かたず》を呑んで見守るアデルに、ノーマは諭《さと》すように告げる。

「アデル様、心してお聞きください。オズワルド陛下が、とりあえず仮の結婚式を挙げたいと仰《おっしゃ》いまして、本日これから行われることになりましたの」

「はあぁっ⁉」

どこから出ているのかわからない声を発して、アデルは大きく口を開けたまま固まった。そんな主《あるじ》の正気を疑ってか、ノーマが目の前でひらひらと手を振る。

「アデル様、アデル様、大丈夫ですか？　驚かれるのも無理はありませんが、その間抜けなお顔は早く元に戻してください。急いでお式の支度をしなくてはいけませんからね」

放心していたアデルは、ハッとして正気に戻った。

「じょっ、じょっ……冗談じゃないわ！　私は認めませんから！　あの男……オズワルド陛下とは、まだ正式に婚約もしていないでしょう！　結婚だってまだ本決まりではないということなのよ！」

「あまりに急な展開で、お心の準備ができていらっしゃらないのですね。わかります。正直、私も戸惑っておりますが、ここは私の腕の見せ所。限られた時間で最高の花嫁姿に化《ば》かして……いえ、仕上げてみせますわ！」

「張り切らなくていいから！　私はまだ体調が万全ではないということにして！　というより、前より悪化して今にも死にそうだと！」

（オズワルドめ、なんという荒業を使いやがるのよ！）

なにがなんでもアデルを逃がさないつもりらしい。魔王の執念《しゅうねん》に前世以上の恐怖を覚える。

「アデル様がもうぴんぴんしていらっしゃることは、皆が知っております。そんな我《わ》が儘《まま》は許されませんよ。……さあ皆さん、アデル様をお部屋へ」

ノーマがパンパンと手を叩くと、侍女たちがわらわらと湧いて出て、全員でアデルを取り囲む。

「え……ノーマ、なにをする気？」

「急ぎなさい。一刻の猶予《ゆうよ》もありません」

「「はい！」」

ノーマの命令に全員で返事をして、侍女たちはアデルの腕や腰をがっしりと掴んだ。自由を奪われたアデルは、手足をばたつかせて抵抗する。

「だから私は結婚なんかしないってば！　いやあぁぁぁっっ、助けてぇぇぇっ！」

多勢に無勢では抵抗も虚《むな》しく、アデルはそのままずるずると中庭を引きずられていった。

ノーマは抜かりなく準備していたらしく、部屋に戻るとすぐに、待機していた侍女たちにもてきぱきと指示を出す。

「まずはアデル様をお風呂に入れます。隅々まで綺麗に、爪の先から髪の毛一本にいたるまで、ピカピカに磨き上げなさい！」

まるで掃除か洗濯でも始めるような口ぶりだが、侍女たちの動きも連携《れんけい》が取れていて無駄がない。

アデルはあっという間に丸裸にされ、気づいたら湯船に放り込まれていた。

「ぷはっ……やめて、どこ触ってんのよ！　私は嫌だって言ってるでしょ！　ノーマ、いいかげんにして！」

「アデル様、往生際が悪いですわ。一国の王女たるもの、いつでも嫁《とつ》ぐ覚悟を持たれていたはず」

「それはそうだけど……相手によるのよ！」

「ガルディア皇帝のいったいどこが不満だと仰《おっしゃ》るのですか。アデル様には出来すぎなくらいのお相手です。結婚式が早まったことはむしろ好都合。こちらの本性がバレる前に、さっさと既成事実を作ってしまってください」

「いやー、ノーマの鬼、悪魔！　魔王！」

「ホホホ……なんとでも」

アデルの悪態など意に介す様子もなく、ノーマは手際よく支度を進める。

アデルはノーマと侍女たちにされるがまま、風呂から上がると全身に香水を振りかけられ、それにむせている間に下着をつけられ、コルセットでぎりぎりと腰を絞られた。今度は呼吸困難になりかけてゼイゼイと喘《あえ》ぐ。その間にも、ノーマは的確な指示を出し続け、侍女たちはくるくると動き回り、着々と花嫁支度は進んでいく。

そして二時間と経たないうちに、アデルはノーマの宣言通り見事に美しい花嫁に変身していた。

纏《まと》っているのは裾の長い真っ白なドレスで、一目で高価とわかるレースが生地《きじ》全体を覆《おお》っている。シンプルな細身のデザインが、すらりとしたアデルの体に良く似合っていた。

髪も同じレースのベールで覆《おお》われ、胸元には最高級の真珠《しんじゅ》が幾重にも巻かれている。白で統一された衣装からは、気品と清楚《せいそ》さが醸《かも》し出され、慌ただしく着付けたわりにはなかなかの仕上がりだった。さすがはノーマである。

これがオズワルドとの結婚式でなければ、アデルも心から喜べただろう。しかし今の心境では、死に装束に等しい。

「アデル様もご自分のお姿に見とれていらっしゃるくらいですから、オズワルド陛下もきっと満足されることでしょう」

一仕事終えてほっとしているノーマは、鏡を見つめるアデルの内心を誤解したらしい。

「ノーマには悪いけど、それはないわ。オズワルド……陛下は私を妃《きさき》にすればそれで満足なんだから、衣装なんてどうでもいいわよ」

「そんなはずはございません。このドレスも陛下の贈り物ですから」

「陛下の？」

アデルは驚き、改めて鏡を見つめる。確かに、これほど高価なドレスをいつの間にクロイス王国で用意したのかと疑問には思っていたのだ。

「だけど、結婚の話が出てからまだそれほど時間が経っていないわよ。いったいいつ仕立てたの？」

「注文されたのは一昨日《おととい》とのことですわ。クロイス王国中から腕のいい仕立屋を集めて、たった二日で作らせたそうです」

「二日でこれを？」

「急がせる分、代金はいくらかかっても構わない、なおかつ材料は最高級のものだけを使うようにとお命じになったとか。生地《きじ》や細部の装飾、身につける宝石に至るまで、陛下のご指示だそうです。オズワルド陛下は本当に、アデル様に似合うものを心得ていらっしゃいますわ」

ノーマの話を聞いてアデルは全身に鳥肌が立った。

（これが全部オズワルドの見立て……って、怖いんだけど！）

婚礼衣装の一着や二着、ガルディア皇帝にとってはたいした出費ではないのだろうが、全身にオズワルドの怨念《おんねん》が絡みついているようだ。

「陛下のアデル様への深い愛情を感じますわ」

「深い愛情ね……あはは……」

もう抵抗する元気もなく、アデルは力なく笑う。

「ああ、とても幸せな人生だったわ。ノーマ、今のうちに私の遺言を託しておくわね。実はこの城の中庭にある花壇の下に宝箱が埋まっているの。子供の頃に集めていたセミの抜け殻《がら》がぎっしり詰まっているから、私が死んだらあげるわ」

「結構です。さあ、式場へまいりますよ」

アデルの遺言をあっさり拒否して、ノーマは主《あるじ》の背中を押す。侍女にせっつかれながら、アデルは重い足取りで大広間へと向かった。

本番の結婚式はガルディア帝国で大々的に行われるので、クロイス王国での式はあくまでも仮のものだという。それでも、クロイス王国の神官が執《と》り行い、客も招待するというのだから、アデルにとっては本番みたいなものである。

城の大広間は、クロイス中の貴族が集まったのかと思えるほど多くの参列者でごった返していた。オズワルドの気まぐれというか策略で急遽《きゅうきょ》行われたので、正式な招待状など出す余裕もなかったはずだが、噂《うわさ》を聞きつけた貴族たちが、あわよくば自分たちもガルディア皇帝に取り入りたいと考え、祝いの品を持ってはせ参じたらしい。

予想していた以上の大人数の前で前世の宿敵と結婚しなければならないのは、アデルにとって苦痛極まりなかった。クロイス王国は小国故《ゆえ》に、ガルディア帝国との婚姻を誰もが大歓迎している。そんな祝福ムードの中で、主役のひとりであるアデルだけが死んだ目をしていた。顔を覆《おお》っている薄手のベールのおかげで、それに気づく者はいない。

隣に立つオズワルドを除いては。

「おまえは、まるで葬式に参列しているような顔だな。もっと笑え」

ふたりで祭壇《さいだん》の前に立っていたとき、オズワルドが呟いた。笑えと命じられて、アデルのこめかみが憤《いきどお》りでぴくぴくと震える。

「これはある意味、自分の葬式みたいなものよ。笑えるわけないでしょ」

「ガルディア皇帝と結婚できて、少しも嬉しくないのか?」

「その皇帝の前世が魔王でなければ最高だったわよ」

「どうしてそこまでこだわる。前世で最終的に勝ったのはおまえだろう。現世では俺のほうが格上だが」

「くっ……わかってるわよ！　だからこういうことになったんじゃない」

とてもこれから結婚するとは思えない新郎新婦の会話である。

オズワルドは、肩や袖口に金糸《きんし》で刺繍《ししゅう》が施《ほどこ》された黒の上下を着ていた。アデルの誕生日に着ていたものと似ているが若干違う。会うたびに黒い服しか着ていないので、それも前世を思い起こさせて嫌になる。やはり、腹の中が黒い男は外見も黒いのだ。

式が始まり、三人の神官が連なって大広間へ入ってきた。本日の結婚式を取り仕切るセレネ教の神官たちだ。

共通の言語を使うセレーネ大陸の国々は、文化や風習など似たところがある。各国にある神殿も、大陸の名前の由来でもある女神セレネを祀《まつ》ったものが多い。ちなみに、前世では女神セレネという名前を聞いたこともなかったため、アデルにとっては今ひとつありがたみに欠ける。

結婚式はつつがなく進行し、神官の長い話を上の空で聞いている間に終わっていた。

これで、アデルとオズワルドは一応、夫婦ということになる。アデルはこの世の終わりみたいな気分でいたが、家族や城の者たちは全員感激して涙ぐんでいた。

「オズワルド陛下……クロイス王国で式を挙げてくださったお心遣いに感謝いたします！　アデルを皇妃にお選びくださっただけでなく、まさかこのような晴れ姿まで見ることができるとは……クロイス国王として、父として……これ以上の喜びはありません！」

父はむせび泣きながら、オズワルドに感謝の思いを伝えた。その横で、クロイス王妃であるアデルの母もハンカチで目元をぬぐう。

「陛下……ふつつかな娘ですが、どうかよろしくお願いいたします。アデル、こんなに立派な方の妃《きさき》になれるなんて、あなたはとても幸せ者よ」

「国王陛下、王妃殿下、お顔をお上げください。アデルのことはどうか私にお任せを。必ず幸せにしてみせます」

オズワルドは完璧に理想の娘婿《むすめむこ》を演じている。アデルでさえ騙《だま》されそうになるほどの好青年ぶりに、両親は簡単に手懐《てなず》けられていた。

「陛下は幼い頃にお母様を亡くされたのでしたね。さぞお寂しい思いをされたのでしょう」

オズワルドが美男子であることも、母は気に入ったのだろう。心底同情するように言うと、彼は寂しげな目をした。

「私はどうも家族の縁が薄いようです。母の記憶はほとんどありませんし、父も他界しました。アデルと結婚することで、ふたたび父上、母上と呼べる存在ができて嬉しいのですよ」

「ああ、オズワルド陛下……私のことはどうぞ本当の母と思ってください！」

「わ、私のことも父とっ！」

母と父が号泣する横で、アデルは開いた口がふさがらない。妃《きさき》にならなければクロイス王国を攻めると脅《おど》した男が、よくもしゃあしゃあと言えたものである。

「陛下、姉上をよろしくお願いいたします」

最後に、王太子である弟のカロルがオズワルドに向かって礼をした。カロルはアデルより二つ年下の十八歳だが、身長は既にアデルよりも高い。最近はずいぶん大人びてきたと思っていたけれど、オズワルドと並ぶとまだ幼さが目立つ。

「姉上はこの通り、見た目は綺麗なのですが、性格的には男……いえ、並の男以上に強気で大胆なところがありまして、僕は子供の頃から泣かされてきました。こんな姉上にガルディア帝国の皇妃が務まるのか、弟として心配でなりません」

「カロル！」

いきなりなにを言い出すかと思えば、姉の欠点を暴露《ばくろ》してくれている。天真爛漫《てんしんらんまん》なカロルは失言と思っていないのか、アデルに笑顔を向けた。

「姉上、結婚できてよかったですね。離縁されないようにがんばってください」

「ハハ……そうね」

（こっちは今すぐにでも離縁されたくてたまらないってのに！）

しかし、今の暴露《ばくろ》でオズワルドが結婚を後悔したのではないか。もしもそうならカロルを褒めてやりたいが、そう上手くはいかない。

オズワルドを見上げると、彼は余裕の笑みを浮かべている。

「心配しなくていい。なにがあっても、俺がアデルを離縁することはないと約束しよう。男と男の約束だ、弟よ」

「光栄です、兄上」

カロルまで尊敬の眼差《まなざ》しでオズワルドを見つめていた。

（なんの茶番よ、これは！）

どうやら、ガルディア皇帝という肩書きは、魔王アーロンの魔力並みの威力があるらしい。

式が終わると、これも本番の結婚式と同様に祝宴が開かれた。

準備が急ではあったが、クロイス王家の威信に懸けて食材や酒などを調達し、なんとか面目を保つことはできたようだ。新郎新婦のふたりは大広間奥に設《しつら》えた特等席に座らされ、多くの祝い客が代わる代わる祝福を述べにやって来る。

オズワルドは如才《じょさい》なくそれらに応対し、アデルも顔に愛想笑いを貼り付け続けた。食事をする余裕も食欲もない。

顔が筋肉疲労を起こしかけた頃、ようやく客の挨拶《あいさつ》も落ち着いた。大広間には楽団が奏でる舞踏曲が流れ、酔客がそれに合わせて踊り出す。

「オズワルド、あなたに言っておきたいことがあるの」

踊る人々を眺めながら、アデルは隣のオズワルドにだけ聞こえる声で言った。

「なんだ？」

それに合わせて、オズワルドも声を潜《ひそ》める。

「あなたと私のこれからについて。残念ながらあなたの思惑通り、私たちは結婚してしまったわけだけど」

「この期《ご》に及んで、俺とは結婚しないと悪あがきを続けるつもりか」

「こうなってしまったらもう遅いわ。非常に不本意だけど、私はあなたの妃《きさき》になる。ガルディアへ行くわ」

「それでいい。ようやく素直になったな」

オズワルドは微笑んだ。その笑顔にいつもの邪悪さはなかったが、アデルは油断しない。

(フン、勝ったと思っていられるのは今だけよ)

アデルは小さく鼻を鳴らし、心の中で捨て台詞《ぜりふ》を吐く。

「私は皇妃としての務めを果たす。あなたには恥をかかせないと約束するわ」

「おまえにできるのか?」

疑っているらしき口ぶりに、アデルはムッとしてオズワルドに顔を向ける。

「やるわよ。いくら前世ががさつな勇者でも、現世ではちゃんと……一応、王女としての教育を受けているわ。私だってやればできる女ですから、ご心配なく」

「なるほど、それは楽しみだ」

オズワルドがクッと噴き出した。忌々《いまいま》しい男である。

「重要なのはここから。それはあくまでも表面上よ。私は皇妃となっても、あなたを夫として認めたわけではないから。そこのところは肝に銘《めい》じておいてちょうだい」

「つまり?」

「私に指一本でも触れたら、殺す」

オズワルドを横目で睨《にら》みつけ、アデルは言い切った。本気であると目で訴える。

最初は当惑したような顔をしていたオズワルドは、やがてその口元を薄く笑ませた。

「やはり、おまえは一筋縄ではいかないな。今度の人生でも俺に挑むというわけか。そのくらいのほうが、こちらも張り合いがあるというものか」

喉の奥でくつくつと笑うオズワルドに、強気だったはずのアデルは背筋が寒くなる。

（なんなのその妙に嬉しそうな反応は……相変わらず不気味な男！）

「いいだろう。俺も無理強い《むりじ》は本意ではない。おまえの意思を尊重しよう」

「じゃあ、契約成立ね。破ったら承知しないわよ」

アデルは強く念を押す。

オズワルドが思っていたよりあっさりと承諾したのは意外だが、取引は成立したのだからそれでいい。自尊心の高い男なので、そう簡単に約束を反故《ほご》にしたりはしないだろう。

この結婚を破綻《はたん》させることをアデルは諦めていない。こちらから断ることも、実力行使もできないのなら、円満に離婚するしかない。形だけの夫婦となって時間を稼ぎ、アデルもクロイス王国も傷つかずに済む方法を探すのだ。

せっかく手に入れた新たな人生は、平和に幸せに生きると決めている。

（そのための魔王との戦い、今度も勝つのは私よ！）

3

アデルとの結婚式の翌日、オズワルドは慌ただしく帰国した。

求婚から結婚式まで一気に済ませてしまったせいで、クロイス王国滞在期間は予定よりかなり延びたらしい。皇帝の仕事にも支障を来した様子だが、自業自得だとアデルは思う。

「おまえをガルディア帝国に迎える準備は早急に済ませておく。必要なものはすべてこちらで用意するから、おまえは身ひとつで来い。すぐに来い、いいな？」

帰り際、オズワルドは念を押すようにそう言い残した。持参金も嫁入り道具も不要と告げられ、その上ナギム公国に借りた金まで全額立て替えてもらい、クロイス王国側は大喜びである。

仮とはいえ式を挙げたため、アデルとオズワルドの婚姻はセレーネ大陸中に知られてしまった。そのアデルがいつまでもクロイス王国にいるのは世間体《せけんてい》が悪い。結局オズワルドの要求通り、アデルは彼の後を追うようにガルディア帝国へ向かうことが決まった。

家族にも家臣たちにも満面の笑みで送り出されたため、アデルは複雑な気分になる。娘が他国へ嫁《とつ》ぎ、今後はそう簡単に会えないというのに、そんなことよりも超玉《たま》の輿《こし》に乗ったことが嬉しいのだ。確かに、貧乏なクロイス王国の未来はアデルの双肩《そうけん》にかかっているわけなので、それも理解できなくはないのだが。

（すぐに離縁されて出戻る予定なのでごめんなさい、お父様）

心の中で謝りながら、アデルはクロイス王国を旅立った。

ガルディア帝国へは、以前にも聞いていた通りノーマがついて来た。彼女は今後もアデルの侍女として仕えてくれる。最悪な結婚だが、それだけがアデルにとって心の支えだ。

クロイス王国からガルディア帝国の帝都レアンまでは、馬車で十日はかかる。ただしクロイス王国を出るまではたった一日で、あとの道程はガルディア帝国領だ。それほど国土の広さが違う。

アデルがガルディア帝国へ向かうことは前もって伝えてあったため、国境までわざわざガルディア城から迎えがやって来ていた。これから戦でも始めるのかというほど多くの護衛兵士と、道中の世話をしてくれる従者や女官たちに、料理を作るコック。全部で一個中隊ほどの人数である。

あまりの仰々しさにアデルは呆れたが、クロイス王国からついて来ていた従者たちはオズワルドの配慮に感激し、彼の人望は厚くなる一方だ。

遣わされた馬車も豪華で、夜は中で横になれるほど座席が広い。快適な旅を終えてガルディア帝国へ入ると、今度はガルディア国民から大歓迎を受けた。

「アデル様、ようこそ！」

「アデル皇妃、万歳《ばんざい》！」

アデルの輿《こし》入れは帝国中に知らされており、帝都レアンはお祭り騒ぎである。一団が都に入る前から、沿道には皇妃を一目見たいという民衆がひしめき合っていた。

「なんの騒ぎよ、これは！」

馬車の窓の下に身を潜《ひそ》めたアデルを、向かいの席に座るノーマが窘《たしな》める。

「アデル様、隠れていないで、窓から手を振ってあげてください。国民への思いやりは皇妃の務めです」

「嫌よ、目立ちたくないもの。私まだ正式な妃《きさき》じゃないし」

「目立つのは皇妃の仕事のうちです！　ほら、慈愛に満ちた笑顔で！」

「ちょっとノーマ、押さないで！」

さっさと窓を開いたノーマに強い力で背中を押され、窓枠に必死でしがみつきながら、アデルはぎこちない笑顔を作った。

「アデル様よ！」

「噂《うわさ》通り、なんて美しいお妃《きさき》様なの！」

歓声が上がり、祝福の花が降り注ぐ。

（いや確かに、皇妃として務めは果たすって言ったけどね……）

早々に皇妃の座を降りるつもりのアデルは、ここまで喜ばれると気まずい。顔を知られる前に離縁されてこっそり帰国する予定だったのだ。

「ガルディア帝国の国民に早くも受け入れられて嬉しいことです。これもすべてオズワルド陛下の人望のたまものですわね。本当に非の打ち所がない殿方ですこと」

「フン……すぐに化けの皮をはがしてやるわ」

アデルは笑顔で手を振りつつ、ノーマには聞こえない小声で悪態をつく。ガルディア帝国でのオズワルド人気が凄まじいことを実感して、空恐ろしくなった。

城下町を見下ろす高台に建つガルディア城は、頑強な石を組んで造られた要塞めいた建物である。城壁には矢狭間《やざま》らしき小窓が並び、要所に物見の塔が聳《そび》えていた。最強の軍隊を持つと称されるガルディア帝国だけあって、いかにも戦を想定して造られた構造だ。

城門をくぐると、アデルを出迎えるためか、城の入り口に大勢の人影が並んでいた。ひときわ目立つ中央の黒ずくめの長身がオズワルドである。

馬車が停まり御者《ぎょしゃ》が扉を開けるやいなや、オズワルドが近づいてきた。

「我が妻よ、待ちかねたぞ」

まるで抱きしめようとするかのように、オズワルドがアデルに向かって両手を広げる。

(なんなのその手は？　人前だからって調子に乗ってんじゃないわよ！)

アデルは無言でにっこりと笑うと、オズワルドにだけ見えるように、親指を逆さにして地面を指し示す。オズワルドには正確に意思が伝わったらしく、彼はチッと小さく舌打ちして横に退《ど》いた。

「道中なにもなかったか？」

「お陰様で。数百人ものガルディア兵士の一団に、戦いを挑む愚か者はおりませんわ。すれ違う商人や旅回りの一座が、これから戦でも始まるのかと怯えてましたもの」

「護衛の数が少なかったかと心配していた。ガルディアの皇妃と知って襲ってくる悪党がいないとも限らんからな」

アデルは嫌味で言ったものの、オズワルドには通じていない。たとえそんな悪党がいても、アデルの敵ではないのだが。

「疲れただろう。おまえの部屋は用意してあるから、ゆっくり休むといい」

「お心遣いに感謝します、陛下。皆様も、お出迎えありがとうございます」

居並ぶ家臣や城の使用人たちを笑顔で見回すと、皆がうっとりとした様子で頬を赤らめた。

(ふふん、私だって本気を出せば完璧な皇妃を演じるくらいわけはないのよ。これならオズワルド

も文句は言えまい）

アデルが心の中でふんぞり返っていると、オズワルドのすぐ後ろに立っていた人物が一礼して前へ進み出てくる。

「アデル皇妃、長旅ご苦労様でした」

薄茶の髪と瞳を持つ三十代半《なか》ばくらいの男性だ。眼鏡のせいか知的な雰囲気だが少し神経質そうにも見える。

オズワルドがアデルに身を寄せ、囁《ささや》いた。

「サイラス・ガルディア。我が叔父《おじ》であり、ガルディアの宰相《さいしょう》だ」

「サイラス宰相《さいしょう》閣下……」

クロイスを発つ前に、ガルディア皇家については一通り調べてきた。サイラスは先の皇帝の少し年が離れた弟で、今となってはオズワルドの唯一の肉親である。血は繋がっているのに、甥《おい》のオズワルドとはまるで似ていない。

「初めまして、アデルです。どうぞよろしくお願いいたします」

アデルはドレスの裾をつまみ、優雅に頭《こうべ》を垂れた。上目遣いでサイラスを見ると、眼鏡の奥の瞳がねめつけるようにこちらを見つめている。蛇と目が合ってしまったような気分になり、肌が粟《あわ》立《だ》った。

「これほど美しい方がガルディアの皇妃となられて、大変光栄に思います。困ったことがありましたら、この私になんなりと仰《おっしゃ》ってください。宰相《さいしょう》として、家族として、誠心誠意あなたのお力となりましょう」

「ありがとうございます」

「その手に口づける栄誉を与えてくださいますか、アデル皇妃」

「え、ええ……もちろんですわ」

そう答えるや否や、サイラスは強引とも言える素早さでアデルの右手を取った。レースの手袋をしているが、それでも嫌な気分になる。オズワルドを嫌いなのとはまた別で、本能的にこのサイラスという男に嫌悪を感じた。

(私は完璧な皇妃……宰相《さいしょう》の機嫌くらいは取っておかないと)

手袋ごしにサイラスの唇が触れそうになる。少しの辛抱だと、意識を右手からそらす努力をしていたとき、横から伸びてきた手がアデルの右手をサイラスから奪い取った。

「叔父上《おじ》、アデルに馴れ馴れしく触れないでいただきたい。いくら彼女が許しても、俺が許しません」

口調は軽口めかして聞こえたが、鋭い目つきのオズワルドは今にも腰に下げた剣を抜きそうだ。

突然のことにアデルはどう対処していいかわからず、オズワルドとサイラスを交互に見つめる。

「これはこれは、陛下がそれほど嫉妬《しっと》深いとは知りませんでした。これまでは多くの女性と戯《たわむ》れに付き合っておられたようですが、美しい皇妃を娶《めと》って変わられたらしい。良いことです」

サイラスのほうも口元は笑っているが、目はちっとも笑っていなかった。正妻の前で過去の女性遍歴を暴露《ばくろ》するあたり、性格が悪い。本当の妃《きさき》ではないアデルには関係ないことだが、はっきり言っていい気分ではなかった。

（女性遍歴はともかく、このふたりの仲が悪いことはわかったわ。いろいろ複雑そうね）

皇帝と宰相《さいしょう》という立場で、叔父《おじ》が甥《おい》に仕えているのだ。サイラスの側にも鬱屈《うっくつ》したものがあることは想像に難《かた》くない。それはガルディア帝国にとって、政治のバランスを揺るがしかねない要素でもあるだろう。

「これ以上陛下のご機嫌を損ねないうちに、私は退散するとしましょう。それではまた、アデル皇妃」

「ええ、宰相閣下《さいしょう》」

サイラスが目の前から消えると、オズワルドは苛立たしげに息を吐いた。いつも涼しい顔で人を見下している男なので、こんな様子は意外である。傲慢《ごうまん》な皇帝陛下もすべてが思い通りというわけではないらしい。

「来い、アデル。いつまでも外にいては体が冷える」

オズワルドが城に入るようアデルを促《うなが》す。当然とばかりにエスコートする素振りを見せられてイラッとしたものの、人前で拒《こば》むわけにもいかず、オズワルドの腕にそっと手をかけた。

大陸の北側にあるガルディア帝国は、一年を通してクロイス王国よりも気温が低い。今はまだ紅葉の季節だが、冬になればたくさんの雪が降る。アデルは寒いのが苦手なので、想像するだけで気が重くなった。

（できることなら、本格的な冬になる前に離婚してクロイスに帰りたい）

アデルの離婚を目指す目的が、またひとつ増えた。

城の外観はただ頑丈そうで華やかさは感じられなかったが、内部には豪華な装飾が施《ほどこ》されていた。エントランスホールの壁際には歴史を感じさせる彫刻がずらりと並び、正面の大階段まで深紅《しんく》の絨《じゅう》毯《たん》が敷かれている。豪華さ、そして広さも、クロイス城とは比べものにならない。

出迎えの者たちはそれぞれの持ち場へ戻っていったので、アデルは城に入ったとたんオズワルドから手を離し、微妙に距離を取った。オズワルドは不服そうな顔をしていたが、今日のところは十分、皇妃としての役目を果たしただろう。

しかし、前方から近づいてくる人影が見え、アデルはふたたびオズワルドの腕を掴んだ。

「アデル皇妃殿下、ガルディア城へようこそ。お出迎えに間に合わず申し訳ありませんでした」

そう言って現れたのは、軍服を身に纏《まと》った、見るからに温厚そうな青年である。貴族らしい気品がありながらも、明るく人好きがする顔立ちの彼は、オズワルドと共にクロイスに来ていた部下のひとりだ。名はダレン・レナードといった。

「軍部のほうで抜けられない用がありまして」

「あなたはレナードさん、でしたわね」

「覚えていてくださったとは光栄です。どうかダレンとお呼びください。僕はもうあなたの臣下でもありますから」

「では、ダレン。私のこともアデルと呼んでください。これからどうぞよろしく」

アデルが極上の笑顔を作ると、ダレンは瞬《まばた》きして顔を赤らめる。

「クロイス王国でも遠くからお見かけしていましたが、アデル様は本当にお美しいですね。これは、陛下が一目惚れされるのも頷けます」

「まあ、一目惚れだなんて。お世辞でも嬉しいわ」

アデルは口元に手の甲を当ててくすくすと笑った。

あまりに急な結婚劇は、ダレンの目にはそう見えていたのだろうか。ちらりと横を見上げると、オズワルドは決まり悪そうにしている。

ダレンは内緒話をするように口元に手を当て、アデルに少しだけ顔を寄せた。

「ここだけの話、陛下はアデル様の気を引くために必死だったのですよ。お倒れになったときには、なにを贈ったら喜ばれるだろうと真剣に悩まれて、僕もさんざん助言を求められました」

「まさか……」

部屋いっぱいに置かれた見舞いの品を思い出す。しかし、あれはきっと周囲に対して思いやりのある男を演出していたに過ぎない。高級な菓子や果物はすべて美味《おい》しくいただいたが。

「あのときは、陛下のお気遣いがとても身にしみました。陛下は本当に良い方ですわ」

「オズワルド陛下は、顔は怖いですが、アデル様を心から大切に思っていらっしゃることは僕が保証します。どうか陛下をよろしくお願いします」

「私も精一杯陛下のお役に立ちたいと思いますわ」

これっぽっちも心がこもっていない返事をして、アデルは微笑んだ。

（それにしても、やたらとおしゃべりな部下だこと。オズワルドとは正反対）

ダレンとちゃんと話すのは初めてだった。彼の家はガルディア帝国でも有数の名家とは聞いていたが、オズワルドとはかなり親しい仲を思わせる。オズワルドにこんなに気さくで明るい側近がいるとは想像もしなかった。

「ダレン、今日はずいぶんと口が軽いようだな。縫いつけてやろうか」

ずっと黙っていたオズワルドが不機嫌を露わにして言う。ダレンがこの場で処刑されるのではないかと、アデルはひやりとした。

けれど、当のダレンはまったく恐れる様子もなく、芝居がかった仕草で主《あるじ》に一礼する。

「これは陛下、アデル様との貴重な時間をお邪魔して申し訳ありませんでした。僕は退散いたしますので、どうぞごゆっくり」

さわやかに去っていくダレンに、アデルは呆気《あっけ》にとられた。

(心が強いのか鈍いのか……あのくらいでないと、オズワルドの部下なんて務まらないのかも)

横を見上げると、オズワルドはいつも以上にムスッとしている。かなり虫の居所が悪そうなのに、部下の軽口を許していたことが意外だ。

「おまえは、他の男に対して愛想が良すぎる。あまりつけいる隙を与えるな」

どういうわけか怒りの矛先がこちらに向かってきた。その言いぐさにカチンときたアデルは、組んでいた腕を乱暴に離す。

「なによその言い方！　私はちゃんと皇妃としての務めを果たしているでしょう。褒められるならともかく、文句を言われる筋合いじゃないわ」

「誰彼かまわず仲良くしろとは言っていない。尻軽と思われてもいいのか？」

「あなたに言われたくないわよ！　あなたこそ、多くの女性に手を出していたらしいじゃない」

「あれは叔父上《おじ》が勝手に言っているだけだ」

「どうでもいいわ。私には関係ないから。ところで、私の部屋はどこ？　場所を教えてくれればひとりで行くわ」

アデルはつんとそっぽを向いてオズワルドに背を向けた。彼はなにも言い返さず、アデルの横を通って先へと進んでいく。

「ついて来い。ひとりでは迷う」

（迷うほど広い城ってことね。どうせ、クロイスの城は狭いわよ）

アデルはふて腐れて、それでも仕方なくオズワルドの後についていった。

アデルに用意された部屋は、城の最上階にあった。美しい装飾が施《ほどこ》された扉を開けると、大きな窓から明るい光が差し込んでいる。壁紙もカーテンの柄も明るく落ち着いた雰囲気で、家具の装飾に至るまでアデルの好みだ。広い寝室に衣装部屋、それに浴室と化粧室が一続きで移動できるように配置されており、寝室の壁には暖炉《だんろ》が設《しつら》えてある。

物置か馬小屋で寝起きさせられるのではないかという不安も多少あったが、さすがに皇妃に対してそんな嫌がらせはしないらしい。実際、クロイスで使っていた寝室よりもずっと広く快適そうで、アデルは少しだけ嬉しくなった。

「なにか必要なものがあれば、おまえ付きの女官たちに言うといい。食事に関しても、おまえの希望を聞くよう言ってある」

「わかったわ」

至れり尽くせりの待遇である。ガルディア帝国の料理は食べたことはないが、さぞかし豪華なのだろうと期待してしまう。

「アデル……」

オズワルドに名前を呼ばれて顔を上げると、なにか言いたげな瞳と目が合った。オズワルドは視線をさまよわせ、ためらいがちに口を開く。

「その……おまえがガルディアへ来てくれて……」

めずらしく歯切れの悪い物言いにアデルは首を傾げる。そしてオズワルドの切羽詰《せっぱつ》まったような異様な眼光に気づく。

(な、なんでそんなに睨《にら》んでるの！　ここで私になにかするつもりっ⁉)

身の危険を感じたアデルが咄嗟《とっさ》に距離を取ったとき、部屋の扉が開いた。

「アデル様、クロイスから持ってきた荷物ですが……あら、陛下、いらしていたのですか。失礼いたしました」

「いや……アデルを部屋へ案内しただけだ。後は頼んだ」

「はい、かしこまりました」

オズワルドはノーマにそう言って、足早に部屋を出ていく。アデルは腰を抜かしたみたいに近くのソファへどさりと座り込んだ。

（はー焦った！　あの目は本気で獲物《えもの》を狙う獣の目だったわ！　私がガルディアへ来て……なんて言うつもりだったのかしら。これでようやく前世の復讐が果たせる、とか？）

オズワルドの台詞《せりふ》を勝手に想像して、アデルはぶるっと震える。

オズワルドは、死んでもこの恨みは忘れないと言った男の生まれ変わりなのだ。豪華な部屋や食事でアデルを喜ばせたあとで、どん底に突き落とす作戦かもしれない。ここは敵の城。一時《いっとき》たりとも気を抜いてはいけないのだ。

「アデル様、衣装部屋をご覧になりました？　すばらしいドレスがたくさん、それに靴も宝石も……本当にオズワルド陛下は気が利く方ですわ！」

衣装部屋を覗《のぞ》いたノーマが感嘆の声を上げているが、アデルはまったく聞いていない。

一刻も早く離婚しなければ！

頭の中にはそのことだけがぐるぐると渦巻いていた。


アデルがガルディア帝国に来て半月後、とうとう結婚式の本番当日である。

式の流れはクロイス王国のときとほぼ同じだが、来客の数も会場の規模もまるで違う。アデルのドレスは今回も新調され、仮の式以上に華やかに着付けられた。

ただし、すべてが問題なく行われたかというと、そうでもない。終始和《なご》やかだったクロイス王国での式と比べ、ガルディア城内にはかなりどろどろした空気が流れていた。

それというのも、参列した多くの貴族の令嬢たちが、今にも掴みかかりそうな目つきでアデルを睨《にら》んでいたからだ。その気迫が凄まじく、皆が懐《ふところ》にナイフを忍ばせているのではないかと、アデルは式の間中、警戒していた。

彼女たちの視線の理由は間違いなく、嫉妬《しっと》である。

（あれが例の、戯《たわむ》れに付き合った女たち？　オズワルド、あんなに手を出してたなんて最悪！）

形だけの夫の、しかも婚前の付き合いに口を出す気はないが、そのしわ寄せで恨まれてはたまらない。逆恨みしているオズワルドの昔の女たちにも腹が立つ。アデルは皇妃として適当に愛想よく振舞った後、宴《うたげ》をさっさと引き上げた。

緊張と怒りのせいで、その夜のアデルは疲れ果てていた。

着替えるのも億劫《おっくう》だがノーマに促《うなが》されて湯に浸《つ》かり、寝間着に着替えさせられる。着替え終えて、妙なことに気づいた。

用意されたものがいつもの寝間着とまるで違う。胸元が大きく露出したピンクの寝間着で、丈はお尻がやっと隠れるほどの短さだ。しかも全体的に透ける素材なので、上も下もほぼ丸見えである。

「ノーマ……これなに？　薄くて寒いし、趣味が悪いわ。他のにして」

アデルが抗議して脱ぎかけると、ノーマの手がそれを止めた。

「アデル様、それはいわゆる勝負服というやつです。寒くても今夜は我慢してください」

そう説明しながら、ノーマの手はアデルの肌にせっせと香油を塗っている。これもいつもの香油と違い、なんだか淫靡《いんび》な香りが鼻先をかすめた。

「この香油にも催淫《さいいん》効果があると言われておりますから」

「勝負服とか催淫《さいいん》効果とか、意味がわからないんだけど」

「もう、とぼけないでくださいませ！　アデル様のお色気で陛下を悩殺するのですわ」

「悩殺？」

「がんばってお世継ぎをお作りくださいと申し上げているのです！」

「お世継ぎ……」

そこまで言われて、アデルはようやくノーマの意図に気づいた。

一般的な結婚では、式が終わると夫婦は寝室を共にする。つまり、今夜は初夜だ。

いずれどこかに嫁《とつ》ぐ王女として、房事についてはそれなりに学ばせられた。ただし、あくまでも理論としてである。

前世でも恋愛経験など皆無だったし、王女となった現世では、自由に恋愛することなど考えられなかった。さらに今はオズワルドと結婚させられたせいで、誰かに恋愛感情を抱く余裕などない。

しかし、恋愛感情がなくとも子供は作れる。

（いやあぁぁっ、想像したくない！　……でも、それについては契約があるし、いきなり破るほどあの男もバカじゃないでしょう。夜の相手には困っていないみたいだし）

口先だけの婚前契約にどこまで効力があるかは不明だが、アデルは楽観視している。

「アデル様、よろしいですか？　皇帝と皇妃の寝室は離れていますが、頃合いを見計らって陛下がこちらのお部屋にいらっしゃるはずです。まずは妻として丁重にお迎えするのですよ。それから、最初は初々《ういうい》しく振る舞うように。でも、あまりに純情ぶるのも好みがわかれるところですから、そのへんはオズワルド様の好みをよく観察なさってくださいませ」

妙に生々しいノーマのアドバイスに辟易《へきえき》しながら、アデルは降参とばかりに両手を挙げた。

「あの……ノーマ、わかったから、もう下がっていいわ。後はひとりで大丈夫だから」

「では、私は廊下の隅に隠れて、オズワルド陛下がこの寝室に入るのを見届けます」

「そんなことしなくていいわよ！　陛下だってお疲れでしょうし、もしかしたら今夜は来ないかもしれないじゃない」

「ですから私、オズワルド陛下の側近であるレナード様にお願いしておきましたの。陛下が必ずアデル様のお部屋にいらっしゃるよう、けしかけてくださいと。それこそ、催淫剤《さいいんざい》でも強壮剤でもなんでも使って」

「なんてことしてくれるのよ！　本当にエッチな気分になったらどうするの！」

「エッチな気分になっていただかなくてはいけないのです！」

ノーマに一喝《いっかつ》されて、アデルはその迫力に口をつぐむ。今日の彼女はいつもより怖い。

「アデル様はようやくガルディアの妃《きさき》となられましたが、この国における立場はまだまだ安泰ではありません。お世継ぎが生まれて初めて、嫁《とつ》いだ意味があるのです」

「それは……わかるけど」

ノーマの説明は理解できる。しかしそれは正式な妃《きさき》の場合だ。いっそ離婚前提の結婚であることを打ち明けようかと思ったが、その理由については話せないし、話がややこしくなってしまう。

どうしたものかと悩むアデルの肩に、ノーマは勇気づけるように手を置く。

「アデル様、怖がらなくても大丈夫ですわ。陛下はとてもおやさしく、そしてアデル様を心から愛していらっしゃるのですもの。思い切って、すべてをオズワルド陛下に委《ゆだ》ねるのです！」

「ハハ……ハ……そ、そうね」

アデルは力のない笑い声を発した。ノーマのオズワルドに対する信頼はどこまでも揺るぎない。

「それではアデル様、がんばってくださいませ！」

アデルに向かって拳を握りしめて、ノーマはそそくさと寝室を出ていった。宣言通り、廊下の隅に身を潜《ひそ》めるつもりなのだろう。

（なにをどうがんばれと言うのか……）

アデルはベッドの上であぐらをかき、腕組みして考える。

ダレンに乗せられて、オズワルドは本当にここへ来るのか。もしも本当に来るとしたら、その場合はやはり薬でエッチな気分になっているのか。

オズワルドのほうもアデルに恋愛感情がないにしても、愛情と欲望は別物だ。たとえ前世が魔王でも今は生身の男。おかしな薬を盛られたら、ケダモノと化すかもしれない。

オズワルドがやって来る前に逃げることも考えたが、見張っているノーマに見つかるとそれも面倒だ。最上階なので窓からの脱出もできない。

「まったくもう、ノーマが余計なことをしてくれたせいで、予定外の苦労をするはめになったわ。ただでさえ疲れてるってのに、めんどうくさいったら！」

ぶつぶつと独り言を呟きながら、アデルは重い腰を上げた。

＊＊＊

同じ頃、オズワルドの部屋。

オズワルドはひとり窓辺に立ち尽くし、腕組みして顔をしかめていた。

今のところすべて予定通りに進んでいるというのに、まったく上手くいっている気がしない。

希望が叶い、なんとかアデルとの結婚にこぎつけた。かなり強引な手段を使ったと自分でも思う。

その結果、前世から引きずっていたアデルのオズワルドへの恨みが、以前よりも増してしまったらしい。なにを言っても悪く取られるし、なにを贈っても喜ばれない。

客観的に現状を見ると、計画は上手くいくどころか失敗しているのではないか。

今更ながらそのことに思い至り、オズワルドは愕然《がくぜん》とする。

（おかしい……なにが悪いんだ？）

とりあえず結婚さえすれば、アデルの心を開かせる機会はいくらでもあると考えていたが、現実はどんどんすれ違っている。魔王と皇帝の知恵をもってしても、アデルの攻略は難しい。

この先、アデルとの関係が進展する日が来るのか。

鬱々《うつうつ》と考えるオズワルドの顔を、ダレンが横から覗《のぞ》き込んでいた。

「陛下、どうかされましたか？　元気がありませんね」

「……ダレン、いつの間に来たんだ？　呼んだ覚えはないが」

（こいつ……今、気配がなかったぞ）

内心では動揺しつつ、それを表に出さないようにオズワルドは尋ねる。

側近である彼の出入りはいつも許可しているが、部屋に入ってきたことに気づかなかった。常に気を張っているオズワルドには滅多《めった》にないことで、それだけアデルのことで頭がいっぱいになり、注意力が散漫《さんまん》になっていたということだ。

「陛下が気がかりで、様子を窺《うかが》いにまいりました。案の定、迷っていらっしゃるようですね」

「なんの話だ」

「夜這《よば》いに決まっているじゃないですか」

あまりに軽く言われたので、オズワルドはしばし絶句する。自分はそれ以前の段階で悩んでいるというのに、いきなり超難問をつきつけられた。

「ダレン、その件におまえは関係ない。出ていけ」

敢《あ》えて不機嫌な声で突っぱねるが、ダレンは動こうとはしない。オズワルドを心から心配していると言わんばかりに、彼は深く頷いた。

「陛下のお気持ちはよくわかります。陛下は女性全般に冷たいですが、本命にはめちゃくちゃ押しが弱いんですよね。アデル様を思うあまり、手を出せない」

「………」

「晴れて夫婦となったのに、遠慮してしまう。今までは女性を喜ばせたいなんて考えたこともなかったから、アデル様にどう接していいかわからない」

「………」

ダレンが勝手に推測で話を進め、オズワルドは口を挟むのも面倒になった。

アデルに手を出せないのは、今の状況で夜這《よば》いなど試《こころ》みたら間違いなく殺されるからだ。オズワルドも命は惜しい。せっかく転生して今度こそ人生を全《まっと》うしたいのに、好きな女に殺されるむごたらしい最期などごめんである。

アデルとの間には、彼女に『指一本触れない』という約束がある。強引に結婚はしたが、無理強《むりじ》いする気はない。もっとも、いずれは本当の夫婦になりたいというオズワルドの希望が叶うのか、まるで先が見通せず途方に暮れている。

「やさしさも時として誤解を生むものです。陛下の態度がはっきりしないと、アデル様も不安になってしまいますよ。陛下はただでさえ顔が怖いんですから。顔立ちはすごく整っているのにとんでもなく愛想が悪いせいで、笑っても極悪人みたいになりますし」

「おまえには俺の側近という自覚はないのか？　ともかく、あの女は不安になるようなタマじゃない。向こうにその気があるなら自分から夜這《よば》いに来るやつだ」

「陛下、そんなふうに憎まれ口を叩いていると本当に嫌われますよ」

既にこれ以上ないくらい嫌われているのだから、その心配は不要だ。そう思い、オズワルドはより自己嫌悪に陥《おちい》った。

「結婚式の夜に夫が寝室を訪れないだなんて、アデル様に恥をかかせる気ですか？　アデル様は陛下がいらっしゃるのを待っているんです」

ダレンが知ったような顔で訴えるが、それは絶対にない。自信を持って断言できることがオズワルドは虚《むな》しい。

「いいですか？　今夜は絶対にアデル様の寝室を訪ねるんですよ？」

「わかったから、おまえはもう下がれ」

適当に答えて追い払おうとするが、ダレンはなおもしつこく食い下がってくる。

「アデル様の侍女のノーマ殿も、心配していらっしゃいます」

「ノーマが？」

唐突に意外な名前が出てきたので、オズワルドはつい聞き返した。どういう関係かは知らないが、ダレンとノーマが通じていたとは初耳である。

「彼女は、陛下とアデル様の関係が良好であることを、クロイス王国に報告する義務があると言っていました。もしも今夜、陛下が夫としての務めを果たさなければ、アデル様は陛下に愛されていないと、クロイス王国側に誤解されてしまうのではないでしょうか」

「アデルの面子《メンツ》と俺の信用に関わる、と言いたいのか」

「はい、そうです」

ダレンが断言する。しかし、オズワルドは今ひとつ信じる気になれない。

「他国では、わざわざ初夜の営《いとな》みを見届ける儀式もあるそうです。そのくらい大切なことなのですよ。ノーマ殿はきまじめな方ですから、嘘の報告はなさらないでしょう。アデル様のなにが気に入らないのかと、外交問題にまで発展するかもしれません」

「それはいくらなんでも大袈裟《おおげさ》だろう」

「そんなことはありません！　娘をないがしろにするなら離縁させると、クロイス国王から申し出があったらどうしますか」

（それは……とても困る）

ダレンの話は飛躍しすぎだと思うものの、言われてみるとそんな気もしてくる。アデルとの契約は大事だが、彼女の名誉もこの結婚そのものも守らなければならない。

（そうか……皇妃としてのアデルの評価にも関わるという、なかなか奥が深い問題なのだな）

今夜はアデルの部屋へ行くつもりは毛頭なかったが、オズワルドの心が揺れる。

（これはあくまでもアデルのためであって、決して邪《よこしま》な下心ではない）

だんだんと己を正当化し始めた。

「そうか……俺はアデルのもとへ行くべきなのだな」

「その通りです。ようやくおわかりいただけましたか」

ダレンが元気よく同意して、なにやらオズワルドの目の前に差し出した。彼が手にしているのは小さな瓶だ。

「陛下、これは僕からの差し入れです」

「なんだこれは……毒のような色だが」

押しつけられて受け取った小瓶の中身は、青緑色の怪しげな液体だった。一口で地獄に行けそうな色をしている。

「今、城下で売れまくっている強壮剤です。味は不味《まず》いけれどよく効くそうです」

「強壮剤……？」

オズワルドは物珍しそうに小瓶をしみじみと覗《のぞ》き込んだ。外側のラベルに『夫婦円満の源《みなもと》、男の自信を取り戻せ！』と、大きな字で書いてある。余計なお世話だ。

「あとはテクニックより気合です。陛下の愛でアデル様はメロメロに、陛下から離れられなくなるのも必至です」

（アデルがメロメロに……）

甘い幻想を抱きそうになって、オズワルドはハッと我に返る。

（あのアデルだぞ？　そんなに上手くいくわけがない。これはどう考えても、破滅への道を突き進んでいる……）

今夜が現世における命日にならないことを、心の底から祈った。

＊＊＊

ノーマが出ていってしばらく経った頃、アデルの寝室に近づいてくる足音が聞こえてきた。

アデルは武器になりそうな燭台《しょくだい》を握り、灯りを消して扉の横に立つ。息を潜《ひそ》めて廊下の気配を探っていると、キイッと小さな音を立てて扉がゆっくりと開いた。

暗がりの中、人影が入ってくる。アデルは身を翻《ひるがえ》して顔の見えない相手の背後に立ち、首筋に尖った燭台《しょくだい》を押し当てた。

「まさか本当にあなたが来るとはね。こんな夜更けにこっそり忍び込んで、私になんのご用かしら、オズワルド陛下？」

「待て……誤解だ」

すぐ傍でオズワルドの声がした。冷静を装《よそお》ってはいるが、その声には明らかな焦りが感じられる。アデルの待ち伏せまでは予想していなかったのだろう。

壁に設《しつら》えたランプの火を灯すと、ぼんやりとした灯りの中に、降参とばかりに両手を挙げている情けないオズワルドの姿が浮かび上がった。

「誤解だ？　なにが誤解なのか説明してもらおうじゃない。こんな燭台《しょくだい》でも頸動脈《けいどうみゃく》を狙えば人は殺せるのよ。指一本でも触れたら殺すって言ったわよね。あれがハッタリだと思っていた？　前世勇者を見くびらないでちょうだい」

「だから、俺は触れていないだろう」

早口で言ったオズワルドの懐《ふところ》から、なにかがこぼれ落ちた。アデルの足下に転がってきたのは、小さな瓶である。

「それは……っ」

オズワルドの動きを燭台《しょくだい》で封じたまま、アデルはそれを素早く拾い上げた。瓶にはラベルが貼ってあり、説明が書かれている。

「『男の自信を取り戻せ』……なにこれ？」

「…………」

「強壮剤？　ふーん、誤解とか言って、やる気満々じゃないの」

「俺のものではない。ダレンに押しつけられただけだ」

苦々しげに否定してから、オズワルドは嘆息した。

「結婚前に約束したはずだ。おまえの意思を尊重すると。その考えは変わらない」

オズワルドの言葉に嘘は感じられず、不思議と信じてもいい気分になった。これが演技ならたいした役者だが、この男にはそんな器用さはないだろう。アデルとしても少し脅《おど》して追い返すだけのつもりだったので、燭台《しょくだい》を引っ込めた。

「その言葉を信じるとして、じゃあ、あなたはなにをしに来たの？」

オズワルドは肩の力を抜いてゆっくりと振り返った。すると、黒い瞳が驚いたように大きくなる。

「おまえの格好はなんなんだ。そっちこそやる気満々ではないか」

「違っ……これは、ノーマに無理やり着せられただけで、そういう意味じゃないから！」

スケスケの寝間着姿だったことを思い出したアデルは、慌てて衣装部屋に駆け込んでガウンを引っ張り出す。どうやって迎え撃つかばかり考えて、着替えるのを忘れていた。こんな恥ずかしい格好をオズワルドに見られるなど、屈辱的《くつじょくてき》すぎる。

「ノーマの仕事か。なかなか気が利いている」

「ふざけたこと言ってんじゃないわよ！　こっち見るな！」

急いでガウンを着込み両手でしっかり前を合わせると、アデルは改めてオズワルドに詰め寄る。

「それで？　その気がないのにどうしてここに来たわけ？　初夜に新妻の寝室へ足音を忍ばせて入り込んで、その気がないのになにをするつもりだったのかしら？」

「いやらしい言い方をするな。俺はただ、初夜に妻をないがしろにしたとクロイス王国に誤解されれば外交問題になるとダレンに忠告されて……とりあえず体裁《ていさい》を取り繕《つくろ》おうと来ただけだ。それ以上のことは断じて考えていない」

「外交問題なんて大袈裟《おおげさ》な……ダレンはなんで……あ……」

そういえば、オズワルドをその気にさせるようダレンに頼んだとノーマが言っていた。あのふたりはグルで、主《あるじ》たちがきちんと夫婦の務めを果たすために画策《かくさく》しているのだ。

(ダレンはダレンで、外交問題になると言って脅《おど》したわけか)

そんな話を信じてのこのこやって来たオズワルドもどうかと思うが、一方的に彼を責めることもできない。

普通なら、曲がりなりにも一国の王女が嫁《とつ》ぎ先で夫から相手にされないとなれば、大切な娘をコケにされたと外交問題に発展するかもしれない。けれど、クロイス国王にはそんな分不相応なプライドはない。アデルが離縁でもされればガッカリするだろうが、もともと格が違いすぎるのだから、やはり釣り合わなかったのだと諦めてくれるはず。アデルの父はそういう性格だ。

「ノーマも廊下の隅でこの部屋を見張ると言っていたわ。ふたりとも、あなたと私の仲を案じて余計な気を回したみたいね。あなたが部屋に入るのを見届けてノーマも安心して休んだだろうから、もう帰ってもいいわよ。ご足労いただいて悪かったわね」

アデルは追い払うように手を振るが、オズワルドは動かない。

「どうしたの？　あなただってもうここに用はないでしょ？」

「ノーマはともかく、俺が早々に戻ればダレンに怪しまれる。あいつも疑り深いからな」

それはそうかもしれないが、オズワルドの心配までしてやる義理はアデルにはない。

「そっちは適当に言い訳しておいてよ。私が急に体調崩したとかなんとか」

「結婚式ではぴんぴんしていたのだから、いくらなんでも嘘とバレる」

「じゃあ、やるべきことはさっさと済ませてきたとでも言えば」

「それで即座に帰ってくるというのは、男としてどうなんだ」

「知るか！　どうでもいいわよ、そんなこと！」

細かいことを気にする元魔王に、アデルはイライラした。オズワルドはいじけたように視線をそらす。

「妻に仮病を使われるのも、事が済んだら用はないと追い返されるのも、皇帝としての沽券《こけん》に関わる。俺は、結婚式の夜に妻の寝室から追い出された男として、後世まで笑いものにされるのか」

本気なのか嫌味なのかわからない自虐的《じぎゃくてき》な発言に、アデルは頭を抱えた。

（あ～もう、こんなめんどくさい性格だったのか、この男）

前世の宿敵という点を抜きにしても、夫にはしたくないタイプである。

「わかったわよ！　じゃあ、ダレンが怪しまない程度にここにいればいいわ。ソファを貸してあげるから、どうぞご自由に」

そう言ってベッドのほうへ移動しようとするアデルを、オズワルドが目で追っていた。

「おまえは寝るのか？」

「当然でしょ。結婚式だの披露宴だの、さんざん愛想笑いして疲れたわよ」

頬の筋肉が強ばって普通に話すだけでも痛い。アデルが両頬をさすっていると、オズワルドはなにか考え込んでいる。

「俺が同じ部屋にいるというのに眠れるのか。それはつまり、それだけ俺を信用しているということか。男としては複雑だが」

「どこをどう勘違いしたらそうなるの？　信用なんかこれっぽっちもしてないから。前世勇者の能力を舐《な》めないでよ。どんなに爆睡してても、あなたがなにかしようとしたら、飛び起きて返り討ちにしてやるわ」

半分はハッタリだが、今は眠くてそれどころではない。

アデルが欠伸《あくび》を嚙み殺していると、オズワルドは勝手に部屋の棚を探り、折りたたんであったゲーム用の盤を取り出した。暇つぶし用にと、アデルの部屋にはあらかじめ様々な娯楽も用意されている。

「せっかくだからゲームに付き合え。サイコロを使う簡単なボードゲームなら、筋肉脳のおまえでもできるだろう」

唐突な誘いにアデルは面食らう。夜這《よば》いよりはましとはいえ、これはこれで大迷惑である。しかし、オズワルドでもゲームなどするのかと、意外ではあった。

「いきなり話題を変えないでくれる？　それと、筋肉脳って誰のことよ！」

「早く来い。始めるぞ」

「人の話を聞きなさいよ！　付き合ってられないわ、私は寝させてもらいます」

「クロイス侵略」

「くっ……この卑怯者！」

唇を噛むアデルをよそに、オズワルドはソファに座り、テーブルの上に駒《こま》を並べた。

クロイスでも流行《はや》っていた、人の一生を盤上に描いたゲームで、アデルもルールは知っている。サイコロを振って出た目の数だけ進み、人生に起こる様々な出来事により財産が増えたり減ったりするのだ。最終的に一番お金持ちになった者が勝ちである。

この手のゲームはアデルも嫌いではないし、故国では弟やノーマとさんざん遊んだが、真夜中にオズワルドとふたりでやりたいとは思わない。

(なんで私が、この男に付き合ってやらなきゃならないのよ。やっぱり今すぐ部屋から叩き出してやろうかしら)

とはいえ、オズワルドがここに来たのはノーマが暴走したせいでもある。このまま追い返すことに、若干気が咎《とが》めないこともない。彼が早々に自室に戻ったところをダレンに見つかれば、いろいろと勘ぐられて厄介《やっかい》でもある。

「仕方ないわね……今夜の件に関しては私にも責任があるし、付き合ってあげるわ」

アデルはオズワルドの向かいに腰を下ろすと、挑戦的に見つめた。

「私、かなり強いわよ」

その言葉を受けてオズワルドがにやりと笑う。

「勝負だ、アデル」

それは戦略よりも主に運が左右するゲームで、子供の頃からアデルはやたらと強かった。最初は面倒に感じていたが、相手がオズワルドということもあって、負けるものかと熱中していく。

「私、今度は金塊を発見して一攫千金《いっかくせんきん》ですって。あなたのほうは商売に失敗して破産？　……ププッ、ご愁傷様《しゅうしょうさま》」

「おまえはやけにツキがあるな。イカサマじゃないのか？」

「負け惜しみですか、陛下？」

「……もう一勝負だ」

「望むところよ」

ふたりは交互にサイコロを振り続け、気がつけば空が白《しら》み始めていた。

明け方になり、オズワルドが部屋から出ていったとたん、アデルはベッドに倒れ込んだ。そのまま爆睡し、目覚めたのはノーマに起こされたときである。

「アデル様、アデル様……おはようございます。朝ですよ、起きてください」

「んあ……？」

半分寝ぼけたままアデルはのろのろと起き上がり、ノーマを見上げた。

「あら、おはよう……ノーマ」

「アデル様、昨夜はいかがでした？」

期待に満ちた眼差《まなざ》しでノーマが聞いてくる。アデルはぼんやりとした顔で首を傾げた。

「……昨夜？　もー疲れたわよ。オズワルド陛下って、ふだんは澄ました顔してるくせに、ああいうときはしつこいの。もう一回もう一回って、結局朝まで寝かせてくれないんだもの」

アデルが大欠伸《おおあくび》をすると、ノーマはなぜか頬を赤らめて興奮する。

「んまあっ！　それでは、上手くいったのですね？」

「上手くというか……まあ、悪くはなかったわね。最初は気が進まなかったけど、私もだんだん夢中になっちゃって。なんだかんだ言って楽しかったことは認めるわ」

「アデル様にそこまで言わせるなんて……ああ、さすがは陛下！　これなら、お世継ぎが生まれるのもすぐですわね！」

ノーマがはしゃいでいるのを見て、アデルは疑問を覚える。

（お世継ぎ？　なんか会話が嚙み合ってない気がするけど……まあ、いいか）

そんなことより、今は眠くてたまらない。

「さすがに睡眠不足だわ。ノーマ、私はもう一度寝るから」

「仕方ありませんわね。今日は特別ですよ」

「ありがとう、ノーマ。おやすみなさい」

ノーマに礼を言うと、アデルはさっさとベッドに戻り二度寝を始める。

（あれ？　そもそも、なんで私、オズワルドとゲームを始めたんだっけ？　なんか大事なことを忘れてる気がするけど…………)

毛布の中は心地よい温《ぬく》もりに満たされていて、アデルはすぐ深い眠りに落ちた。

4

ガルディア帝国での結婚式から一週間が過ぎたが、アデルは毎日をのんびりと過ごしている。

今のところ皇妃として公《おおやけ》の場に出る仕事はない。外出は禁止されていないが、冬が近づき外は寒いため、ほとんど城の中で生活している。それでも、ガルディア城は広く、図書室や娯楽室などの設備も充実しているので、今はまだ見て回るだけでもそれなりに楽しめた。

朝晩が冷えるようになり、アデルが起きる前に女官が暖炉《だんろ》に火を入れてくれる。ガルディア帝国は温泉が湧いていて、城内の風呂にも引いてある。寒がりのアデルにとって、ゆっくりと湯に浸《つ》かる時間は格別だった。

料理はクロイス王国とは少し異なる味付けだが、アデルは気に入っている。大国なので食材が豊富で、肉も魚介も野菜も香辛料も、セレーネ大陸で買えるものならなんでも手に入るのだ。日々の美味《おい》しい食事に加えて、お茶の時間には何種類ものお菓子が用意される。クロイス王国では見たことがないような凝《こ》った品も多く、アデルは毎日それを楽しみにしていた。

(ああ……幸せだわぁ)

自室のソファに寝転がり、アデルは優雅な生活を満喫《まんきつ》する。

命の危険も、あくせくすることもない平穏な日常。まるで隠居老人のようなこの幸せこそが、アデルがもっとも求めたものである。

クロイス王国にいたときよりも満たされているので、自分だけこんな暮らしをしていることを、家族に申し訳なく思ってしまう。

これが一生続けば最高である――

（……じゃなくて、なにやってんの私！　これが一生続くってことは、一生オズワルドと一緒にいるってことじゃない！　あの超執念《しゅうねん》深い元魔王と！）

久しぶりに冷静に戻ったアデルはがばっと飛び起きた。

もともとのんびりだらだらするのが大好きなので、快適なガルディア帝国での生活に流されそうになっている。当初の目的を忘れてしまいそうだ。

椅子に座って刺繍《ししゅう》をしていたノーマが顔を上げた。

「お昼寝なさっていたと思ったら、どうされました？　また悪い夢でもご覧になりましたか？」

「悪夢が現実になりそうで急に怖くなったのよ。このままじゃいけないわ。私にはやらなければならないことがあるの！」

魔王の本格的な復讐が始まる前に、ここから逃げるのだ。そのための円満離婚の方法を、一刻も早く考えなくてはならないのに。

忘れていたわけではないが、無意識に後回しにしていた。それもこれもすべて、ガルディア帝国での生活が快適すぎるせいだ。人としてダメになる。

「そうですわ、アデル様。ガルディア皇妃としてやるべきことがたくさんあります。それに、いくら陛下が寛大でも、あまりにだらしないと愛想を尽かされてしまいますよ」

（いっそ、そうなってくれれば最高なんだけど）

今のところ、オズワルドからなにか文句や注意を受けたことはない。最初に交わした契約通り、人前でのアデルは完璧な皇妃を演じている。

「アデル様、少しお太りになったんじゃありません？」

「え、そうかしら」

ノーマに指摘され、アデルは自分の体を見下ろした。言われてみれば、最近ちょっとドレスがきつい気がする。毎日のように美味《おい》しい料理とお菓子を好きなだけむさぼり食い、たいして運動もしていないのだから、太らないわけがない。

「お気を付けくださいさい。それ以上お太りになったら、オズワルド陛下に嫌われますよ」

ノーマに厳しく言われて、アデルはぱっと明るい笑顔になった。

「そう思う？　陛下は太った女が嫌いかしら」

「オズワルド陛下は美しいアデル様に一目惚れされたのです。それに、太るというのは怠惰《たいだ》な生活の証《あかし》。あの完璧なオズワルド陛下がそんな女性をお気に召すとは思えませんわ」

「オズワルド陛下は太った女が嫌い……そうよね！」

（これは離婚の理由として使えるんじゃない？）

オズワルドがアデルを妃《きさき》にしたのは、前世の復讐という目的以外に、外見的には皇妃として役に立つと判断したからでもある。その外見に価値がなくなったと思わせれば、向こうから離縁してくれるのではないか。

完璧な皇妃を演じるとは言ったが、外見を美しく保つとは言っていない。オズワルドがアデルの見た目に失望したなら、離婚の可能性も高くなる。

そんな屁理屈を思いついたアデルは、それから敢《あ》えて自堕落《じだらく》な生活を心がけた。

三度の食事は倍の六回に増やし、食後には甘いお菓子を食べまくる。それ以外の時間はゴロゴロと寝ていた結果、一週間後には結婚当初のドレスが入らないまでになった。

(がんばった、私！　こんなにがんばったのは、アデルとして生まれて初めてかも)

がんばったというより、なにもがんばらなかったというほうが正しい。とにかく、見た目が一回り大きくなったアデルは、期待に胸を膨らませオズワルドのもとを訪れた。

多忙な皇帝は皇妃と食事をともにすることも少なく、その日、アデルは一週間ぶりにオズワルドと顔を合わせた。執務室にいた彼は、人払いをしてアデルを部屋へ迎え入れる。

「お仕事中にごめんなさい。聞きたいことがあったの」

「おまえから来るとはめずらしい。なにかあったのか？」

忙しそうではあるが、今日のオズワルドは妙に機嫌がいい。

「まあ座れ。今、茶でも持って来させよう」

「結構よ。それより、私を見てどこか変わったと思わない？」

見せつけるようにアデルは両手を広げる。

「太ったな」

言葉を濁すこともなくオズワルドはずばりと言い切った。さすがは元魔王。普通の女性に向かって放ったなら、確実に怒らせる暴言である。

「そうなのよ。私って意外に太りやすい体質だったみたい。太った皇妃はガルディア帝国にふさわしくないわよね。困ったわ」

アデルはわざとらしく表情を曇《くも》らせるが、オズワルドは顔色ひとつ変えない。

「そのくらい構わん。おまえは標準よりかなり痩《や》せていたから、むしろ今のほうが健康的だ」

「え……そうなの？」

あっさりと受け入れられてしまい、アデルは愕然《がくぜん》とする。

（この一週間の私の努力は……！）

「だが、太りすぎるのは問題だな。皇妃としての印象はもちろん、体に悪影響を及ぼす」

オズワルドの隙のない外見からは、日々鍛錬《たんれん》していることが窺《うかが》える。彼は他人に厳しく、自分にも厳しい。皇帝としての責任感なのか、ナルシストなのかはわからないが、そこは尊敬に値《あたい》する。

「じゃあ、私がものすごく太ったら……」

「クロイス王国が危ないと思え」

離婚できるかもという淡い期待は、オズワルドに即刻ぶち壊された。

「くっ……なにかと言えばその脅《おど》し文句、この腹黒魔王！」

しかし逆らうことはできない。捨て台詞《ぜりふ》を叫ぶと、アデルは皇帝の執務室を飛び出した。

その後、太ったときとは比べものにならない血の滲《にじ》むような努力で、一週間で元の体型に戻ったアデルは、他に離婚する方法はないかと、懲《こ》りずにまた考えを巡らせ始めた。

オズワルドにとって迷惑になるのは、皇妃であるアデルが彼に恥をかかせるほどの失敗をすることだろう。公《おおやけ》の場で居眠りするとか、泥酔して絡むとか、方法などいくらでもあった。けれど、やりすぎれば離縁どころかクロイス王国の立場も危《あや》うくなる。考えれば考えるほど『侵略』の文字がちらつくのだ。

アデルの身もクロイス王国も守りつつ、オズワルドと円満に離婚したい。そのためには、彼のほうに非がある形にしなければならない。誰の目にもわかりやすく、オズワルドが夫としてふさわしくないことを示すのだ。

一般的に考えて、妻に同情が集まるパターンは、夫に甲斐性《かいしょう》がないとか、暴力を振るったり暴言を吐いたりするとか、浮気するとかいったところだろうか。

甲斐性《かいしょう》は有り余っているし、暴力を振るわれたことはない。暴言に関しても、ふたりきりのときはアデルも相当口が悪いので理由としては弱い。ならば残るのは女性問題である。

(そうよ。いっそ、愛人でも作ってくれればいいんだわ)

皇帝たるもの愛人のひとりやふたりいてもおかしくはないが、度を超せば正妃も黙ってはいない。精神的苦痛を受け実家に帰るという筋書きは使えそうだ。

オズワルドの愛人候補が掃《は》いて捨てるほどいることはわかっている。多くの女性と付き合っていたとサイラスが暴露《ばくろ》してくれたし、結婚式でそこら中から感じた敵意は忘れられない。

アデルを睨《にら》みつけていた令嬢たちの中に、オズワルドの過去の女や、これから愛人になりそうな女が必ずいるはずだ。誰かをそそのかしてオズワルドのもとへ送り込めば、なにかしら彼にとって不利になる事件が起きるのではないか。

（それだ！　間違いなく離婚できる！）

とてもいい考えに思えたアデルは、ノーマにある相談を持ちかけた。

「ねぇノーマ、ガルディア帝国貴族の、私と同じ年頃のご令嬢たちと仲良くなるには、どうしたらいいかしら」

「そうですわね。クロイス王国の王妃様は、定期的に貴族の奥方を招いてお茶会を開いていらっしゃいましたわ。何気ない会話をするだけでも、貴族間の人間関係がわかると仰《おっしゃ》って」

「お母様がお茶会を……それはいい案ね」

一度に大勢を招けば、それぞれの力関係や駆け引きが見えてくる。女性というのは噂《うわさ》話が好きな生き物だ。一対一で会話するよりも口が軽くなるだろう。

考えを巡らせているアデルをノーマが意外そうに見る。

「ですが、アデル様がそんなことをお望みとは、思いもよりませんでした。同年代のご令嬢とは話が合わないと、クロイス王国にいたときは、ほとんどお茶会など出席されませんでしたのに」

「それは……私も皇妃として、少しでも陛下のお役に立ちたいからよ。できるだけ多くの方とお近づきになりたいわ。そうすることで、皇帝と貴族たちとの関係を良好に保つのも、皇妃の役目だと思うの」

アデルがでまかせを力説すると、ノーマは感じ入ったように目元をほころばせた。

「クロイス王国にいた頃はまったく王女らしさがなくて、皇妃など務まるのかと心配しましたけれど、ガルディア帝国に来てからアデル様は変わられましたわ。まだのんびりしたところもおありですが、日に日に皇妃らしくおなりで、国王陛下も王妃様もきっとお喜びになります」

（ノーマ、ごめんなさい！　本当はそんなんじゃないのよ！）

心の中でひたすら謝りながら、それでもアデルは計画を諦めたりはしない。たとえノーマに泣かれても怒鳴られても、平穏な人生を取り戻す。

「ノーマ、できるだけ早くお茶会を開きたいわ。協力してくれる？」

アデルのお願いに、ノーマが否《いな》と言うわけがなかった。

「もちろんですわ、アデル様。お手伝いさせていただきますとも」

「ありがとう、ノーマ。頼りにしているわ」

「では、早速準備に取りかかりましょう」

有能なノーマはすぐにお茶会の段取りを始めた。主要な貴族に招待状を出す手配をし、お茶会に使用する部屋の飾り付けや、茶器まで念入りに確認する。そのおかげで、五日後にはアデル皇妃主催のお茶会が、ガルディア城で行われることになった。

お茶会に招かれたのは、主だった貴族の令嬢たち二十人ほど。アデルと年が近く、オズワルドともなにかしら縁がある娘を厳選した。

準備は抜かりなく、完璧に整っている。

広い客間の中は豪華な花々で飾り付けられ、綺麗に配置された円卓にはしわ一つない真っ白なクロスがかけられていた。それぞれのテーブルには小さな焼き菓子や果物が盛られた段重ねの皿が載り、その周りに高価な茶器が並ぶ。好みに合わせて調合できる茶葉は、国内外から集めた最高級のものだ。城の料理人が腕を振るったケーキや軽食も用意されていて、部屋の中は食欲をそそるいい香りが漂《ただよ》っていた。

「皆様、ようこそいらっしゃいました。招待に応じてくださってありがとうございます。ガルディア帝国に来たばかりの至らぬ身ですが、精一杯おもてなしさせていただきますわ」

アデルの挨拶《あいさつ》にぱちぱちと拍手が起こる。一見なごやかな空気でお茶会は始まったが、アデルは会場中から突き刺さりそうな視線をビシビシ感じていた。

(うわー結婚式のときと同じ。隣にオズワルドがいないぶん、あのときよりあからさまだわ)

招待客たちはアデルのあら探しをしようと見張っている。愛人探しの前に失敗して足下をすくわれないよう、いつもより慎重に皇妃として振る舞った。

裕福な家の令嬢なだけあって、みんな高そうなドレスや宝石を身につけているし容姿も悪くない。中にはおそらく、オズワルドの皇妃候補として名前が挙がっていた娘もいただろう。この計画が上手くいけば、アデルが離婚したあとで新たな皇妃となる可能性もある。

そう考えると、なんとなく心の中がもやっとした。

（ガルディア皇妃としての恵まれた待遇は捨てがたいというか……）

自分でもよくわからない感情が引っかかるが、今はそんなことを考えている場合ではない。円満離婚に向けて作戦開始だ。

何人もの女官が各テーブルの間を回り、まめに給仕をしている。ノーマは女官たちのまとめ役として部屋の隅に控えていた。たぶん、アデルがやらかさないように監視も兼ねているのだろう。

オズワルド愛人推奨計画がノーマに知られたりしたら大変なことになる。アデルはノーマの視線も警戒しつつ、とりあえず一番おとなしそうな娘に話しかけてみることにした。

「こんにちは。あなたは……エイボン伯爵のご令嬢のリリーさんでしたわね」

招待客の顔と名前はすべて頭の中に入っている。正直、頭を使うのは向いていないが、完璧な皇妃として振る舞うとオズワルドに啖呵《たんか》を切った手前、そこは根性でやり抜くアデルだった。

「はい、そうです。皇妃様、本日はご招待ありがとうございます」

リリーは立ち上がって礼を述べた。

思った通りおとなしい性格らしく、顔立ちもかわいらしい。招待客の中にはわかりやすくアデルを敵視してくる強気な令嬢もいるが、その点リリーは扱いやすそうだ。

アデルはリリーの隣の椅子に腰を下ろすと、彼女にも座るよう手で示した。

「あなたとは年も近いし、私のことはアデルと呼んで。リリーさん、あなたとお友達になりたいの」

「そんな……光栄です、アデル様」

はにかんだ笑顔が愛らしい。アデルはリリーに好感を抱いた。

しかし、彼女もまた家柄や容姿からアデルが厳選したオズワルドの愛人候補である。本当にその素質があるのかこれから探りを入れるのだ。

「ねえ、リリーさん、オズワルド陛下について話してくださらない？　私は皇妃となったばかりで陛下について知らないことも多いから、いろいろと教えていただきたいの」

いきなりオズワルドの名前を出されたことに、リリーは戸惑った様子だった。逡巡《しゅんじゅん》するように視線を動かし、遠慮がちに口を開く。

「私など、陛下のお側に寄らせていただく機会もありませんし……」

「あら、そうですの？　エイボン伯爵といえば陛下とも懇意にされている有力なお家。もしかすると、あなたも以前は皇妃候補としてお名前が挙がっていたのではなくて？」

わざと皇妃候補という言葉を口に出してみると、リリーの表情が急に固くなる。

「いいえ、私のもとへはそんなお話はありませんでした」

「ごめんなさい。なにか、気に障《さわ》ることを言ってしまったかしら」

見た目通りの健気《けなげ》さに、アデルは意地悪な質問をしてしまったことを申し訳なく感じた。

俯《うつむ》いたリリーの瞳から、ぽろりと涙が落ちる。

「私はただ、陛下のお姿を一目拝見できるだけで、幸せで……」

「リリーさん、泣かないで。あなた、陛下のことが好きなのね？」

アデルが慌ててハンカチを差し出すと、リリーはそれを受け取ってしくしくと泣き出した。ハンカチを目元に押し当て、小さく肩を震わせている。

(う〜ん、オズワルドに想いを寄せているのはいいけど、こんなに純粋な子を愛人にはできないわね)

アデルはいたたまれなくなって、リリーの肩を抱き寄せる。彼女は俯《うつむ》いたまま、ぽつりぽつりと話し始めた。

「私……陛下のお姿を拝見したくて、父についてお城に上がったこともありました。私はただ、陛下のお邪魔にならないように、常に物陰から見守っていたのです」

「常に？　物陰から……？」

「お仕事中は出てこられるのを扉の外で何時間も待ち続け、剣術のお稽古《けいこ》をされると聞けば、演習場の木陰に身を潜《ひそ》めておりました。外出されるときは可能な限り行き先を調べ、先回りしてお出迎えし、陛下を見失わないようぴったりと後をついていく……それが私の生活のすべてでした」

「ま、まあ……そうだったの」

アデルは短く相づちを打ちながら、そっとリリーから離れる。

(この子、ヤバい！　純粋どころの話じゃなかった！)

純粋に精神を病《や》んでいる危険人物だ。下手に刺激すると怖いので、なんと言ってこの場から逃げようかと機会を窺《うかが》っていると、リリーが顔を上げた。

その瞳が爛々《らんらん》と、ひときわ妖しい輝きを放って一点を見つめる。

「陛下の御身《おんみ》をお守りしたかっただけですのに……陛下は冷酷にも、私に『五十メートル以内に近づくな』と命じられたのです！　ひどいですわ！　私はオズワルド様を心から崇拝《すうはい》し、その神々《こうごう》しいお姿をこの目に焼きつけていただけでしたのに！　うわあぁぁぁん……っ」

リリーが叫んで号泣を始めた。周囲がざわつき、アデルは急いで女官のひとりを手招きする。

「この方、少し気分が悪いようなの。別室にお連れして介抱してさしあげて。……リリーさん、また後でね」

女官はすぐにアデルの指示通り、リリーの肩を抱いて部屋を出ていった。

リリーがいなくなると、アデルは深く息を吐いて脱力する。

（こ、怖かった！　お守りしたかったたって、あの娘が一番危ないから！）

人は見かけによらないものだ。しかし、接近禁止命令が出された娘を愛人にはできない。

気を取り直してアデルは周りを見回した。すると、少し離れた席でひとりぽつんと本を開いている娘がいる。眼鏡をかけていて、着ているドレスは高級な生地《きじ》を使っているものの飾り気がない。全体的に知的ながら地味な印象の娘だった。

（オズワルドの好みではない気がするけれど……）

そもそも、オズワルドの女性の好みを知らないのだが。

ともかく話しかけてみるかと、アデルは近づいていった。

「こんにちは、あなたは……シーモア子爵のご令嬢、サラさんね」

アデルが尋ねると、サラはちらりとこちらを見上げ、眼鏡を押し上げる。

「はい、皇妃殿下。初めまして。本日はお招きいただきありがたく思います」

笑顔はなく、明らかに社交辞令とわかる愛想のない声で言う。

とはいえ、話し方はきちんとしているし、浮《うわ》ついていないほうが客観的な情報を得られるのではないかとアデルは考える。

「退屈させてしまっているかしら。サラさんは他の皆様とおしゃべりをなさらないの？」

「皆様が話す内容といったら、ドレスや宝石のことばかりですから。そんなくだらない話題にはついていけません。ひとりでいることには慣れていますので、皇妃殿下もどうぞお構いなく」

自分は他の娘たちとは違うという意識の高さがあるようだ。このぶんでは貴族連中が好むゴシップやスキャンダルにも興味はないだろうし、愛人候補にもなりそうもない。

（この子と話しても使えるネタはなさそうね）

「それでは、読書のお邪魔をしても悪いので、私はこれで……」

それとなく離れようとしたとき——

「皇妃殿下、オズワルド陛下に隠し子が存在することをご存じですか？」

（なんですって⁉）

アデルは椅子を蹴り倒しそうな勢いでサラの隣に腰を下ろした。

「そ、それは……どういうことかしら？　サラさん、あなたが知っていることを話してくれない？」

冷静を装《よそお》って尋ねるが、無意識に声が震える。こういう話題を待っていたはずが、いざ現実になるとうろたえた。

「子供の名前はオスカル、陛下によく似た黒髪の美しい少年です。もうすぐ十歳になります」

「もうすぐ十歳ってことは、オズワルドが十五歳のときの子供なのね？」

（なんてマセガキ！　……でも、あり得ない話じゃない）

「陛下に似てとても賢く、剣術の才能もすばらしいものがあります。陛下もオスカルのことを本当に可愛がっておられて、将来はご自分の跡を継がせるつもりだと仰《おっしゃ》っています」

（なによ、それ……腹立つ！）

アデルはオズワルドへの怒りで頭に血が上《のぼ》った。

子供がいることを黙っていたこともちろんだが、しっかり将来の約束までしているとは。仮とはいえ皇妃である自分がバカにされている気がする。

こうなったら動かぬ証拠を掴んで、あのゲス魔王をつるし上げなくてはなるまい。

「サラさん、その子供の母親は誰なのかご存じ？　知っているなら名前を教えて」

サラは本に目を落としたまま、怪しげな笑みを浮かべた。

「サラ・シーモア……なにを隠そうこの私です」

「…………は？」

アデルなど目に入っていない様子で、サラはうっとりと本のページをめくる。

「陛下と出会ったのは私が十のとき、シーモア家の別荘の裏にある、シロツメクサが咲く丘の上でした。夕日を浴びながら白馬に乗って颯爽《さっそう》と現れた陛下に、私は花冠《はなかんむり》を作ってさしあげたのです。それが、ふたりの愛の始まり……陛下はたいそう喜んで『これは僕にとってなによりの宝物だよ』と仰《おっしゃ》ってくれました」

聞いてもいないことをサラが蕩々《とうとう》と語る。語り口が流暢《りゅうちょう》なせいか、アデルは話を遮《さえぎ》るタイミングが掴めない。

（オズワルドの一人称が『僕』とか、いろいろとアレなんだけど……だいたい、この子まだ十八歳だったはず）

どう考えても、十歳になる子供がいるわけはないのだが。

「あの……さっきからなにを熱心に読んでいらっしゃるの？」

彼女が大事そうに持っている本を指さすと、サラは自慢げに掲《かか》げてみせた。

分厚い革表紙に綴《つづ》られたタイトルは、『陛下と私の愛の日記』――

「その本はもしかして……」

「陛下とのすべてを綴《つづ》った私の日記です。これは最新の三十冊目。十年後の未来について書いているところです」

「そう……十年後……それなら子供も十歳になるわよね」

サラから日記を取り上げて真っ二つに引き裂きたい衝動に駆られたが、アデルはなんとか堪《こら》えた。

その後、乾いた笑いとともに、「がんばってね」と投げやりな激励《げきれい》をしてサラのテーブルを離れる。

（頭の中がお花畑の小娘の夢物語を信じるところだった……）

ストーカーの次は妄想癖。立て続けに人選を間違ったのは、見るからに周囲から浮いている娘に声をかけてしまったことが原因に違いない。今度はいかにも噂《うわさ》話が好きそうな、頭と尻が軽そうな娘に話しかけよう。

アデルが改めてお茶会の会場を眺め回すと、そこへ後ろからどんと誰かがぶつかってきた。

「あら、皇妃様、申し訳ありません。皇妃様がこんなところでぼうっと突っ立っていらっしゃるなんて思いませんでしたから」

謝罪とは思えない謝罪を述べたのは、胸元が大きく開いた赤いドレスを身に纏《まと》い、頭にも羽根飾りをつけたド派手な令嬢である。

明らかにアデルに対して敵意を持っている彼女は、結婚式でもこちらを鋭く睨《にら》みつけていたのを覚えている。

「あなたは、確かミーナさん……」

「ドルトン公爵家のミーナですわ、皇妃様」

顔立ちは悪くないが、化粧が濃い。尊大な態度が鼻につくのは、ガルディア帝国の公爵という家柄に絶対の自信を持っているからだろう。貧乏王国出身の皇妃など、彼女にとって頭を下げる存在ではないということだ。おまけにオズワルドに気があるのは一目瞭然《いちもくりょうぜん》。こういう娘ならまともな愛人候補になってくれそうだ。

アデルは今度こそ本命と信じ、上機嫌でミーナに微笑みかけた。

「とても素敵なお召し物ね。どちらで仕立てたのか教えてくださらない？」

当たり障《さわ》りなくドレスを褒めることから会話を始めようとする。ミーナはフンと軽く鼻を鳴らし、つまらなそうにそっぽを向いた。

「お気に入りの仕立屋ですの。他の方には教えたくありませんわ」

「まあ残念。オズワルド陛下のお好みに合いそうなドレスだから、私も同じものを仕立てたいと思ったのだけれど」

「貧相なお体の皇妃様には似合いませんわ」

（ついに本命が来た！　これこれ、こういうのを待っていたのよ！）

いちいち高飛車《たかびしゃ》な言動に爽快感《そうかいかん》すら覚える。ミーナはアデルが思い描いた愛人候補そのものだ。

「私は生まれてからずっと陛下にお仕えしてきたのですもの。服装の好みに限らず、お好きなお料理やお酒の銘柄まで熟知しておりますわ」

口元に扇《おうぎ》を当てながら、ミーナが胸を張る。そんなことも知らないとは皇妃失格と言いたげな口ぶりだ。

「それはすばらしいわ！　ミーナさん、陛下についてぜひご相談したいことがあるのだけれど、ちょっとよろしいかしら？」

「相談？　なんですの？」

怪訝《けげん》な顔をするミーナを手招きし、アデルは続きの間へと移動する。

お茶会の会場よりも一回り小さな隣室に入ると、アデルは扉を閉めた。令嬢たちの談笑がかすかに聞こえてくる部屋で、ミーナとふたりきりになる。

「いったいなんのご用ですの、皇妃様」

無礼な態度のせいでなにか仕返しでもされると思ったのか、ミーナはやや落ち着かない様子だ。

アデルは微笑んで声を潜《ひそ》めた。

「ねえミーナさん、陛下が愛人を求めていると言ったら、どうなさる？」

アデルは単刀直入に切り出す。ミーナとおしゃべりしたいわけではないので、遠回しに探りを入れるのは時間の無駄だ。これでミーナが断れば、また別の娘を探せばいい。

（もしも承諾したら――）

そのときは、晴れてオズワルドと円満に離婚できる。そう思うのだが、なんとなく後味が悪い気がするのはどうしてなのか。愛人推奨計画にほんの少し迷いが生じている理由が、アデル自身にもわからない。

「あ……愛人？」

皇妃の口からそんな言葉が出るとは思ってもみなかったのだろう。ミーナは信じられないとばかりにアデルを見つめる。

「私からこんなことをお願いするのはおかしいかもしれないけれど、皇帝にとって跡継ぎの問題は重要だわ。私は愛人のひとりやふたりいてもいいと思っているのよ」

アデルが心の広い皇妃を演じると、ミーナは頬を赤らめて首を横に振った。

「そんな、愛人だなんて恐れ多い……私はただ、陛下のお側にお仕えして、身も心も捧げたいだけですの！」

アデルが予想していたよりずいぶんと殊勝《しゅしょう》なセリフである。もしかして、オズワルドに対するミーナの思いは強い忠誠心なのかもしれない。

（これも当てが外れた……？）

これほど候補者が揃っているのに、なかなか上手くいかないものだ。

「ごめんなさい、私はてっきり、あなたが陛下に想いを寄せているとばかり……」

「ええ、もちろん心からお慕い申し上げておりますわ！　陛下のあの、人を蔑《さげす》んだような冷酷な瞳……あの目で見下ろされると、私、ぞくぞくしますの！」

（今……なんて言った？）

またしても危険地帯に足を踏み入れてしまったような緊張が走った。

聞き間違いであってほしいと願うアデルをよそに、ミーナは頬を赤らめたままふるふると震えている。やたらと鼻息が荒い。

「あの、ミーナさん？　えーと……ぞくぞくするというのはつまり、オズワルド陛下は目つきが悪いから、睨《にら》まれているみたいで不快……ということかしら」

「いいえ、これ以上ないほどの快感なのですわ！　まるで汚いものを見るかのように陛下に見下ろされ、唾を吐きかけられ、あまつさえ陛下にぶたれたり蹴られたり縄でぐるぐる巻きにされて放置されたりすることを想像すると……ああ、なんというご褒美《ほうび》！」

ミーナは大袈裟《おおげさ》に自分の両肩を抱くと、はぁはぁと熱い息を吐いて叫んだ。

「愛人より正妃より、私は陛下の奴隷《どれい》、ただの家畜になりたい！　陛下の靴底で思いっきり踏まれて『この雌豚《めすぶた》』と罵《ののし》られたら、もう死んでもいいですわ！」

「……お大事に」

自分の世界に浸《ひた》るミーナを置いて、アデルはすごすごとお茶会会場へと戻った。

（リリーにサラにミーナに……三人も続けてハズレを引くなんて、ガルディア帝国の貴族令嬢は病人の集団なの？）

みんな愛人候補にするには特殊すぎる。しかし、オズワルドは見るからにSなので、ミーナあたりで手を打つのもアリなのだろうか。

アデルが腕組みして考え込んでいると、ノーマがやって来た。

「アデル様、お客様を放ってどちらに行かれていたのですか」

「ちょっと、勧誘に」

「なんのことです？　ともかく、そんなに険しいお顔をなさっていてはいけませんわ。せっかくアデル様の希望で開かれたお茶会なのですから、もっと笑顔でお客様をおもてなししてください」

「ええ……そうね」

アデルは笑おうとするが、どうにも目が虚《うつ》ろになる。少し休んでから、また愛人候補探しに行こう。そう思い、手近な椅子に腰を下ろす。そこへ、近くのテーブルのひそひそ話が聞こえてきた。

「私はね、有名な祈祷師《きとうし》を雇って、陛下が振り向いてくださるように毎晩祈りを捧げているの。おまじないで使う陛下の髪の毛を手に入れるのには苦労したわ。従者に多額の賄賂《わいろ》を渡したのだけれど、仕方ないわ。陛下を私のものにするためですもの」

「私が雇った占い師の助言はね、私の髪の毛を入れた焼き菓子を食べさせれば、両想いになれるというものだったわ。この半年間、毎月お贈りしているのだけれど、陛下は召し上がってくださったかしら」

（ひぃぃぃぃ――――っ！）

そのおぞましい内容に、アデルは全身総毛立《そうけだ》ち、心の中で悲鳴を上げた。

オズワルド崇拝者《すうはい》にはこんな痛い娘しかいないのか？

さすがは元魔王。惹き寄せられる女たちもアクが強い。しかし、これではいくらオズワルドでも、下手に手を出せばひどいしっぺ返しを食らうだろう。

（案外、あの男も苦労してるのかしら。こんなにたくさん崇拝者《すうはい》がいるのに、まともな女がひとりもいないなんて）

なんとなくオズワルドに同情的になっていたとき、大きな両扉がバーンと開き、会場にヒステリックな叫び声が響いた。

「ああオズワルド陛下、お慕い申し上げておりましたのに……いっそ陛下を殺して私も死にます！」

ケーキナイフを握りしめたリリーが、号泣しながら扉の外に立っているではないか。

すると、それに刺激されたかのように、会場のいたるところから声が上がった。

「なに言ってるの、陛下は私のものよ！」

「違うわ、私のものよ！」

あちらこちらで罵《ののし》り合いが始まり、掴み合いに発展するまで時間はかからなかった。

日頃おしとやかに振る舞っている反動なのか、やんごとなき令嬢たちが髪を振り乱し、ドレスを引っ張り合い、ひっぱたき合う。正妃そっちのけでオズワルドの所有権を争うというのも解《げ》せないが、見物するぶんには面白い。

しまいには、テーブルの上に並んでいる菓子やカップが武器と化した。最初はなんとか取りなそうとしていた女官たちも、全員部屋の隅に避難している。

（これは、そう簡単には収まりそうにないわね）

ほとぼりがさめるのを待つことにしたアデルは、クリームが飛び散り、陶器が割れる音が響く会場をのんびりと眺める。そんな中、ノーマが必死にそれらを避けつつ駆け寄ってきた。

「アデル様、危険ですからお逃げください！　この場は私が！」

「私は平気よ、ノーマ。あなたこそ逃げて」

「いけません！　アデル様になにかあったら、オズワルド陛下にもクロイス国王にも顔向けができません！」

侍女魂《だましい》を発揮してアデルを庇《かば》おうと盾になるノーマ。そこへカップが飛んできて、アデルが片手で受け止める。もう少しでノーマの顔に当たるところだった。傍観を決め込むつもりだったが、これは放置できない。

「ノーマになにするのよ！　もう頭に来た！」

「アデル様!?」

ノーマが止めるのも聞かず、アデルはケーキナイフを掴むとテーブルの上にひらりと飛び乗った。

「いいかげんにしなさい！」

アデルの恫喝《どうかつ》に、令嬢たちの動きがぴたりと止まる。会場はしんと静かになった。

「皆様、元気が有り余っていらっしゃるご様子ですわね。まだ続けたいのでしたら、私が相手をしてさしあげますわ。まとめて、どこからでもかかっていらっしゃいませ」

　片手でくるくると器用にナイフを回すアデルを、クリームまみれの令嬢たちが呆気《あっけ》にとられて見上げる。

　これで騒ぎが収まるかと思えたとき、アデルの挑発に応じるようにどこからかパイが飛んできた。真っ赤なジャムがたっぷり塗られたパイを、アデルは素早く空中で切り分ける。綺麗に六等分されたパイは、テーブルへ次々に落下した。

　顔に跳ね飛んだジャムを、アデルが指でぬぐってぺろりと舐《な》める。凍りついた令嬢たちの視線に気づき、皇妃としての立場をすっかり忘れていたことを思い出した。

（ああ、やってしまった！　……これは、逃げるしかない）

　令嬢たちの視線を浴びながら、アデルは優雅にドレスの裾をつまみ一礼する。

「そろそろお開きにいたしましょうか。皆様、今日は楽しく過ごさせていただき感謝しますわ。それでは、ごきげんよう」

　テーブルから華麗に飛び降りると、ジャムやクリームにまみれた令嬢たちを残し、アデルはお茶会の会場をしずしずと出ていった。

　お茶会の数日後。アデルのもとへオズワルドの遣いがやって来て、執務室へ来るようにと伝えられた。無視するわけにもいかず、アデルは言われた通り皇帝の執務室へ赴《おもむ》く。

　オズワルドは大きな書斎机の上に両肘を突き、いつものように気むずかしい顔で座っていた。

（あー、これはやっぱり先日の一件についてよね）

アデルが呼び出された理由は、おそらくお茶会のことだろう。

あれほどの騒ぎになったのだ。誰もアデルには言わないが、今や城内の、いやガルディア帝国中の噂《うわさ》になっていてもおかしくはない。

さすがに観念し、お説教を覚悟したアデルは自分から頭を下げる。

「あの展開はまったく予期していなかったとはいえ、私の責任だわ。ごめんなさい。心から反省しているから、どうかクロイス侵略は思いとどまっていただけないでしょうか」

低姿勢で謝るアデルを、オズワルドは奇妙なものを見る目で見ていた。

「おまえはなにを謝っているんだ？」

「お茶会の件じゃないの？」

「ああ、そうだが」

オズワルドの様子がおかしい。お説教が始まりそうな気配はなく、アデルは首を傾げる。

「先日、皇妃主催の茶会に出席した娘たちが、皆なぜか見るに耐えない格好で帰宅したと聞いた。だが、その理由を尋ねても、皆、頑《かたく》なに口をつぐんでいるそうだ。その上、おまえについてはなにかに怯えたように『アデル皇妃様は大変すばらしい方です』と繰り返すばかりだとか」

「まあ……不思議な話ね」

あの場で起こったことを出席者たちは語っていないらしい。ノーマが女官たちにも釘を刺しておいたので、本当のところは部外者には伝わっていないのだ。

（助かった……のかしら？　オズワルドは怒っているわけではないようだけど）

なにがあったのか気にはなっているのだろう。追及されたらどうごまかそうと悩んでいると、オズワルドは軽くため息をついた。

「不可解な出来事だが、令嬢たちに怪我があったわけでもない。詳しいことは聞かないでおく。聞くのが恐ろしい気もするしな」

アデルはほっと胸をなで下ろす。茶会を開いた動機がオズワルドの愛人探しだとは口が裂けても言えないし、今となってはなんだか後ろめたくもある。

「それと、茶会が原因かはわからないが、面白い変化があった。茶会に出席した娘の何人かは、これまでしつこく俺に文《ふみ》や菓子などを寄こしていたが、それがここ数日はすっかりおとなしい。あれには困っていたから清々《せいせい》した」

オズワルドに好意を寄せていた危ない娘たちが、彼に言い寄らなくなったということだ。

原因はおそらくアデルなのだろう。恐ろしい皇妃の存在が、その夫であるオズワルドに手を出すことを躊躇《ちゅうちょ》させている。令嬢たちの怯えた表情が目に浮かんだ。

（つまり、私は夫に愛人を作ろうと画策《かくさく》して、逆にその候補者たちを一掃《いっそう》してしまったと……）

どこでどう間違ったのか。これで当分はオズワルドに言い寄る女性は現れない。

「モテすぎるのも考えものね。さすがに、あなたがどこかの女に逆恨みされて刺されたりしたら、私も寝覚めが悪いわ」

アデルを見るオズワルドの瞳がキラリと輝いた。

「俺の身を案じているのか」

「違うわよ」

「嫉妬《しっと》するとは、おまえも可愛いところがある」

「違うってば！」

(私がこんなに苦労してるってのに、この思い上がり、腹が立つ！)

円満な離婚のための計画が裏目に出て、アデルはむしゃくしゃしていた。とはいえ、やり方が汚かった気もするので、オズワルドに愛人を作ることは諦める。

ならばいっそ、アデルが愛人を作ったらどうだろうか。

「ちょっと聞くけど、もしも私に愛人が出来たら、あなたはどうする？」

オズワルドが視線を上げた。

「決まっているだろう。そいつを殺す」

「こっ……」

「いや、違うな。死んだほうがましと思えるほどの拷問《ごうもん》にじっくりかけてから、さらにじわじわと時間をかけてなぶり殺す」

(なお悪いわ！)

淡々と告げる声に魔王の本気が感じられて、アデルは背筋が寒くなる。

「そんな質問をするとは、おまえは好きな男でもいるのか？」

「いません！」

アデルは力強く首を横に振り、きっぱりと丁寧語で答えた。

少しでもそんな疑いを持たれたら、あるいはその可能性がありそうというだけで、濡《ぬ》れ衣《ぎぬ》をかけられた若い男が大量虐殺されかねない。権力を持つ男は厄介《やっかい》だ。

「本当か？」

疑り深く聞いてくるオズワルドに、アデルは思い切り頷く。

「本当の本当！　変なこと聞いてごめんなさい！」

「ならいい」

アデルの態度にようやく納得したのか、オズワルドは目を伏せた。

その後、お茶会に出席した貴族の娘たちから、アデルに様々な贈り物が届くようになった。しかも、城内で顔を合わせれば強ばった笑顔で丁重に挨拶《あいさつ》される。

皇妃が目に見えない速さでナイフを振り回し、返り血を浴びて笑っていた――という噂《うわさ》が、ガルディア貴族の令嬢たちの間でまことしやかに語られているとアデルが聞いたのは、しばらく経ってからである。


オズワルドに愛人を作る計画は失敗したが、アデルは円満な離婚を諦めたわけではない。

オズワルドがいつ前世の仕返しをしてくるかわからないし、いちいち脅《おど》してくる夫など、ストレスが溜まってしょうがない。

しかし、アデルに有利な条件で離婚するのは、そう簡単ではなかった。

若き皇帝は賢く男前で国民から絶大な人気があり、皇太子時代も即位後もその才覚を評価されてきた。侵略した国の民《たみ》すら虜《とりこ》にしてしまう男に、どう太刀打《たちう》ちすればいいのか。

（あの男になにか弱点はないの？　あいつを嫌っている人間がいれば、有益なネタが手に入るかもしれないのに）

アデルは相変わらず四六時中そんなことを考えている。

ある日、廊下を歩いていると、前方からサイラスが来るのを見かけた。

ガルディア帝国へ来てから、サイラスと個人的に話したことはない。けれど、到着時にアデルを出迎えたときの舐《な》め回すような視線と、馴れ馴れしい態度は忘れられなかった。はっきり言って、オズワルド以上に嫌な相手である。

（そういえば、サイラスはオズワルドと仲が悪そうなのよね）

ふたりの間にどんな蟠《わだかま》りがあるかは知らないが、あの険悪な雰囲気は勘違いではないだろう。となれば、サイラスはオズワルドに関する悪い噂《うわさ》にも敏感ではあるまいか。

しかし、サイラスに尋ねるのは抵抗があり、気づかないふりをして方向転換しようとする。すると、アデルに気づいた彼のほうから近づいてきた。

「これは皇妃殿下、ごきげんうるわしく」

サイラスが腰を折って挨拶《あいさつ》する。アデルは持っていた扇《おうぎ》を広げ、顔を半分隠して会釈《えしゃく》をした。

「あら、宰相《さいしょう》閣下。奇遇ですわね」

「妃殿下は今日もお美しい」

「ほほ……お上手ですこと」

アデルが愛想笑いをすると、サイラスは眼鏡の奥の目をいやらしく細めた。

一見、知的な紳士《しんし》なのだが、言動の端々《はしばし》に神経質で卑屈な本性が透けて見える。特に、アデルに対しては下心を感じ、嫌悪感で肌がざわつくのだ。

「妃殿下は供も連れずにどちらへ行かれるところなのです？」

「城の中で供は必要ありませんわ。ガルディア城内ほど安全な場所はありませんもの」

「もちろんです。妃殿下の安全は私が保証いたします。こう見えて私も剣術をたしなむのですよ」

「まあ、頼もしいですわ」

武勇を誇るガルディア帝国では、男子はみな剣術を学ぶらしい。しかし、貧弱なサイラスの見た目ではたかがしれている。

「ところで陛下はどちらですの？　このところお忙しいようで、あまりお顔を見ておりませんの」

せっかくなので情報収集しようと、アデルはさりげなくオズワルドの話題に切り替える。

オズワルドが多忙なのは事実で、結婚してから食事をともにしたことも数えるほどだ。視察も交渉事も自分でせねば気が済まないたちらしく、国内だけでなく、国外にもよく足を運んでいる。

オズワルドの名前を聞いて、サイラスの表情がわずかに険しさを帯びた。

「さあ、私も今日はまだお会いしておりませんので」

「お元気なのかしら。あんなにご多忙だと、お体が心配だわ」

アデルは表情を曇《くも》らせ、夫の体調を心配する良き妻のふりをする。すると、サイラスが顔を近づけて囁《ささや》いた。

「妃殿下もお寂しいですね。私でよろしければ、ご相談に乗りますよ」

「ご親切にありがとうございます。宰相《さいしょう》閣下は陛下の叔父《おじ》様でいらっしゃいますものね。少しでも陛下のお力になれるように、私に陛下のことを教えてくださいませ」

「ええ、なんなりとお聞きください」

アデルが可愛くお願いしたところ、サイラスはしまりのない顔で答える。

サイラスと長話するのは気が進まないが、彼の口からオズワルドについて聞いておくことは無駄ではない。あまり上手くいっていないらしいふたりの関係を知ることは、有意義に思えた。

「陛下の子供時代についてお聞きしたいですわ。子供の頃から優秀だったのでしょう？」

「ええまあ、私より十も年下でありながらクソ生意気な……いえ、自己主張が激しいところがありまして、私も少々手を焼きましたが」

さらりと本音が出てしまうくらい、オズワルドのことを憎々しく思っているようだ。

「優秀すぎるのも考えものと言いますか、生まれたときから人の言葉を理解しているのかと思うくらい不気味な赤ん坊で、言葉が話せるようになったのも異様に早かったと記憶しています」

アデル同様に前世の記憶を持ったまま生まれたオズワルドは、実際に人の言葉を理解していたのだ。アデルの場合、前世では体力くらいしか自慢できなかったが、オズワルドの場合は知能も知識も並の人間よりはるかに上だったはずである。

そんな幼児が近くにいたら確かに不気味だろう。それでも、現世では家族愛に恵まれたアデルからすると、身内から疎まれていたオズワルドが不憫《ふびん》だ。

「人よりも抜きんでた能力をお持ちのせいか、こう言ってはなんですが、陛下には少々独裁的なところがおありです。すべておひとりで決めてしまわれるので、ここだけの話、貴族の中にも不満を持つ者が多いのですよ。皆、宰相《さいしょう》である私に訴えてくるので、ほとほと困っております」

「独裁的……よくわかります！」

ついアデルが同意すると、サイラスは瞳を輝かせた。

「わかってくれますか！」

「ええ、本当に陛下の横暴ぶりには困ったものですわ。そもそも、私がガルディアへ嫁《とつ》ぐことになったのも陛下が……」

アデルははっとして口をつぐむ。

（おっと、いけない！　ここであまり暴露《ばくろ》するのは良くないわね）

しかし、オズワルドに不満を持つ者が他にもいるというのは、嘘ではないだろう。若くて優秀なぶん、オズワルドを崇拝《すうはい》する者も多いが、サイラスのような敵も多そうだ。そのへんを把握しておけば、離婚にも役立つかもしれない。

「いえ、陛下は少し強引なところがおありですけど、横暴というのは言い過ぎですわね。……ところで宰相《さいしょう》閣下、陛下のお仕事についてもお聞きしたいですわ」

アデルの頼みをどう勘違いしたのか、サイラスはいきなり手を握ってきた。

「では、続きは私の部屋でいかがですか？」

ねっとりと手の甲をなでられて、そのおぞましい感触にアデルは身震いする。

(こいつ、部屋でなんの続きをするつもり?)

すぐに振り払いたいのを我慢して、サイラスの手をやんわりと退《ど》けた。

「それは困りますわ。殿方のお部屋に足を踏み入れるなど、人に見られたら不貞を疑われてしまいますもの」

ここは貞淑な妻のふりで切り抜けよう。アデルにその気がないとわかれば、サイラスもそれ以上迫ってこないと踏んでいたのだが、あろうことか、一度離したアデルの手を、サイラスはふたたび強く握ってきた。

「黙っていれば誰にもわかりません。妃殿下、私はオズワルドと違い誠実な男です」

(誠実って意味をわかってんのかしら……)

こちらは仮にも皇妃だというのに、言い寄って簡単に落とせるとでも思っているのか。その勘違いにイライラするが、アデルはあくまでもしとやかな皇妃として拒絶する。

「いいえ、お許しくださいませ」

「妃殿下、私は出会ったときからあなたのことをお慕いしておりました!」

「いけませんわ、宰相《さいしょう》閣下」

「アデル妃殿下!」

「だから……触るなって言ってんでしょ」

ついに苛立ちが頂点に達したアデルは、ドレスの中から護身用の短剣を取り出し、サイラスの喉元につきつけた。

豹変《ひょうへん》した皇妃に、サイラスが息を呑んで手を離す。

「ひ、妃殿下……そんなものを持っていては危険です！」

「あら、いついかなるときでも身を守るための武器を所持しておくことは、皇妃としてのたしなみですわ。皇妃を誘惑するなんて、臣下としていかがなものかしら。皇帝への裏切りと取られてもおかしくないでしょうね」

短剣の狙いをサイラスに定めたまま、アデルは美しく微笑んだ。

ガルディア帝国製の切れ味が鋭い短剣である。掌《てのひら》よりやや長いくらいで、刺すにも投げるにもちょうどいい。スカート部分の膨らみに、剣を隠すためのポケットも取りつけてある。

オズワルドが変な気を起こして夜這《よば》いにでも来たら撃退するつもりで常に所持していたのに、こんなところで役に立つとは予想もしなかった。

これで怯《ひる》むと思われたサイラスだが、妙に強気でにやりと笑う。

「私を敵に回すと後悔することになりますよ」

「どういう意味かしら」

「いずれわかるでしょう」

それ以上サイラスが迫ってくることはなく、彼はアデルから離れると城の奥へと消えた。

アデルは短剣をしまいながら、やれやれと息を吐く。

（あのエロ宰相《さいしょう》、おかしな捨て台詞《ぜりふ》を残していったけど、なにか企《たくら》んでいるのかしら。ともかく、今はそれよりも手を洗いたい！）

触られた右手にまだねっとりとした感触が残っていて気持ちが悪かった。

横暴なところはあっても、オズワルドはアデルに対してあんなふうに迫ったりはしない。サイラスのいやらしさに比べれば、オズワルドのほうがまだ許せる……かもしれない。

（一般的に見れば、オズワルドは結構いい男だものね）

顔と頭が良くてセレーネ大陸一の権力と財力を持っていて、浮気もしない。最高の夫である。

（でも、私にとっては腹黒魔王以外のなにものでもないから！　こっちは脅迫《きょうはく》されてむりやり妃にさせられたわけだし！）

離婚しないことには、アデルに真の平和は訪れない。前世勇者の意地に懸けて、魔王の思い通りになどなってたまるか。

あれこれと考えているうちに、いつのまにか城の外に出ていた。警備中の兵士がこちらに気づき、慌てて頭を下げる。それを見てアデルは思いついた。

（兵士の中には、オズワルドに不満を持つ者もいるんじゃない？）

軍隊の場合は面倒なしきたりや規律もあるし、一人前になるまでに乗り越えなければならない苦労は多い。

武力にものを言わせてのし上がってきたガルディア帝国だ。兵士たちに無理難題を強《し》いることもあるだろう。軍隊というものは、高い地位にある者が安全な場所から部下たちに命令を下す理不尽な組織だ。皇帝など、もっとも憎むべき上官である。

兵士たちの不満が爆発して抗議行動でも起こされたら、オズワルドは皇帝としての信用を失うことになる。地位を退《しりぞ》くとまではいかなくても、こんな危険な国にはいられないという理由で、アデルがクロイス王国へ帰ることはできるかもしれない。

（よし、次はそれでいってみよう！）

アデルは気合を入れ直すように、たたんだ扇《おうぎ》を手のひらにパンと打ち付けた。

軍隊の強化に力を入れているガルディア帝国には、国内の至るところに軍の施設がある。城内にも立派な訓練場があり、その日も若い兵士たちが熱心に訓練に励んでいた。

アデルと同い年くらいか、もっと若い兵士たちが、頼りない動作で剣を振っている。そこにいるのは新人ばかりらしく、みんな肉体的に未熟な上、剣術も基礎の基礎といった様子だ。

（初々《ういうい》しいわね。私にも前世であんな頃があったわ）

前世にはいい思い出がないが、アデルは懐かしく思い出す。もともとの身体能力がずば抜けて高かったとはいえ、やはり最初は苦労もした。もっとも、あっという間に並み居る男を退《しりぞ》けたが。

訓練中の兵士たちを激励《げきれい》したいと軍の上層部に申し入れると、許可はすぐに下りた。ガルディア帝国におけるアデルの人気は高く、麗《うるわ》しき皇妃殿下の姿を一目見れば、兵士たちの士気も上がるだろうというのがその理由である。

アデルとしてはできるだけ目立たないように見物し、休憩中に兵士たちの本音（主にオズワルドや軍隊への不平不満）を聞き出せればそれで良かったのだが、予定よりもかなり派手な登場となってしまった。

情熱的な赤いドレスを纏《まと》ったアデルが訓練場に現れると、兵士たちからほうっとため息交じりのざわめきが起きる。その中を、アデルのためにわざわざ設《もう》けられた高座へと案内された。

見晴らしがいい反面、アデル自身も訓練場のどこからでも見えるわけで、これでは見物に来たのか見物されに来たのかわからない。

「大袈裟《おおげさ》にするなって言ったのに、なんなのよ、これは」

アデルは愛想笑いで手を振りつつも、傍にいるノーマにだけ聞こえる声でぼやく。

「よろしいではありませんか。皆に笑顔を振りまくのは皇妃の務めです」

「なんでも皇妃の務めって言えばいいと思って。私は見せ物小屋の珍獣じゃないわ」

広げた扇《おうぎ》の陰で吐き捨てるように呟いた途端、背後で咳払いが聞こえた。振り向くと、どこかで見覚えのある軍服姿の男性が立っていて、鋭い目つきでアデルを見る。

(今の聞こえちゃった？　なんか怖そうな人だし……)

とりあえず、アデルは作り笑顔でごまかすことにした。

「あら、失礼。……ええと、あなたは？」

「ガルディア軍上級大将ラルフ・バートンと申します。ご多忙な中、兵士たちの激励《げきれい》においでくださったアデル皇妃殿下の、ご案内役を務めさせていただきます」

バートンと名乗った男は恭《うやうや》しく礼をした。

年は四十前後。恰幅《かっぷく》がよく、軍人らしい厳《いか》めしさを漂《ただよ》わせている。軍服の左胸には最上位の階級を表す星の印が入っていた。

アデルはこれまで彼と言葉を交わしたことはなかったが、帝国内では有名な人物なので姿を見かけたことはある。バートンはセレーネ大陸中に勇名を馳《は》せているガルディア軍の指揮官だ。

オズワルドの父である先代皇帝の代から仕えており、現在はガルディア軍においてオズワルドに次ぐ決定権を持っている。実質的には最高指揮官の立場にあると言っていい。武勇に秀《ひい》でているだけでなく高潔な人柄という評判で、皆は尊敬を込めて彼をバートン将軍と呼んでいる。

「将軍がじきじきに案内してくださるなんて、ありがたいですわ。よろしくお願いします」

「妃殿下が軍の訓練にご興味がおありとは意外でした。女性には、このような場はむさ苦しく、つまらないだけではありませんか？」

皇妃の気まぐれに付き合わされることへの抗議にも聞こえる。遊び半分で見学に来たと思われているのだろう。

「昔からガルディアは武を重んじる国だと聞いていました。私もこの国に嫁《とつ》いだ以上、実際に見ておきたかったのです」

「それは良いお心がけですな。妃殿下も剣術をたしなまれるのですか？」

「いいえ、私にそんな度胸はありませんわ。馬にも乗れないくらいですのに、剣を持って戦うなど、とても怖くて」

アデルは大袈裟《おおげさ》に身震いしてみせた。

最近は剣を持つ機会もあまりないが、物心ついてからは誰にも負けたことはない。真実を知っているノーマは、アデルのわざとらしい演技に複雑な顔をしている。

「ちなみに、ガルディア帝国で一番強い剣士はやはりバートン将軍なのですか？」

「昔はそうでした。しかし現在はオズワルド陛下です」

「オズワルド……陛下が？」

「陛下に剣術をお教えしたのは私ですが、今ではとても敵《かな》いません。年齢による体力の衰《おとろ》えもありますが、陛下には生来の剣術のセンスがおありです」

たとえ相手が主《あるじ》でも、バートンはお世辞を言うタイプには見えない。本気でオズワルドを高く評価しているのだ。

前世において、魔王アーロンは勇者クレアと剣を交えて互角の戦いをした。しかしそれは、彼が魔王仕様の特殊な魔剣を所有していたからである。剣の腕が優れていたというよりは、魔剣の力に頼っていたにすぎない。はっきり言ってインチキ――そう、アデルは思っている。

(その上であの男に勝ったわけだから、やっぱり一番強いのは私)

穏やかな人生を望む現世において強さは必要ないのだが、そこは譲れない。

「バートン将軍は陛下の子供時代をご存じなんですね。どんな子供だったんです？」

サイラスはオズワルドのことを『クソ生意気』とか『不気味』な子供だったと言っていた。けれど、バートンの感想はまた別だろう。彼の目にはどう見えていたのか、アデルは少し興味があった。

バートンが昔を懐かしむようにやさしく目を細めた。

「幼い頃から聡明で、誰に対しても物怖《ものお》じせず、生まれながらにして人の上に立つ資質を備えておられました。ですが、本当は不器用な方だと思います」

「不器用？」

意外に感じアデルは聞き返す。オズワルドを表するのに不似合いな言葉である。

「陛下はたいていのことに人より優れた能力をお持ちなのですが、まれに信じられないくらい苦手な物事があるのです。たとえば、馬術。あれはかなり苦労されたようです。まず、陛下が近寄ると馬が暴れましたし、ようやく乗っても振り落とされていました」

「それは、なんというか……大変でしたわね」

アデルは笑いを堪《こら》えて相づちを打つ。

（元魔王の空気を馬は本能で察するのね……オズワルドが振り落とされるって、おかしすぎる！）

落馬するオズワルドをぜひ見てみたかった。

魔族の前世ではおそらく馬に乗る機会などなかっただろう。前世で経験しなかったことは、普通の人間と同様に一から学ばなくてはならない。なまじ最強の魔王として楽に生きていたばかりに、人間になったときの苦労も大きかったに違いない。

「今では馬術も誰にも引けを取らない腕前です。陛下は努力している姿を人に見せたくない性格ですから、陰で相当練習されたのでしょう。皇太子として皆の期待に応《こた》え、いずれはお父上のような立派な君主になることを、幼い頃からご自分に課しておられました。今ではその通りになられましたが、幼い頃のひたむきさは失われていません」

バートンはオズワルドのことをよく見ている。彼を語る口調も表情もやわらかく、ふたりの良い師弟関係が窺《うかが》えた。

「責任感が強い方なので、常に気を張っておられますが、妃を娶《めと》られたことで少しでもお心が安らぐことがあればばと、私は願っております」

「私も陛下のお力になれたらと思いますわ」

バートンがしみじみと語るので、アデルも一応それに合わせておく。実際は、お心が安らぐどころの話ではない、仁義《じんぎ》なき夫婦関係なのだが。

日差しを遮《さえぎ》る大きな日傘の下で、アデルは用意された肘かけ椅子に座り兵士たちの訓練を眺める。新人兵士たちは剣技も格闘技も動きがまるでなっていない。アデルにとってはつまらなく、見ているうちに眠くなってきた。

(もうちょっと見応《みごた》えがあると期待してたんだけど……退屈だわ。でも、完璧な皇妃はここで居眠りなんかするわけにはいかないのよ)

アデルはくっつきそうになる瞼《まぶた》を必死でこじ開け、ノーマが入れてくれたお茶をがぶ飲みすると、後ろに控えているバートンを振り返った。

「バートン将軍、もっと近くで訓練を見てみたいのだけれど、よろしいかしら」

「それは危のうございます。練習用のものとはいえ剣も使っておりますし」

「邪魔をしないよう気をつけるわ。ここで高見の見物をしているだけでは、皆様に失礼ですもの」

「……わかりました。そこまで仰《おっしゃ》るなら」

根負けしたように、バートンは渋々了承してくれた。

これで少しは眠気が覚めるし、兵士に直接話しかけることもできる。ガルディア軍における不満やオズワルドへの反感を聞き出さなくては、ここへ来た意味がない。

アデルは早速高座から下り、ふたり一組で剣を交えている兵士たちに近づいていく。アデルが側に来たことに気づいた兵士たちは、訓練どころではなく落ち着かない様子だ。

「どうぞ続けてくださいな。皆様の熱心な訓練ぶりに感心しておりましたのよ」

「皇妃様……もったいないお言葉です」

声をかけると、皆一斉に膝をつく。訓練を中断させるのは心苦しいが、話を聞くチャンスと思い、アデルは質問する。

「皆様はなぜ軍に入隊なさったの？　他のお仕事よりも安定しているから？」

ストレートな質問に、兵士たち全員が首を横に振った。

「いいえ、そのような理由ではありません。我々はガルディア帝国のため、そしてオズワルド陛下のために戦いたいと思ったのです」

ひとりが代表してそう述べると、他の兵士たちも大きく頷く。

(なんて模範的回答……そりゃあ、バートン将軍の前で『給料がいいからです』とは言えないしね)

「危険だし訓練はきついでしょう。それに、兵舎は快適なのかしら。もしも困っていることがあれば、なんでも言ってくださいね。皆様の力になりたいの」

それとなく不満を聞き出そうとする。要望があれば、それはつまり現状に満足していないということだ。

「ご心配いただいてありがとうございます、皇妃様。訓練は厳しいですが、一人前の兵士となるために、日々鍛錬《たんれん》しております」

「兵舎にも不満はありません。ガルディア軍の待遇は他国よりも充実していると聞きます」

「それは良かったわ。でも、無理はしないで。あなた方になにかあれば私は悲しいわ」

「皇妃様、なんと慈悲深い」

涙ぐんでいる兵士もいて、少し良心が咎《とが》めてきた。命を懸けて働く兵士には元勇者として共感を覚えるので、力になってやりたい気持ちは本心である。

そして、悪逆皇帝オズワルド（想像）の尻尾も掴みたい。

「何か私にできることはないかしら。陛下へのご要望もあれば、私から伝えられるわ。言いにくいことでも、なんでも言ってちょうだい。皆様の本音が聞きたいの」

「陛下はとても良くしてくださっています。ときどき訓練場にも足を運んでくださって、ねぎらいのお言葉をかけてくださるのです」

「公務でお忙しいのに、一兵士のことまで気にかけてくださるなんて、あのような方が君主であることを心から誇りに思います」

兵士たちの口から飛び出すのは、どこまでもオズワルドを敬《うやま》う言葉だけだ。

（なんなの、あの男……傲慢《ごうまん》でひねくれたことばかり言うのは私に対してだけなの？）

外見と肩書きを重視する若い女性に人気があるのはわかるが、兵士からもこれほど慕われていることに納得がいかない。離婚理由を探すという当初の目的よりも、オズワルドに対する悪口をなんとかして引き出してやりたくなる。

「それにしても……皆様、どうしてそんなに陛下のことを慕っていらっしゃるの？　なにか理由があるのかしら」

見回すと、兵士のひとりが手を挙げた。

「僕の出身はガルディアの田舎《いなか》で、大した特産物もない貧しい村でしたが、陛下が皇帝となられてからは水路が作られて土地が豊かになり、みんな喜んでいます」

「道路も整備されて、帝都へ出てくるのが以前よりも楽になりました」

「陛下はいつも民《たみ》のことを第一に考えてくださっているんです。みんな、陛下に感謝しています」

そう主張する彼らの表情に嘘はなさそうだ。まさかここでそんな話を聞かされると思っていなかったアデルは、作り笑顔も忘れて呆然とする。

（オズワルドが悪い君主じゃないことはわかったけど……面白くないわ！）

それなら、皇妃に対してももっと思いやりがあってもよさそうなものだ。城での生活は快適だが、口を開けば侵略をほのめかすあの傲慢《ごうまん》さは許し難い。

「我々は陛下のためにこの命を捧げても惜しくありません！」

兵士のひとりがそう宣言すると、その場にいた全員が決意を滲《にじ》ませた目で頷いた。

「……それは、見上げた心意気ですわね」

キラキラと輝く兵士たちの瞳がまぶしくて、アデルは目がくらみそうになる。これ以上、オズワルドへの賛美を聞いていられず、すごすごと高座へ戻っていった。

（こんな場所まで、私はなにをしに来たのよ……）

なんとも言えない敗北感にうちのめされる。行動すればするほど離婚から遠ざかっていくのはなぜなのか。

ガルディア帝国におけるオズワルドの評価は揺るぎない。性格にかなり難はあるものの、それを知るのはアデルだけなのだ。これでは、離婚したいと主張するこちらが悪者になってしまう。

（円満離婚の可能性は、もうどこにもないってこと？　この先、私はどうすればいいの？）

ついに行き詰まり、アデルは途方に暮れる。そこへ、遠くからなにやら騒々《そうぞう》しい音が聞こえてきた。人の叫び声と、馬のいななきのようだ。

「大変だ！　暴走馬が訓練場のほうへ向かっているぞ！」

「みんな、逃げろ！」

そんな声が聞こえたとき、訓練場に一頭の馬が走り込んできた。

手綱《たづな》はついているが、なにかに驚いたのか興奮状態で突っ込んでくる。兵士たちが一斉に散っていくと、馬はアデルがいる高座に向かって突進してきた。

「きゃあぁぁっ！」

「アデル妃殿下、お逃げください！」

ノーマが悲鳴を上げ、バートンがアデルを庇《かば》って前へ立ちふさがる。アデルは彼を押しのけて、向かってくる馬と対峙した。

ドレスの裾を翻《ひるがえ》し、アデルは高座から馬へと飛び移る。的確に鞍《くら》の上に下りると、手綱《たづな》を掴み、しばらく馬の好きなように走らせてやった。しだいに左右の手綱《たづな》で調整しながら、馬が落ち着くように声をかける。

「どうどう……大丈夫よ、落ち着いて」

アデルが馬を誘導し、馬はやがてゆっくりと円を描くようにして足を止めた。そのまま方向転換し元の場所へ戻ろうとして、はたと気づく。

（前世の感覚で反射的に動いたけど、これは……またやってしまったのでは？）

アデルはひとりでは馬にも乗れないかよわい皇妃、の設定である。それが、熟練の兵士でも難しい乗馬術を見せるとは。

逃げまどっていた兵士たちはみんな立ち尽くし、ぽかんとしてこちらを見ている。高座の上ではノーマが腰を抜かしており、その横でバートンも目を丸くしていた。

やがて、わっと歓声がわき起こった。

「アデル様、お見事でした！」

「すごいです、皇妃殿下！」

「い、嫌だわ、これはただの奇跡的な偶然よ！　私も自分でびっくりしてしまって……とても怖かったわ！」

拍手喝采《はくしゅかっさい》を浴びながら、アデルは苦しい言い訳をする。急いで馬から下りると、興奮した兵士たちに取り囲まれてしまった。

「暴れ馬に飛び乗るなんて、ガルディア軍の中でもできる者はそういませんよ！」

「皇妃殿下がそんなに馬の扱いがお上手とは、本当に驚きました！」

「飛び乗ったときの絶妙な動き……まさに神業《かみわざ》です！」

などと口々に褒め称《たた》えてくれる。悪い気分ではないが、皇妃としては困るのだ。

「えーと……ごめんなさい、みなさん。私そろそろ……」

城へ戻ると言いかけたとき、蹄《ひづめ》の音がこちらに近づいてきた。

「なにをしている、アデル！」

名前を呼ばれてそちらを見ると、馬を駆っているのはオズワルドである。突然現れた皇帝の姿に、兵士たちが一斉に傅《かしず》いた。

オズワルドは馬から飛び降り、近くにいた兵士に手綱《たづな》を預けて足早にアデルのほうへやって来る。いつもの無表情とはまるで違い、明らかに焦っているように見えた。

「オズワルド……陛下、どうしてここへ？」

「このバカ者！」

「バッ……なによ、いきなり！」

いきなり罵倒《ばとう》されて腹が立ったが、オズワルドの剣幕に圧《お》されてアデルは口をつぐむ。いつもは嫌になるくらい冷静な男が怒りを露《あら》わにするのを初めて見た。

「おまえが兵士の訓練を見学したいと言うから、余計なことをしでかさないようにバートンに目付《めつけ》役《やく》を頼んだんだ。暴れ馬に飛び乗ったと聞いたときは耳を疑ったぞ」

「私なら大丈夫よ。それはあなたが一番よく知ってるでしょう？」

「おまえは、自分が不死身だとでも思っているのか？　いくらおまえの運動能力が人並み外れていても、一歩間違えば振り落とされて死ぬこともあるんだぞ」

「誰かが止めなければ、けが人が出ていたかもしれないのよ？　それを黙って見ているなんてできないわ！」

口の減らないアデルに言っても無駄と悟ったのか、オズワルドはため息をついた。

「どこも怪我はないのか？」

「そんなへまはしないわ」

なんともないことを示すために、アデルは両手を広げてみせた。オズワルドが今度は安堵したような息を吐く。

（もしかして、私を心配してここへ来たの？）

そんなはずはないと、アデルはその考えを否定する。

アデルが勇者クレアの身体能力を受け継いでいることは、オズワルドも気づいているはずだ。それに、嫌がらせで政略結婚した妃など、気にかける理由はないだろうに。

それなのに、どう見ても心配されているとしか思えない。

「そんなドレス姿でよくも軽業師《かるわざし》みたいなまねができたものだ。さすがと言うべきか……やはりおまえは普通の女ではないな」

「普通でなくて悪かったわね」

「おまえはそのままでいい。ただし、無茶は困るが」

「…………あ、そう」

ここで照れる理由はないはずなのに、アデルは恥ずかしくなってぷいっと顔を背《そむ》ける。

(そのままでいいって、なによ！　調子が狂うったら！)

手にしていた扇《おうぎ》を開いて顔を扇《あお》いでいると、ふたりのやり取りを横で見ていたバートンが、いきなりくつくつと笑い出した。

「クックッ……陛下、アデル妃殿下には敵《かな》いませんな。陛下がそんなふうに感情を丸出しにされているお顔を初めて見ました」

さっきまでの怖そうな雰囲気からは一転、愛嬌《あいきょう》のある笑顔だ。笑いが止まらないバートンに、オズワルドが不愉快そうな顔になる。

「バートン、なにを笑っている。おまえの監督不行届でもあるんだぞ」

「お叱りは受けますが、アデル妃殿下を止められる者は、ここにはおりませんよ。陛下もよくおわかりなのでしょう」

(人をそんな突進するしか脳がない猪《いのしし》みたいに……)

褒め言葉として受け入れられないアデルである。

「陛下がアデル様を皇妃に選ばれた理由がわかりました。おふたりはとてもよくお似合いですな」

それについては激しく異を唱えたいところだが、人目があるのでここではできない。苦々しく思うアデルの隣で、オズワルドはなんだか満足げな顔をしている。

「陛下がよき理解者を得られて、私は心から嬉しく思います。アデル妃殿下、オズワルド陛下をよろしくお願いします」

「え……ええ、バートン将軍」

バートンに頭を下げられて、アデルは仕方なく答えた。

(別に理解してないし、よろしくなんて言われても困るんだけど)

バートンの態度は、まるでオズワルドの父親のようだ。子供の頃から師として見守ってきたオズワルドを、大切に思っていることが窺《うかが》える。

オズワルドは部下から手綱《たづな》を受け取り、馬に跨《また》がってアデルに手をさしのべた。

「乗れ。城に戻るぞ」

(一緒に馬に乗れってこと?)

アデルは戸惑い、その手とオズワルドの顔を見比べる。

大勢の人目があることを考えると、拒絶するわけにもいかない。その手を取ったところオズワルドに引き上げられ、彼の前に横座りになる。

こんなに密着するのは初めてではないだろうか。ひどく居心地は悪いが、不快感があるかといえばそうではなく、そのことにもアデルは気持ちが乱された。

アデルの後ろで器用に手綱《たづな》を操りながら、オズワルドが兵士たちに向き直る。

「訓練の邪魔をしてすまなかった。新人兵士の諸君、ガルディア軍兵士としての誇りをもって、鍛《たん》錬《れん》に励んでくれ。期待している」

皇帝じきじきのねぎらいに、兵士たちから歓声が起こった。

「皇帝陛下！」

「オズワルド陛下！」

（魔王のくせに、こういう人気取りは抜かりがないのね）

けれど、オズワルドが本心から自国の兵士を大事に思っていることも、兵士たちがそれに応えたいと思っていることも今はわかる。わかるから、オズワルドという男がわからない。

後日、訓練場での一件が、またしても逆効果だったことをアデルは知る。

アデルが暴走馬を華麗に鎮《しず》めた噂《うわさ》がガルディア軍中に知れ渡り、武勇の誉《ほま》れ高いガルディア帝国の皇妃としてふさわしいと、評価が高まってしまったのだ。

そして、現場でそれを目撃した新人兵士たちを中心に、ガルディア軍の中で非公式にアデルの親衛隊が結成された。

親衛隊の名前は『アデル皇妃に蹴られ隊』と呼ばれているらしい。

5

アデルがガルディア帝国へ嫁《とつ》いでから、二ケ月が過ぎようとしていた。

二ケ月前にはようやく色づきかけていた木々の葉が今はすっかり落ちて、空気は冷たさをはらんでいる。もうすぐ雪も降るだろう。ガルディア帝国にいよいよ冬が到来しようとしている。

寒がりのアデルは外出を必要最小限にして、一日のほとんどを自室で過ごしていた。

部屋には大きな暖炉《だんろ》があり、壁や床下には温水が流れる配管まで通っている。ガルディア帝国のすばらしい暖房技術のおかげで、室温は常に快適な状態に保たれていた。

「は〜、ここは天国ね。冬が終わるまで、私はこの部屋から出ないことに決めたわ」

アデルはソファの上で毛布にくるまり、ノーマが入れてくれたお茶のカップを両手で抱え、ぬくぬくとした幸せに浸《ひた》っている。

「アデル様、いくら寒いからといってぐうたらするのもいいかげんになさいませ。また太りますよ」

「仕方がないわ。私、寒い場所では生きられない体質なの」

「そんな言い訳は通りません。こんな姿をオズワルド陛下がご覧になったら、なんと仰《おっしゃ》るか」

急にオズワルドの名前を持ち出され、アデルはなぜかばつが悪くなってそっぽを向く。

「なにも言わないわよ。あの人が大切なのは自分の面子《メンツ》だけだもの。人前で私が完璧な皇妃を演じていれば、それでいいの」

「どうしたんです、アデル様。陛下と喧嘩《けんか》でもなさったんですか？」

「別に……」

これまでノーマの前では、オズワルドに対する不満をはっきり口にしたことはない。もちろん離婚計画も秘密なので、オズワルドとの関係は良好だと思われているのだ。

良好では決してないが、険悪とも違う。訓練場での一件以来、アデル自身オズワルドへの思いがよくわからなくなっている。

オズワルドが暴君などではなく、良い君主であることは事実だ。アデルに対する言動には許し難いものもあるが、これといって前世の報復をされたわけでもない。

(だったら、どうしてクロイス王国を脅《おど》しに使ってまで、私をむりやり妃にしたの?)

そんなことをつらつらと考えているが、オズワルドの意図はわからない。

(でも、今はなにも考えたくない。どうせ円満離婚計画も頓挫《とんざ》したままだし、本当にこのまま冬眠してしまいたいわ)

「そういえば、お城の南側になにか新しい施設が建設されているようですわ」

急にノーマがそんな話を振ってきた。

「新しい施設? ガルディア帝国のことだから、訓練場でも増やすんじゃないの?」

「いえ、そういう雰囲気ではなく、とても豪華で綺麗な外観でしたわ。先日通りかかったときには、だいぶ出来上がっていたようですけど」

「へぇ……まあなんでもいいわ。私には関係ないもの」

ノーマの話を上の空で聞いていたアデルの耳に、カツカツと規則正しく廊下を歩く靴音が聞こえてきた。それがアデルの部屋の前で止まったかと思うと、扉が勢いよく開く。

「アデル、アデルはいるか?」

そう言ってずかずかと入ってきたのは、オズワルドである。大胆な訪問に驚いて、アデルは口に含んだお茶を噴き出した。

「ブハッ……ゴホゴホ……ッ、……い、いきなり入ってこないで！　なんの用なのよ！」

「出かけるぞ」

「は？　出かけるってどこへ……ちょっと、毛布を引っ張らないで！　やめてよ、外は寒いじゃない！　ノーマ、助けて！」

アデルはノーマへ手を伸ばしたが、ノーマはその手を取ることなく、にっこり笑って頭を下げる。

「行ってらっしゃいませ、陛下、アデル様」

「ノーマの裏切り者！　いやーっ、寒いーっ！」

アデルは毛布にくるまったまま、オズワルドにずるずると引きずられていった。

ガルディア城はクロイス城の何十倍も広く、構造も複雑なため、目的の場所に行くだけでも結構な距離を歩かなければならない。抵抗をものともせず、オズワルドがアデルを連れていったのは、城の南側だ。そのあたりは日当たりがいいので、薬草園などがある。

城の外にまで連れ出され、ようやく足を止めたオズワルドをアデルは突き飛ばした。

「こんなところに連れてきて、私を凍死させる気？」

「この程度の寒さで死ぬか。まあ真冬になれば、毎年何人か死者が出るが」

「死者……」

想像しただけでいっそう寒くなった。クロイスとは気候が違いすぎる。やはりガルディア帝国は人が住む場所ではない。

（これこそが前世の復讐でなくてなんなの？　私、ガルディア帝国の冬を越せないかも）

ぶるぶる震えていると、オズワルドが自分の上着を脱いでアデルにかける。

「あれをおまえに見せたかった」

その言葉に顔を上げたところ、彼が指さす方向に見慣れない建物があった。

（もしかして、ノーマが言っていた新しい施設ってやつかしら）

訓練場が丸ごと入りそうな広さで、丸く造られた屋根の高さは城の二階ぶんくらいに相当する。

骨組みが鉄で、外壁はすべてガラスで出来ているようだ。透明なガラスに太陽の光が反射し、キラキラと輝く様《さま》が美しい。無骨《ぶこつ》なガルディア城の中で、ここだけ別世界だ。

「これは……温室？」

「そうだ」

「こんなに立派な温室、見たことないわ。そもそもクロイス王国にはほとんどなかったけれど」

一年を通して温暖なクロイスでは、温室のような設備をあまり必要としない。その上、温室を造るにも維持するにもお金がかかるので、花も作物も外で育てるのが普通だった。

「中に入ってみるか？」

オズワルドが温室の入り口を開け、アデルもそのあとに続く。一歩足を踏み入れると、暖かな空気と緑の匂いに包まれた。

「わぁ……すごい！」

外観もすばらしいが、温室の中はさらに見事だ。

濃い緑色の葉を茂《しげ》らせた木々が並び、その下にはクロイス王国でよく見かけた色鮮《いろあざ》やかな花が咲き乱れている。中心には石畳《いしだたみ》の歩道が延びていて、奥のほうには噴水《ふんすい》らしきものも見えた。

アデルは毛布も上着も脱いでオズワルドに押しつけると、高い天井を見上げながら石畳《いしだたみ》を歩く。

「あー、暖かい。いっそここに住みたいわ」

「好きにしろ。これはおまえのものだからな」

「え？」

にわかには信じがたいことをさらりと言われ、アデルはギョッとしてオズワルドを振り返る。彼は涼しげな表情を変えず、もう一度言った。

「これはおまえのために建てた温室だ」

「私のためって……嘘でしょ？　宝石やドレスを贈るのとはわけが違うのよ。こんな建物を造るのにどれだけかかると思ってんの？」

温室という建造物自体はもちろん、他国から集めたと思われるめずらしい植物やその手入れにかかる費用など、想像しただけでめまいがする。クロイス王国だったら城の財政が傾くレベルだ。

「たかが温室ひとつ、俺にとって大した出費ではないが。気に入らないのか？」

「そういうわけじゃないけど……」

オズワルドの真意がわからない。ガルディア帝国の経済力を見せつけたいだけなのか、それとも他になにか裏があるのか。

（こんな豪華な贈り物をもらったら、あとが怖い。引き替えになにかを要求されるんじゃゃ……）

素直に喜べないアデルに気を悪くしたのか、オズワルドの表情が険しくなった。

「おまえが気に入らないと言うのなら、壊す」

それが本気に見えたので、アデルは咄嗟《とっさ》に彼の腕を掴む。

「やめて！　気に入ったから、壊すなんて言わないで！」

「本心なのか？」

「思いっきり本心よ！　とっても嬉しいわ！」

必死に礼を述べると、オズワルドはようやく満足したのか得意げに温室内を見回した。

「クロイス城と違って、ガルディア城は殺風景で散歩に適した場所が少ないからな。ここなら、おまえがいくら寒がりでも、一年中庭歩きができるだろう」

「そのためにわざわざ造ったの？　私のために建てたなんて臣下や国民に知られたら、あなたの評判に傷がつくんじゃないの？」

オズワルドの考えていることが、アデルはますますわからなくなった。厚意として受け取るには、あまりに重すぎる。

「俺の心配をして遠慮していたのか」

「そうじゃなくて……」

多少はそういう部分もあるが、それは言わない。

「私が造らせたと思われたら嫌だからよ。ただでさえよそ者なんだから、あなたと違って世間の目が厳しいのよ」

「おまえはなにも心配しなくていい。これしきのことで揺らぐほどガルディア皇帝の権威は弱くはない。おまえについても、誰にもなにも言わせない。温室くらいいくつでも造ってやる」

「ひとつで結構です！」

アデルが丁重に断ると、オズワルドはなんとなくガッカリしたように見えた。

「とにかく、この温室はおまえのものだ。ここを……そうだな、『アデル皇妃の秘密の花園』とでも名付けるか。……なかなか良い名だ」

「別に秘密でもなんでもないし、なんかいかがわしいから却下！」

名付けのセンスを疑うが、オズワルドは気に入ったらしい。その日以降、ガルディア城の温室は『アデル皇妃の秘密の花園』と呼ばれることとなった。

＊＊＊

最初は困っていたように見えたアデルだが、温室を気に入ったらしい。

中央にある噴水《ふんすい》の周囲にはやや広い場所があり、彼女がくつろげるようにカウチや小さなテーブルを配置した。アデルがそこで読書をしたり、お茶の時間を楽しんだりしていると耳にして、オズワルドは満足している。

アデルの故郷であるクロイス王国はガルディア帝国よりずっと暖かい地方にあり、そのせいか彼女はやたらと寒さに弱い。居心地のいい空間を手に入れたことで、少しは異国にいるストレスがやわらげばと思う。

温室のひとつやふたつ、ガルディアにとっては大した出費ではない。しかし、それだけでアデルの心が自分のものにならないことは、オズワルドも承知している。

(温室の次になにか贈るとしたら、温泉を引いた大浴場か？　アデルのためならば国が多少傾いても構わん)

妻をひそかに溺愛するあまり、職権濫用《らんよう》してしまいそうである。

しかし、金でどうにかできる女なら、まだわかりやすく扱いやすい。アデルの場合、なにを貢《みつ》げば彼女の機嫌を取れるのか、オズワルドの才知をもってしてもわからない。

最近は若干態度が軟化した気もするが、オズワルドが望む熱愛夫婦にはまだほど遠い。どさくさにまぎれて馬に乗せたり、腕を引いたりはするものの、『指一本でも触れたら殺す』と宣言したときのアデルの暗殺者のごとき目がちらつき、それ以上は踏み込めずにいる。

(アデルめ、俺のような完璧な夫のどこが不満だというんだ？　ガルディア帝国の皇帝で、顔も頭も経済力も文句なしだというのに)

しいて欠点を挙げれば前世が魔王で、アデルに負けたということである。

曲がりなりにも王女に転生したのだから、現世でのアデルはそれほど鍛《きた》えてはいないだろうが、それでも暴れ馬に飛び乗ったり、燭台《しょくだい》一本でオズワルドを降参させたりと、凄腕女勇者の片鱗《へんりん》を見せている。本気で戦ったなら、オズワルドはまた負けるかもしれない。

(あの女もしや、自分より強くなければ夫として認めないと……そういうことか？　そんな男がこの世にいるのか？）

　他国に恐れられているはずのガルディア皇帝は、どうすれば妻に好かれるのかということで、日々頭を悩ませている。

　このところ、オズワルドは忙しい仕事のあいまに、ひとりで温室へ足を向けるようになった。アデルに会う、というより、物陰からこっそりと彼女の姿を眺めるという、ささやかでやや変態的な楽しみのためである。

　今日も午後のお茶の時間を狙って、オズワルドは城の南側へ向かった。

　ガラス張りの温室は中の様子がよく見える。しかし、ガラスに張りついて妻を見張っている皇帝の姿を見られるわけにはいかないので、周囲に誰もいないことは事前に確認済みだ。

　外側を一回りしてみたが、中に人影は見えない。日頃付き従っている侍女ノーマの姿も見あたらないということは、アデルも今はここにいないということだ。

（なんだ、いないのか）

　少し残念なような、ほっとしたような気持ちで、オズワルドは温室のドアを開ける。ここに入るのは、最初にアデルを連れてきたとき以来だった。

　アデルがいるときには、中に入る勇気はない。ここはオズワルドの城であり、温室にも出入りする権利はあるはずなのだが、彼女の反応を想像するとどうにも足がすくむ。

　なんの用かと問われ、おまえに会いに来たと素直に言ったら、ものすごく嫌そうな顔をされる気がする。皇帝オズワルドにとって、この世界でもっとも恐ろしいのが妻であるアデルの機嫌を損ねることなのだ。

一歩足を踏み入れると、むせかえる緑の匂いと熱気に包まれる。北国育ちのオズワルドにとっては暑いくらいだ。

暖かい地域の木々は葉がよく茂《しげ》り、温室の中はさながら異国の森だった。植物はクロイス王国からも集められ、アデルの故郷をイメージして作られている。

色鮮《いろあざ》やかな花や緑は、もともとオズワルドの趣味ではない。けれど、生命力に溢《あふ》れたそれらの姿はアデルを思わせ、今では心引かれるものがあった。

中央に向かって石畳《いしだたみ》が敷かれ、その先には噴水《ふんすい》が設《しつら》えてある。周囲に置いてあるカウチにもやはり人影はなく、ただ噴水《ふんすい》の流れる音だけがあたりに響く。

水飛沫《みずしぶき》を上げる噴水《ふんすい》の前まで進み、オズワルドは水面《みなも》を覗《のぞ》き込んだ。疲れた男の顔が、ゆらゆらと揺れている。

現在、オズワルドを悩ませているのは、アデルとの関係だけではない。

叔父《おじ》であり宰相《さいしょう》であるサイラスが、オズワルドに対する長年の妬《ねた》みをこじらせ、なにやら画策《かくさく》しているらしい。それにはずっと以前から気づいていたが、たとえ叔父《おじ》が行動を起こしたとしても、すぐに対処できる自信があった。

ただ、今のオズワルドにはアデルという妻がいる。ガルディア皇家の事情に、絶対に彼女を巻き込んではならない。

アデルならばたいていのことには動じず、自分の身を守ることもできると思うが、それでも、少しでも危険な目に遭《あ》わせたくはないのだ。

（なにをやっているんだ、俺は……らしくない）

こんな場所で感傷に浸《ひた》っている自分が情けない。ダレンにでも見られたら、どんなひやかしを食らうだろうか。

（……戻るか）

引き返そうと向きを変えた瞬間、日陰になった草むらに誰かが横たわっているのが目に入った。緑の絨毯《じゅうたん》の上に、白いドレスが広がっている。

「アデル……？」

その尋常ではない光景に、オズワルドは我を忘れて駆け寄った。

「アデル、アデル！　どうした！」

彼女の傍に膝をつき、呼びかける。

動揺のあまり震える手で肩を揺すると、アデルはうるさそうにごろんと寝返りを打った。

「ん～……ノーマ、あと五分だけ……」

「…………」

よくよく観察すれば、大いに顔色は良く、安らかな寝息をたてているではないか。これは、ただの昼寝である。

（なんて人騒がせな女だ。こんな場所で倒れていたら、なにかあったと思うだろう）

取り乱してしまったことが恥ずかしく、オズワルドはその感情を憤《いきどお》りに転嫁《てんか》する。

ガルディア皇妃ともあろう女が、いくら温室の中とはいえ草むらで昼寝するか。こんな姿を他の人間に見られたらどうする気なのだ。

オズワルドの存在に気づいていないアデルは、気持ちよく熟睡していた。

（寝ている間に俺がなにかしたら、飛び起きて返り討ちにするとか言ってなかったか？）

元勇者のくせに無防備すぎる。しかし、それだけ彼女がこの城で安心しているのだと思えば、自然と腹立ちも静まっていく。

（おまえは寝顔も美しいのだな）

口を開けば憎まれ口ばかり叩くアデルだが、黙っていればどこの国の姫にも劣らない。その姿はまるで、この温室の中でもっとも艶《あで》やかに咲く花のようだ。

できることなら、いつまでもこうして眺めていたい。

この温室に閉じ込めて、誰にも見せず独り占めしたい。そんな歪《ゆが》んだ欲望を抱きそうになるほど、アデルに恋をしている。

寝乱れたアデルの髪に触れたくて手を伸ばす。指先が触れるか触れないかというところで、オズワルドはその手を引っ込めた。

好きな女が妻となって、手を伸ばせば届く距離にいるというのに、指一本触れられないとは拷問《ごうもん》か。ならばいっそ、皇帝命令で強引にものにする手もある。

けれど、それではオズワルドが本当に望むものは手に入らない。

欲しいのはアデルの心、彼女のすべてなのだから。

しばらくアデルを見ていると、温室の外を歩く誰かの話し声が聞こえてきた。城の使用人たちだろうか。見つかる前に退散しようとしたが、オズワルドは思い直して踏みとどまる。

この温室には、庭師や掃除夫も仕事で出入りしているのだ。相手がたとえ使用人だとしても、アデルのこんなしどけない姿を他の男に見られてはならない。もしも見られたら、その男を死刑……とは言わないまでも、国外追放くらいにはしてしまいそうである。

（声をかけて起こすべきか……）

しかし、そうすると今度はオズワルドが窮地《きゅうち》に立たされることになる。

オズワルドが今ここにいることについて、当たり障りのない理由が思いつかない。その上、ずっと寝顔を見ていたなどと知られたら、軽蔑《けいべつ》されて二度と口をきいてもらえないかもしれない。

「ん～……っ」

オズワルドが悩んで動けずにいると、アデルが小さく呻《うめ》いて身じろぎした。まだ目は開けていないが、彼女が今にも覚醒《かくせい》しそうなことがわかる。

（まずい……見つかる）

どこかに隠れる場所はないかとオズワルドは周囲を見回した。木やカウチの陰に隠れたところですぐに見つかるし、隠れていたことを怪しまれる。邪《よこしま》な思いを抱いてアデルを見つめていたこともバレるだろう。

葛藤した末に、オズワルドは覚悟を決めた。

ここは、開き直るしかない。

「ふぁ～……」

そんな夫の苦悩など知るよしもなく、アデルは大欠伸《おおあくび》をして起き上がった。

＊＊＊

「あー、よく寝た。やっぱりここは昼寝するのに最高だわ」

すっきりした気分でアデルは思い切り伸びをした。少しくらい行儀が悪くても、今は小言を言うノーマもいない。

彼女には、温室でひとり静かに読書をしたいと言って出ていってもらったが、本など開くこともなく傍《かたわ》らに置いたままだ。常日頃、皇妃として肩が凝《こ》る生活をしているのだから、こうして人目を気にせずにダラダラできる時間は欠かせない。

「まったく、完璧な皇妃を演じるのは疲れるわ。お城の中では寝室以外どこにいても人目があるから、気疲れしちゃって夜もまともに眠れない……こともないけど」

クロイスにいたときよりも気を遣う場面が多いことは確かだが、皇妃生活は当初覚悟していたよりもずっと気楽である。これまでのところ、オズワルドからなにか強制されたり面倒な仕事を押しつけられたりしたこともない。

おかげで夜は熟睡できるし、食欲も落ちていないどころか増した。肌などつやつやである。

「私、また少し太ったかしら。この前あれだけ必死に努力して痩《や》せたのに……それもこれもすべて、この快適すぎる生活が悪いのよ！」

自分の体を見下ろしてお腹に手を当てたとき、背後からプッと噴き出す声が聞こえた。ノーマが迎えに来たのかと振り返ったアデルは、そこに信じられない人物の姿を目の当たりにする。

それほど離れていない場所で木にもたれて立っていたのは、オズワルドだった。

「な……なんなのよっ！　どうしてここにあなたがいるの⁉」

まったくその可能性を考えていなかったので、アデルはうろたえた。

オズワルドのほうはいつも通り落ち着いているが、なんだか笑いを堪《こら》えているようにときどき口元が歪《ゆが》む。さっきのアデルの独り言を思い出して笑っているのかもしれない。

彼はごほんと咳払いをすると、きりりと表情を引き締めた。

「ここは俺の城だ。どこにいようと俺の自由だろう」

「それはそうだけど……その言い方、ムカつく……」

尊大な物言いが癇《かん》に障《さわ》るものの、彼の言っていることは間違ってはいない。

よりによって、オズワルドに昼寝姿を見られていたとは。しかも、独り言まで聞かれたあげく笑われるなんて屈辱的《くつじょくてき》すぎる。

(気配に気づかずに爆睡するなんて、私としたことが迂闊《うかつ》だった！)

このところの快適生活のせいで、前世勇者の感覚が鈍ってしまったらしい。

アデルは赤くなってオズワルドに背を向けると、素早くドレスの埃《ほこり》を払い、乱れた髪を整えた。

「起こせばいいでしょ！　人の寝姿をこっそり見ているなんて、趣味が悪いんじゃない？」

「おまえこそ、昼寝なら自分の寝室でしろ。こんな場所で寝るなど無防備すぎる。入ってきたのが俺だからいいものの、もしも他の男だったら……そんなはしたない姿を見られることになるんだぞ」

叱るような口調でオズワルドが言う。皇妃らしからぬ振る舞いをするなということなのだろう。それは確かにアデルの落ち度なのだが、言われっぱなしというのも悔しい。

「皇妃としてふさわしくない格好ですみませんね。だけど、ここは私の温室なんでしょう？　好きに使っていいと言ったじゃない。なら、昼寝してなにが悪いのよ？　誰かが入ってくるとしても庭師くらいのものだわ」

「庭師がおまえの寝姿を見て欲情したらどうする」

「庭師は七十過ぎの、気のいいお爺ちゃんよ」

「ジジイといえど男には違いない。ナギム公爵の件を忘れたのか？」

「なにバカなこと言ってんの。あれとこれとは別でしょ」

振り向くと、オズワルドは憮然《ぶぜん》としている。

「おまえは男に対して警戒心がなさすぎる」

彼がなにに怒っているのか、アデルにはよくわからない。

皇妃らしくないだらしのなさを責められているのかと思えば、他の男に欲情されたらどうすると言う。仮にそんなことになったとしても、自分の身くらい自分で守れる。前世ではゴロツキみたいな男に囲まれて生きていたのだ。

（もしかしてこの人、私の心配をしてるの……？）

軍の訓練場での出来事が頭をよぎる。あのときも、無茶をしたアデルを案じ、怪我はないかと心配してくれたようだった。

（だけどそれも、私が人前で皇妃としてふさわしい振る舞いをしているかどうかが気になったんでしょう？）

あくまでも形だけの夫婦なのだ。アデルが問題なく皇妃として務めていれば、オズワルドはなにも気にしたりしない。型破りな皇妃の行動がそんなに心配なら、さっさと離縁してくれればいいのだ。どうしていつまでも、思い通りにならない皇妃を側に置いておくのか。

そう考えると、アデルは自分でもよくわからない苛立ちを覚えた。

「とにかく、私は出ていくから、あなたはどうぞごゆっくり」

わざと嫌味っぽく言い捨てて立ち去ろうとすると、どういうわけかオズワルドがついてくる。

「おまえがここにいろ。俺が出ていく」

「お気遣いは無用よ。出ていくのは私」

「その必要はないと言っただろう。本当に強情な女だな」

「悪かったわね。だって、あなたのお城なんでしょう」

「今はおまえの城でもある」

オズワルドの言葉に、アデルは足を止めた。

まさか彼の口からそんなふうに言われるとは、思ってもみなかった。

アデルが止まっている間にも、オズワルドは出口へと向かっていく。なにかにつき動かされるように、アデルはその背中に叫んだ。

「待って、あなたもここにいて！　……えっと、もしも、あなたがそうしたいのなら……だけど」

今度はオズワルドのほうが驚いた顔で振り返る。

なにも考えずに言っていたアデルは、急に気まずくなってカウチに腰を下ろした。立ち尽くしてこちらを見ているオズワルドに、横の空《あ》いた場所を軽く叩いて示す。

「突っ立ってないで、あなたも座ったら？」

「……いいのか？」

「べつにいいわよ。……立っていたいのなら構わないけど」

つっけんどんな口調になってしまったが、ギスギスした状態で出ていってほしくなかったのだ。

オズワルドはアデルの申し出に従い、カウチに腰を下ろした。ふたりの間に微妙な距離があるのは、彼なりの気遣いなのだろうかとふと思う。

オズワルドがここに残ったのはいいが、これはどういう状況なのか。ふたりきりでなにを話せばいいのかアデルにはわからない。彼に対して自然と出てくる言葉といえば嫌味か皮肉ばかりで、それは向こうも似たようなものだ。

オズワルドのほうもなにか話すわけでもなく、それからしばらく、ふたりとも一言も発することなく座っていた。

奇妙な沈黙の中、噴水《ふんすい》の音が穏やかに流れていくのはせめてもの救いだ。子守歌に似たリズムは気持ちが落ち着き、聞いていると眠くなってくる。

（ハッ……なんか今、寝そうになってた！）

我ながら緊張感のなさに呆れるが、オズワルドの隣で気を抜いている証拠である。前世の宿敵に対する警戒心がまったくないことに、アデルは自分で驚いた。

「アデル、おまえは前世についてどのくらい覚えている？」

ふいに隣から話しかけられ、アデルの眠気が吹き飛んだ。どうして今になってこんなことを聞くのか疑問だが、オズワルドの声になぜだか沈痛な響きを感じる。

「そうね……ほとんど覚えているわ。そのせいで、子供の頃はずいぶん混乱したものよ。この世界に生まれ落ちたとき、私はクレアの意識と記憶を持っていたんだから。二十年かけてようやくアデルとして気持ちの整理がついたっていうのに、あなたに会ってまた前世に煩《わずら》わされるとはね」

「俺のせいなのか？」

「それ以外になにがあるのよ」

オズワルドは不本意そうに腕組みして顎《あご》に手を当てた。

すべて彼のせいにするのは理不尽な気もするが、あの出会いでアデルの人生は激変してしまった。いくら政略結婚だとしても、その相手が前世の宿敵など想定外である。

「あなたのほうはどうなの？　いろいろな面で普通とは言い難いけど、今は人間なのよね？　魔法は使えないの？」

「ああ。その点、前世の素質をかなり引き継いでいるおまえのほうが人間離れしているな」

「悪かったわね！」

「これは褒めているつもりだが」

オズワルドは真顔で答えたが、褒められている気はまったくしない。

（本当に、なにが私たちを引き合わせたのかしらね）

クロイス城でのオズワルドとの出会いをアデルは思い返す。

あのとき、どうして互いに気づいたのか。同時期に転生して再会したことに、なにか意味があるのだろうか。

けれど、意味があるかどうかは、おそらく自分で見つけることなのだ。

アデルの心の底には、敵とはいえ前世でオズワルドを死せてしまったという負い目がある。彼に対して苦手意識を抱くのは、そのせいでもあるのだろう。

ならば、その気持ちを正直に打ち明ければいいのではないか。そうすれば、このモヤモヤとした気持ちから解放されるのかもしれない。たとえ自己満足だとしても、それを言葉にしない限り前へは進めない気がした。

「オズワルド、いい機会だから、あなたに私の気持ちを伝えておくわ」

「……おまえの、気持ち？」

オズワルドがびくりとして振り返る。なぜか期待と不安に満ちて見えるその顔を正面から見据えて、アデルは思い切って告げた。

「あなたを殺してごめんなさい」

オズワルドが眉間にしわを寄せ、首をひねる。

「殺した……？」

「ええ、そうよ。私は……というかクレアはあなたを、ではなくて魔王アーロンを……まったくややこしいわね……とにかく、殺したというか、殺したようなものでしょう？　私はあなたにトドメをささなかったけれど、あなたはあの戦いの怪我がもとで死んだ。言い伝えではそうなっているじゃない」

「言い伝え……」

オズワルドにはなにか引っかかっている様子だが、アデルは構わずに続ける。

「だから、セレーネ大陸に伝わる、勇者と魔王の伝説のことよ。あの話の通りなら、あなたから恨まれていても当然だと思うわ。そりゃあそうよね。千年経った今でも、女勇者に負けて逃げた情けない魔王として名前が知れ渡っているわけで、魔王なんてたいそうな肩書き持ってるくせに弱すぎじゃね？　とか、魔力や魔剣ってそもそもなんのためにあったんだよ（笑）とか、子供にまでバカにされてかわいそうだもの。だけど、私だって必死だったのよ。生きるために仕方なく魔族討伐《とうばつ》隊に入って、死にものぐるいで……」

「ちょっと待て。俺もその伝説は知っているが、魔王アーロンはそこまでひどく言われているのか？」

心なしか傷ついた顔でオズワルドが話を遮《さえぎ》ったので、アデルは彼が少し不憫《ふびん》になった。

「ごめんなさい、ちょっと話を盛りました」

「おまえは……」

オズワルドのこめかみがピクリと震え、アデルは慌てて言い添える。

「でも、だいたいは合っていると思うわ。だってあなた、人間にとっては永遠の悪役じゃない」

「それはそうだが……」

オズワルドは苦虫を噛みつぶしたような顔をしている。今は彼も人間なので、複雑な心境なのだろう。

「だが、勘違いするな。俺はおまえに殺されたわけではない」

「へ……そうなの？」

思いがけない切り返しに、アデルはマヌケな声を出す。オズワルドはまだ不満そうな顔つきで静かに語り出した。

「俺は確かにおまえに負けた。しかし、あのとき負わされた怪我は致命傷ではなかった。だからというわけではないが、おまえに対する憎しみはない」

オズワルドの声は嘘を言っているようには聞こえないし、今更、嘘をつく理由もないはずだ。

（死んだのは私のせいじゃなかったの？）

ずっと責任を感じていたアデルは、肩すかしを食った気分になる。

「でも、前世で私と戦ったときに、最後にあなた言ったじゃない。『おまえが与えた傷も痛みも、死んでも忘れない』って。あれは、クレアに対する呪いの言葉なんでしょう？」

「呪いだと？　あれはそんな意味ではなく……ともかく、前世のおまえにも現世のおまえにも敵意は一切ない。それだけは信じろ」

オズワルドはそう言い切ると、遠くを見るような視線を噴水《ふんすい》に向けた。ここではないどこか、前世の風景を思い浮かべているかのように。

「ただ、おまえとのあの戦いが、魔王の死とまったく無関係だったというわけでもない。魔族は特定の場所でしか生きられない存在だった。大地には水脈と同様に、魔力の源《みなもと》も流れている。それがない土地では、魔族は魔力を使えない。そして、魔力が使えなければ、魔族は生きてはいけない。魔王の城があった場所には魔力の源《みなもと》が泉のように湧いていた。あの地を追われたことで、魔族の滅亡が早まったことは事実だ」

突き放した物言いだった。オズワルドは前世の自分を冷めた目で見ている。

「魔力を持たない魔族など、人間よりも弱い生き物だ。だから、魔王アーロンと彼が従えていた魔族たちが滅んでいくのは当然だった。それはクレアのせいでも、人間のせいでもない。しいて言うなら、魔王の力が及ばなかったせいだ」

客観的に語りながらも、オズワルドの声にはわずかな寂しさがあった。そう感じるのは、アデルもまた自分の前世と重ねてしまうからだろうか。

「それでも……ごめんなさい、オズワルド。あなたとあなたの種族を辛い目に遭《あ》わせて、こんな言葉では足りないけれど」

「それはお互い様だ。戦には互いの正義があり、どちらにも犠牲《ぎせい》はある。おまえは、人間として正しいことをしたのだろう？」

オズワルドの問いかけに、アデルは素直に頷けない。そうでないことは自分が一番よくわかっていて、今は嘘をつきたくなかった。

「いいえ、なにが正しいのかなんてわからなかった。私は人間だったけど、人間のこともそんなに好きじゃなかったから。私は前世で、子供の頃に売られたの。売ったのが実の親だったのか、それとも親はとっくに死んでいたのかも覚えていない。魔族と戦っていたのは、人よりずば抜けて身体能力が高いことを認められて、半《なか》ば強制的に討伐隊《とうばつ》へ入れられたからよ。そこに私の意思なんて関係なかった。もっともそうでなければ、親のいない女の子なんて娼婦にでもなるしか生きる道はなかったけれどね」

貧しい女性に降りかかる不幸は、今もそれほど変わらない。そう考えると、千年生き延びた人間たちもそれほど成長してはいない。

「けどまあ、そのおかげで私は強くなったし、誰にも頼らずに生きられた。それが正しいことだと信じていたわけではなかったし、大切な誰かを守るためでもなかったのに、ただ生きるために魔族を殺したの。そんな野蛮な人生だったから、それにふさわしい最期を迎えたわ。魔族が人間の前からいなくなって間もなく、クレアは孤独なまま病死したの」

アデルは自嘲して笑った。

前世の記憶というものは、自分のことのようにも、他人事のようにも感じる。心の中でもてあましてしまう厄介《やっかい》なそれを、生まれて初めて言葉にしたことで、なにかが吹っ切れる気がした。

「クレアは結婚しなかったのか？」

オズワルドに聞かれて、アデルは首を横に振る。

「しなかったわ。そんな余裕もなかったし、私の周りにはろくな男がいなかったもの。勇者と呼ばれるようになってからは、怖がって誰も近寄ってこなかったわよ」

「それはわかる。おまえの強さは異常だったからな。魔族たちは恐れ戦《おのの》き『狂戦士』と呼んでいた」

「あなた、私をそんなふうに呼んでいたの……ふぅん」

「いや……とにかく、おまえも苦労したのだな。ただの脳筋女ではなかったということか」

「脳筋ってね……あなたいつも一言余計なのよ！」

「……そうか」

オズワルドが困惑顔になる。怒らせるつもりはなかったらしい。つまりそれが彼の本音ということで、それはそれでムカつく。

（まったく……性格が悪いというより、人とかなり常識がズレているだけなのかしら）

アデルは苦笑して温室の高い天井を見上げた。

ガラスを通して差し込む光は美しく、夢のようだ。ぬくもりと花の香りがアデルを満たす。

前世で願った、温かい、恵まれた暮らしがここにはある。もしかすると、今の自分はまだクレアのままで、アデルに生まれ変わった夢を見ているのかもしれない。

「できれば、王女じゃなくて平凡な女の子に生まれ変わりたかったけど、それでもこんな奇跡に恵まれたんだから、私はこの人生で幸せになりたいの。誰とも戦わず、食べるものにも住む場所にも困ることなく、家族や親しい人たちの幸せを祈りながら、穏やかな人生をまっとうしたいのよ」

前世は魔王で、現世では大国の皇帝であるオズワルドには、こんなささやかな願いはきっと理解できないだろう。笑われても構わない。

けれど、オズワルドは笑わなかった。

「なら、そうすればいい。これからのおまえの幸せは俺が保証してやる。もう前世に囚われず、おまえはアデルとして、おまえの好きなように生きろ」

アデルは驚いて目を丸くする。その反応をどう思ったのか、オズワルドは心外そうに眉を寄せた。

「……なんだ、その顔は」

「いえ……ただ、びっくりして。あなたの口からそんな言葉を聞くとは思わなかったから」

こんなにはっきりと思いやりを示されたのは初めてだが、思い返してみると、オズワルドはいつもアデルを尊重してくれていた。皇妃となった経緯はかなり強引ではあったものの、ガルディア帝国での生活はとても快適だったし、故国を懐かしむアデルのために、クロイス王国の自然を思い出させる温室まで造ってくれた。

（それに、この人は約束通り、私に触れなかった）

結婚前に約束したとはいえ、そんなものはオズワルドの気持ちひとつで反故《ほご》にできたはずだ。けれど、婚礼の夜に彼がアデルに要求したのは、一晩中ゲームに付き合うこと。

（私はずっとオズワルドを誤解していた？　だけど、どうして……？）

アデルにとってオズワルドがそうであるように、彼にとってアデルは前世の宿敵だった。アデルを恨んでいないとは言ったが、好意を抱く理由もない。

この結婚を政略的なものと考えても、恩恵を得られるのはクロイス王国ばかりだ。ガルディア帝国ほどの大国なら、もっと利益をもたらす国から妃を選ぶことができたはずである。

アデルには、オズワルドがどうして自分を妃にしたのかわからなかった。

（顔が好みだったとか？　確かに、現世では玉《たま》の輿《こし》狙いで肌や髪の手入れも念入りにしてきたけど……私ではなくノーマが）

けれど、年頃の姫ならばどこの国だってそんなもので、みんなそれなりに美しい。たったひとりの姫の器量でどうにかなるほど、ガルディア帝国とクロイス王国の差は小さくはない。

「私、あなたに恨まれていると思い込んでいたから、この結婚は私への嫌がらせだと思っていたわ。だって、政略結婚だとしたら、ガルディア帝国がクロイス王国のような小国と、わざわざ姻戚関係を結ぶ意味はないもの。オズワルド……あなた、どうして私を妃にしたの？」

アデルが素直な疑問を口にすると、オズワルドは黙ったままこちらを見つめた。アデルの質問が予想外だったのか、あるいはどう答えるべきか迷っている表情だ。

「こうなったら、お互いに言いたいことを言いましょうよ。もうなにを聞かされても驚かないし、怒らないわ。ねえ、はっきり言ってちょうだい、オズワルド」

アデルはオズワルドにずいっと顔を近づけ、返答を迫る。オズワルドは気圧《けお》されたように体を引き、困惑気味の声を出した。

「どうしておまえを妃にしたか、だと？」

「ええ、教えて」

それから、また少しの沈黙が生まれる。どうしてそんなにもったいをつけるのかとアデルが訝《いぶか》しく感じたとき、自棄《やけ》気味にオズワルドは告げた。

「おまえを好きだからに決まっている」

今度はアデルが沈黙する番である。なにを言われたのか理解できず、オズワルドの言葉をゆっくり頭の中で繰り返す。

おまえを好きだからに決まっている――？

(好きって、誰が誰を？　……オズワルドが、私のことを？)

まじまじとオズワルドを見上げたまま、何度か瞬《まばた》きをして、ようやくその意味が意識に浸透《しんとう》する。

アデルは真っ赤になって顔を背《そむ》けた。

「な、な、なに言ってるの！　からかわないで、怒るわよ！」

「怒らないんじゃなかったのか？　そしてなぜそれほど驚く？　俺は常に、おまえに好意を示してきたつもりだが……心外だ」

「え……嘘でしょ？　いったいいつ、あなたが私に好意を……」

これまでを振り返り、アデルはハッと思い至る。

ガルディア帝国での快適な生活に、数々の贈り物、極めつけは温室。アデルに対するすべての気遣いは、義務でも権力の誇示でもなく、愛情からくるものだったということなのか。

それに気づかなかったアデルが鈍いのか、それともオズワルドの表現がわかりにくいのか。どっちもどっちである。

（なんてこと……！）

鼓動がこれまでにないくらい速くなり、心臓が口から飛び出そうな気がした。オズワルドの顔を見ることができず、俯《うつむ》いたままアデルは問う。

「……本気なの？」

「冗談でこんなことを言うか」

「どうして……私のどこが、好きなの」

こんな質問は無粋《ぶすい》だろうか。けれど、アデルにはどうしてもわからない。お互いの関係で、好きになる要素などどこにもないと思うのだ。

「前世で戦ったとき、俺は一目でおまえに心を奪われた。昔も今も、おまえは美しい。強い生命力そのものが人の形をとって存在しているようで、どうしようもなく惹きつけられた」

静かにそう言って、オズワルドは目を伏せた。その横顔にアデルは胸がしめつけられる。

（なぜかしら、お父様やノーマから美しいと言われるより嬉しい……）

「でもそれなら、最後の言葉はなんなの？　あれは死んでも呪ってやるという意味じゃなかったの？」

「好きな女のすべてを覚えていたいと思うのは当然だろう。もっとも、脇腹を刺される経験はそう簡単に忘れられないが」

（まぎらわしすぎるし、魔王だからなのか感覚がおかしい！）

呪いの言葉だと思っていたのが、彼にとっての愛の告白だったとは。

とてもそうは聞こえなかった上に、現世のオズワルドも目つきと口が悪いせいで誤解がどんどん積み重なっていったのだ。そこには多少、アデルの思い込みもあったかもしれないが。

実のところ、前世も現世も含めて、男性から愛の告白をされたのは初めてである。その相手が前世の宿敵ということも、既に結婚している夫であるということも普通ではない。けれど、あれほど嫌っていたはずのオズワルドからの告白が、悪い気分ではなかったことが自分でも信じられなかった。

「どうして最初に、結婚に同意しないとクロイスを侵略するなんて言ったのよ」

「あれは本気ではない。ああでも言わないと、おまえは俺と結婚しなかっただろう」

「それは、そうかもしれないけど……」

オズワルドを魔王アーロンとしか見ていなかったアデルは、彼が好きだと言ったところで信じなかったと思う。けれど、他に言い方がなかったのか。クロイス王国を侵略するなどと言われて、喜んで結婚できるわけがない。やはり、悪いのは非常識なオズワルドのほうだ。

「おまえが俺に対して、前世の憎しみを引きずっていることは承知している。それでも、俺はおまえと一緒にいたかった」

オズワルドの切なげな声が胸に突き刺さり、アデルは呼吸が止まりそうになった。

(お、おお、落ち着け私っ！　前世では何度も死線をくぐりぬけてきたでしょ！　男に告白されたくらいでうろたえるな！)

そう自分に言い聞かせるが、効果がない。顔も頭も心臓も、爆発しそうなほど熱くなっている。人は羞恥《しゅうち》によって死にそうになるのだと初めて知った。

「俺がおまえを好きだと、おまえには迷惑か？」

なにも言わないアデルをどう思ったのか、オズワルドが尋ねる。不安を滲《にじ》ませたその声に、アデルは咄嗟《とっさ》に大きく首を横に振った。

「いいえ、迷惑なんてことは……ないわ」

「そうか」

ほっとしたようにオズワルドが息をつく。そんなにも好かれているのかと思うと、どうしていいかわからなくなる。

「あの、あなたの気持ちはわかったわ。けど、私にとってはいきなりで、まだ心の準備ができていないというか……」

今はまだ同じ想いを返せない。それでも、誠実な想いを伝えてくれたオズワルドに対して、正直でいたかった。

「私もこの人生を受け入れたいと思うから……気持ちの整理がつくまで、もう少しだけ時間をくれない？」

「ああ、いつまでも待とう」

オズワルドのやわらかな微笑に、アデルは頭がクラクラする。

（こ、この人……いつも顔が怖いだけに、笑顔の破壊力が凄まじい！）

アデルは面食いではないが、いい男に好かれて嫌がる女性はそういないだろう。これまで嫌なやつと思っていた反動もあって、オズワルドの好感度が急上昇している。

（私はもう、オズワルドと別れる必要はないの？　彼が言うように、これからは本当の意味でアデルとして生きられる？）

自分への問いかけにまだ明確な答えはない。けれど、長い呪縛が解けかかっていることをアデルは感じていた。これまで誰にも話せなかった前世について口にしたことで、ずっと捨てきれなかった重荷のようなものから解放された気がする。

前世の自分は辛かったのだと、ずっと誰かに吐露《とろ》したかったのかもしれない。それでも私は頑張って生きたのだと、認めてほしかったのだ。そうすることで、クレアとしての自分はようやく終わることができる。

そんな気持ちを受けとめてくれたのが前世の宿敵だったとは、なんという皮肉だろう。けれど今は、アデルもオズワルドと運命的に出会ったのだと思える。

「それはそうと、アデル」

オズワルドがいつもの冷静な口調で切り出し、アデルは慎《つつ》ましく答える。

「な、なにかしら？」

「おまえはしばらくクロイス王国に帰ってくれ」

「…………はぁっ？」

あまりに唐突な命令に、頭を切り換えるのに数秒かかった。

甘い愛の告白の直後に、今度は実家に帰れと言う。極端すぎてついていけない。

「いきなりなんなの？　今のところ、帰る理由なんてないけど」

家族が病気というわけではないし、アデルになにかの使者を頼むというわけでもなさそうである。

気軽に旅ができる庶民ならともかく、皇妃はそう簡単に里帰りなどできない。国の要人が長旅で国境を越えるには、警護やら荷物の運搬やら、それなりの準備が必要なのだ。

「里帰りに理由など必要ないだろう。クロイス王国には既に伝えてあるし、旅の準備も整っている。おまえはなにも心配せずに、ゆっくりしてくるといい」

「それはありがたいけど……ずいぶんと手回しがいいのね」

以前だったら、オズワルドからそんな話が出れば飛びついていただろう。そして、いいかげんに帰れと言われるまで、長々とクロイス王国に居座ったと思う。

けれど、オズワルドと心が通じそうに感じた今は、簡単には喜べなかった。

（本当に、急になにを言い出すの？　親切で言ってくれているなら嬉しいけど、妙に強引だし……もしかして、私が城にいると困ることでもあるわけ？）

女の勘である。まさかこの展開で、他に女が出来たからアデルが邪魔などということはないだろうが、確信はできない。

（この人、良くも悪くも普通じゃないから、もしかしてってことも……）

地位がある男にとって、愛情と世継ぎ問題はまったく別のものである。

皇帝に側室やら愛人やらがいてもおかしくはない。クロイス国王であるアデルの父は側室をひとりも持たなかったが、オズワルドもそうとは限らなかった。

(今になって愛人疑惑だなんてやめてよ！　いろいろありすぎてもう限界！)

髪をかき乱して喚《わめ》きたい衝動に駆られるアデルに、オズワルドが追い打ちをかける。

「出発は明朝だ」

「明朝!?　そんなに急に？」

「気をつけて行ってこい。国王夫妻によろしく伝えてくれ」

悶々《もんもん》としているアデルにあっさり別れの挨拶《あいさつ》をすると、オズワルドは足早に温室を出ていく。

幸せな白昼夢から叩き起こされたような気分で、アデルは呆然とその背中を見送った。

6

温室でオズワルドと会った翌日、アデルはクロイス王国へ向かう馬車の中にいた。

彼が言った通り、里帰りの準備はすっかり整っていて、あれよあれよという間に馬車に乗せられていた感じである。オズワルドは忙しいらしく、出立する前に顔を合わせることはできなかった。

馬車に揺られながら、アデルはぼんやりと窓の外を過ぎ去る帝都レアンの景色を眺める。嫁《とつ》ぐときはあんなに憂鬱《ゆううつ》だったのに、今はここを離れることが寂しいとさえ感じた。

季節は本格的な冬に向かっている。

もとより華やかさに乏《とぼ》しいガルディア帝国の町並みは、以前にも増して殺風景だ。町を歩く人々は厚手のコートに身を包み、郊外へ出ると森の木々はすっかり葉を落としていた。寒そうな光景は、今のアデルの心に似ている。

オズワルドからの突然の告白には、正直ときめきを覚えた。けれど、その直後の帰国命令で、そんな甘い気分は一瞬にして吹き飛んだ。あまりの落差に、アデルは未《いま》だに放心状態である。

（あの男、絶対になにか隠してる。一体なにを企《たくら》んでいるの？）

ノーマと一緒にいてアデルがずっと黙っているなど、滅多《めった》にないことだ。王都を出て二日が過ぎてもそんな状態なので、向かいの席に座っているノーマがたまりかねたように尋ねた。

「クロイス王国へ里帰りすると聞いて、喜んでいらっしゃると思っておりましたが、出発してからずっと浮かないお顔ですね。アデル様、どこか具合がお悪いのでは？」

「そんなことはないわ。すごく嬉しいし、どこもなんともないわ」

「それならば良いのですが」

ノーマには申し訳ないが、今は無理に明るく振る舞う元気がない。アデルはふたたび窓の外へ目をやり、無意識に何度目かのため息をつく。

「アデル様、なにかありましたの？　そういえば、出発の前日にひとりで温室に行かれてから、様子がどこか変でしたわ」

温室と聞いて、アデルは落ち着かない気分になった。急に頭に血が上《のぼ》り、それをごまかすため慌てまくしたてる。

「べ、別になにもないわ！　……ほんの少し、オズワルドと話しただけ」

「まあ、陛下が温室に行かれたんですか？」

ノーマの顔がぱっと笑顔になったのを見て、うっかりオズワルドの名前を出したことをアデルは後悔した。こういうところ、ノーマは勘が鋭いのだ。

「それはそれは、おふたりで仲むつまじく素敵な時間を過ごされたのですね。私がいなくて良かったですわ」

ノーマに悪気はないのだろうが、そんなふうにからかわれてアデルは不愉快になった。本当に仲むつまじいならともかく、今は嫌味にしか聞こえない。

「だから、少し話しただけよ。私たちは仲良くないわ……そんなには」

「夫婦なんですから、今更照れなくてもいいではありませんか」

「照れてないから！　そういう言い方やめてちょうだい！　まるで、私がオズワルドのことを好きみたいじゃないの」

「だって、お好きなのでしょう？」

「まさか……っ」

当然のように聞かれて、アデルは言葉に詰まった。

（好き……？　私がオズワルドのことを？）

以前は、好きじゃないと断言できた。けれど今は、嫌いと言い切ることを躊躇《ちゅうちょ》する。

――おまえを好きだからに決まっている。

先日のオズワルドの言葉が耳の奥に蘇《よみがえ》り、顔が一気に赤くなるのが自分でもわかった。

もう無理に別れなくてもいいかなとは思ったが、だからといってこちらもオズワルドを好きというこことは違うし、そんなにあっさりと惚れたりしない。

それなのに、オズワルドのことを思うと心臓がどきどきと激しくなったり、胸が締めつけられるようにきゅんとしたり、他に女がいるかもしれないと考えるだけでもやもやしたりする。

（なんなのよ、これは！　これが、いわゆる………恋？）

「いやあぁぁぁぁっ！」

アデルは奇声を発し、窓枠にガツンと頭を打ちつけた。突然の奇行に、ノーマが後ろから羽交《はが》い締《じ》めにしてくる。

「アデル様、なにを錯乱《さくらん》しているんですか！　死にますよ！」

「いっそ死にたいっ！　私のばかぁぁっ！　そんな簡単にこっ……こここいとかっ！　あり得ないでしょう！」

「あーはいはい、わかりましたよ！　どうどう！」

暴れ馬を調教するようにノーマに宥《なだ》められて、アデルは大きく息を吐く。

ノーマは馬車に備えつけのポットからカップに温かいお茶を入れ、アデルに差し出した。

「これを飲んで、落ち着いてくださいませ」

アデルは素直にカップを受け取り、口をつける。体が温まってくると、気持ちもいくらか静まった。

オズワルドへの気持ちは恋なのか、わからない。前世でも現世でも恋愛にはまったく縁がなかったので、どうしようもなくうろたえてしまう。

好きと言われたから好きになった、というのはあまりに節操がないではないか。オズワルドに流されているようで癪《しゃく》でもある。

「陛下との関係が良好になって、私もとても嬉しく思います。ご結婚当初はなにがお気に召さないのか、陛下に対して蟠《わだかま》りを感じていらっしゃったようですが、最近はそれが薄れてきたご様子でしたから」

「ノーマ、なんでわかるの？　もしかして魔法？」

離婚したい気持ちは隠していたつもりだったのに、見抜かれていたことにアデルは驚く。

「魔法ではなく、アデル様を見ていればわかります。何年お世話をしていると思っているんですか」

「そういうものなの？」

ノーマの能力に頼もしさと恐ろしさを同時に感じつつ、アデルは重ねて尋ねる。

「ノーマ……仮に、あくまで仮の話だけど、私がオズワルドのことを……す、好きだとしたら、……どうすればいいの？」

「どうもしません。もともと夫婦なんですから」

「それはそうなんだけど……」

そんなことは言われなくてもわかっている。知りたいのは心構えのことだ。

王女として結婚の心得は学んだが、そこではこの胸の鼓動をどう抑えればいいのかは教えてくれなかった。どんな顔をして会えばいいのか、会ってなにを話せばいいのか。オズワルドに今までどう接していたのか、まるで思い出せない。

「オズワルドと普通に接する自信がなくなったわ。なんと言うかその……恥ずかしくて」

「ああ、アデル様、なんてお可愛らしい！」

ノーマが頬を染めて身をよじった。いたたまれなくなって俯《うつむ》いたアデルへ、ぐいぐいと迫ってくる。

「アデル様はこういったことにあまり免疫がないので、戸惑いを覚えるのも無理はありません。ですが、そう難しく考えず、いつも通り、ご自分の気持ちに素直になればよろしいのです。大丈夫、陛下は間違いなくアデル様にベタ惚れですとも」

ノーマに励まされると、不安でいっぱいだった心が少し軽くなった。

恋愛とは、些細《ささい》なことで一喜一憂したり取り乱したり、なんと厄介《やっかい》な心情だろう。前世勇者でも手に余る。

「結婚してから夫である人を好きになるなんて、なんか妙な感じね」

「それはそれで素敵ですわ。アデル様はこれからゆっくりと、オズワルド様を理解して絆《きずな》を深めていけばよろしいのです」

「そうよね……ノーマの言う通りだわ」

アデルの人生も、オズワルドとの結婚生活もまだこれからなのだ。これまですれ違ってきたぶん、時間をかけてお互いを知っていければいい。きっとそのために、この世界で出会ったのだから。

(やっぱり話して良かった。ノーマは凄いわ)

気持ちを打ち明けてすっきりとしたところで、アデルは重大な案件を思い出した。

「問題はそれだけじゃなかった！　ノーマ、どうしよう！　今頃、オズワルドが浮気してるかもしれないのよ！」

「浮気？　まさか、陛下に限ってそんなことあるはずがありませんわ」

「だって、こんなに急に里帰りしろだなんて、絶対になにかあるわ！　私が城にいると邪魔なのよ。それってつまりそういうことじゃない？」

「まだそうと決まったわけではありませんし」

「じゃあ他にどんな理由があるのよ！　結婚して間もないっていうのに、あの男、側室なんて作ったら殺してやるわ！」

ついこの前までは夫に愛人を作ろうと画策《かくさく》していたのに、恋する女は身勝手である。

アデルが憤慨《ふんがい》していると、突然ガタンと馬車が停まった。

その直後、外がなにやら騒がしくなる。警護の兵士たちが興奮気味に話している声が聞こえた。

「本当なのか？　城は今どんな状況なんだ？」

「それが、詳しいことはなにも……」

不穏な雰囲気にアデルとノーマは顔を見合わせる。

「なにかあったのでしょうか」

「そのようね」

窓の外には見晴らしのいい高原が広がっていた。昼に休息を取ったばかりだし、停まるには中途半端《はんぱ》な場所だ。

「皇妃殿下、失礼いたします」

馬車の外から呼びかける声が聞こえ、ノーマが中から扉を開いた。外に立っていた兵士が、アデルに向かって頭《こうべ》を垂れる。

「どうしたの？　馬車になにか不具合でも？」

「いえ、そうではありません。たった今、近隣の宿場町の警備隊にいる知人から連絡を受けまして、非公式なものなので、妃殿下にお伝えすべきか迷ったのですが……」

答えにくそうに言って、兵士は少し間を置いた。

「構わないわよ、話して」

「ガルディア城内で反乱が起きたらしいという情報が、帝都から伝わってきたとのことで」

「なんですって？」

アデルは兵士のほうへ身を乗り出した。

「反乱って、何者かが陛下に謀反《むほん》を起こしたということ？　それで、陛下は？　城は今どうなっているの！」

「それ以上の詳しい情報はありませんし、これが事実なのかどうかも不明です。反乱時に城から逃げた者がそう話していたと。事実関係がわからないため、警備隊も対応に困っているようです」

ガルディア帝国では、個々の町や村の治安維持のため、警備隊を配備している。有事の際には伝令が走る連絡網が敷いてあった。そこにいる者からの情報というのなら、まるっきりデマということはないだろう。城でなにかがあったのだ。

（オズワルド……！）

アデルの背筋に冷たいものが流れ、手が震えた。

こんな事態は予想もしていなかったが、これでようやくわかったこともある。オズワルドがアデルを城から遠ざけたのは、このためだったのだ。

反乱が事実だとしたら、首謀者はオズワルドの叔父《おじ》サイラスしか考えられない。

アデルに言い寄ってきたとき、あの男は言っていた。『私を敵に回すと後悔することになりますよ』と。あの言葉はこのことを暗示していたのではないか。

オズワルドがこの謀反《むほん》を予期していたのなら、事前になんらかの手段を講じていたはずだ。あの元魔王が簡単に敵の手に落ちるとは思えない。

その考えに至り、アデルは改めてオズワルドに腹を立てた。

（わかっていたなら、どうしてなにも言わずに私を城から逃がしたの！　あとで文句を言ってやるから、絶対に無事でいなさいよ！）

祈るように心の中で怒鳴りつけて、アデルはぎゅっと手を握る。そうすると少し震えが治まった。

「……わかりました。私は城へ戻ります」

「アデル様！　それは危険ですわ！」

すかさず叫んだノーマの手を取り、アデルはその目を見て語りかける。

「ノーマはこのままクロイス王国へ向かって。状況がわからない以上、クロイスのほうが安全だと思うから。……そこのあなた、馬を一頭準備してちょうだい」

「は……はい！」

アデルが命じると兵士は駆け出した。繋いでいた手をノーマが強く握り返す。

「おひとりで戻られるおつもりですか！　それこそ無謀というものです！　お城がどうなっているかもわからないのですよ？」

「わからないから戻るのよ。このまま黙ってオズワルドからの連絡を待つなんて、私の性に合わないわ」

「ですが、陛下も今はどんな状況なのか……」

「オズワルドは無事よ、絶対に」

めずらしく弱気なノーマに、アデルはきっぱりと言い切った。それは確信でもあり、言葉にすることで現実になればいいというまじないでもある。

アデルに勇気づけられたのか、ノーマも深く頷き返した。

「アデル様、それでは私もご一緒いたします」

「ダメよ。ノーマはひとりで馬に乗れないでしょう？　それに、危険がないとは言えないわ。いざとなったら剣も使うことになる」

「アデル様、そんな……！」

「無茶はしないと約束するわ。それに、私なら大丈夫よ。……ノーマ、とっておきの秘密を教えてあげましょうか」

目配《めくば》せをしてアデルは告げる。

「私、勇者クレアの生まれ変わりなの」

ノーマには、場をなごませるための冗談に聞こえただろうか。

アデルは馬車から飛び降りると、今にも泣きだしそうなノーマに笑顔で手を振った。

アデルの衣装箱にはドレスしか入っていなかったので、兵士の制服を借りることにした。動きやすいし、帽子に髪をしまえば、遠目には女、それも皇妃とは気づかれないだろう。ただ、一番小柄な兵士の制服でも、男物なのでアデルには大きく、あまり格好よくはない。

用意してもらった馬に乗り、アデルはひとり帝都レアンを目指す。馬車で二日かかった距離だが、単騎なら一日で着く。途中、休憩を取るのも惜しんで馬を走らせた。

レアンに入ったときには翌日の昼になっていた。

都はいつも通りの賑わいながら、通りを歩く兵士の姿がいつもより目立つ。それを見てなにか囁《ささや》き合う町人もいて、普段と違う物々しさが感じられた。

アデルは帽子を目深《まぶか》にかぶり、いかにも職務中の兵士というふうに、すれ違う兵士に敬礼しつつ通り過ぎる。話を聞けそうな人間はいないか探していると、とある宿屋の馬房に、ひとりで馬の手入れをしている男がいた。

「仕事中に済まないが、少々尋ねたいことがある」

アデルは男に近寄り、兵士のふりをして話しかける。男がこちらを向いた。

「兵隊さんが、なんの用です」

警戒した顔つきではあるが、女とは気づいていないらしい。

「休暇から戻ってきたばかりなんだが、帝都の空気がいつもと違う気がしてね。見回りの兵士の数が多いのも、なにか理由があるのか？　事情を知らずに戻ると気まずいだろ？　知っていることを話してくれたら礼ははずむよ」

そう言って、金の入った革袋をちらつかせる。

男は周囲に視線を走らせると、アデルに耳打ちするように答えた。

「昨日、城からのおふれがありましてね、皇帝陛下が変わったそうです」

「変わった？　なによ、それ！　……あ、いや、詳しく教えてくれないか」

動揺を押し隠してアデルは口元を手で覆《おお》う。

オズワルドのことだから大丈夫と楽観していた気持ちが、一気に不安に塗りつぶされる。

既に皇帝が変わったとまで発表されているとは、状況は思っていた以上に悪いのか。

「オズワルド陛下が急病とのことで、新しく宰相《さいしょう》のサイラス様が即位されたそうです。……ですが、ここだけの話、サイラス宰相《さいしょう》の謀反《むほん》による交代だともっぱらの噂《うわさ》です」

男の話によれば、謀反《むほん》が起きたのは二日前の午後。アデルがクロイス王国へ出発した翌日だ。宰《さい》相《しょう》のサイラスが突然オズワルドに退位を迫り、それに応じなかったオズワルドは捕らえられた。枢《すう》密院《みついん》がサイラスを支持しており、軍もそれに倣《なら》っている。一部始終を見ていたオズワルドの従者が城から逃げ出し、知人に助けを求めたため、その話が瞬《また》く間に帝都中に広まったとのことである。

（枢密院《すうみついん》はともかく、軍までサイラスの味方をしている？　どういうこと？）

なにかの間違いではないのだろうか。あれほどオズワルドを崇拝《すうはい》していた兵士たち、なによりそれを統率するあのバートンが、オズワルドを裏切るとは信じられない。

オズワルドが素直に連行されたため戦闘などはなく、誰も血を流してはいないらしい。しかし、当の彼がどこにいるのかは、発表されていないとのことだった。

「……とまあ、俺が知ってるのはこのくらいですがね。なにかの間違いであってほしいですよ。オズワルド陛下はガルディア国民自慢の君主様ですからね」

「ああ、私もそう思うよ。教えてくれて感謝する」

不安にさいなまれている今、男の言葉に少し救われる。アデルは革袋から金貨を三枚取り出し、男の手に握らせた。

「悪いけど、馬を預かってくれないか？　さっきの情報代も含めて、お礼はこれで足りるかな」

新しい馬を三頭も買える金額に男の目が輝く。

「え、こんなに？　いいんですか？」

「頼んだよ。それでは失礼」

男に手綱《たづな》を手渡して馬房を出ると、アデルはその足で城へと急いだ。

オズワルドの居場所は不明ながら、この短期間で城から他へ移したとは考えにくい。となれば、城の地下牢や塔などに幽閉されている可能性が高いが、断定はできなかった。

（オズワルドのマヌケ、サイラスなんかに捕まるんじゃないわよ！）

今すぐにオズワルドを怒鳴りつけてやりたい。そのためにも、アデルは自分で夫を救出するつもりである。

城はいつもより厳重に警備されていたが、城内にいる兵士が多いせいで、アデルは苦労せずにまぎれ込むことができた。

ガルディア軍がサイラス側についているという話の真偽はともかく、兵士たちにいつもの覇気《はき》が感じられない。正規の兵士以外にも外部から来ている傭兵《ようへい》らしき男たちの姿があり、城内の雰囲気が見るからに乱れている。

傭兵《ようへい》の制服がガルディア軍のものと違うこともあるが、金で雇われている彼らは見るからにガラが悪い。アデルは前世の使えない同僚たちを思い出し、不快な気分になった。

城の構造はほぼ把握しているし、皇妃であるアデルには、隠し部屋や隠し通路の存在もいくつか知らされている。城の倉庫にその入り口のひとつがあり、一見してそうとはわからないようになっていた。

アデルは隠し通路を使い、迷わずに皇帝の執務室へと向かう。闇雲にオズワルドを探し回るよりは、居場所を知る人物に問いただすほうが早いからだ。

執務室の出口は鏡の裏で、鏡枠の一部から中の様子を覗《のぞ》けるようになっている。

思った通り、そこにはサイラスの姿があった。

幸いひとりらしく、彼がこちらに背を向けている間に、アデルは足音を忍ばせて近づく。サイラスがこちらを振り返った瞬間、腰の剣を抜いて喉元に突きつけた。

「大声を出したら首が飛ぶわよ」

「ヒッ！」

サイラスが息を呑む。じりじりと後退して壁際に追い詰められた彼は、抵抗しない意を表すように両手を挙げた。剣先に向けられていた視線がアデルに移り、サイラスは眼鏡の奥で瞠目《どうもく》する。

「おまえは……あ、あなたは、アデル皇妃!?」

「ええ、そうよ。オズワルドはどこ？」

侵入者がアデルだと知り侮《あなど》ったのか、サイラスは手を挙げたまま片頬を引きつらせて笑った。

「なるほど、この部屋には隠し通路があるわけですか。それにしても、兵士に変装して城に潜《もぐ》り込むとは、本当にあなたは型破りな皇妃だ」

「あなたもね。主君で、しかも血が繋がった甥《おい》に対して謀反《むほん》を起こすなんて、ずいぶんと恥知らずなことができたものだわ」

サイラスのことは嫌いだし最初からまったく信用できなかったが、心のどこかで反乱が嘘であればいいと願ってもいた。血の繋がった肉親から裏切られるなど、アデルだったら耐え難い。

けれど、王侯貴族というものは、どこの国でもそんなふうに地位や権力を奪い合うものなのだろう。家族の愛情に恵まれたアデルのほうが特別なのだ。

「私は正当な権利を取り戻しただけです。本来なら、先帝が亡くなった折、私が皇帝に就《つ》くはずでした。それを先帝……兄上が、我が子可愛さのあまり、あんな若造に位を譲ったのがそもそもの間違いなのです」

「先の皇帝は、あなたがこんなふうに国を混乱に陥《おとしい》れることを見抜いていたのではないかしら。それに、オズワルドに皇位を譲ったのは我が子が可愛いという理由だけではないと思うわ。オズワルドが優れた皇帝であることは、本当はあなたもわかっているでしょう？」

今回の謀反《むほん》の理由は、サイラスの野心だけでなく、彼のオズワルドに対する嫉妬心《しっとしん》にもあることをアデルは感じている。それだけ、サイラスが甥《おい》の能力を認めているということも。

サイラスの口元に浮かぶ歪《ゆが》んだ笑みが、アデルの指摘が正しいことを物語っているようだった。

「オズワルドは昔から恐ろしいほどに優秀な男です。戦における強さ、あらゆることに精通した知識、そしてあの年齢に見合わぬ化け物じみた存在感。なにもかもが人間離れしている」

ある意味当たっていた。それを見抜いたサイラスもなかなかのものである。

「血が繋がっているとは思えないほどに、オズワルドは完璧です。あんな甥《おい》を補佐する私の気持ちがわかりますか？　誰も口には出さないが、心の中では私たちを比べている。オズワルドの引き立て役になるのは、もううんざりなのですよ」

サイラスはずっと、オズワルドに無駄な劣等感を抱いて生きてきたのだ。オズワルドはオズワルドで、そんな人間の弱さや感情を理解する繊細さなど、持ち合わせていないだろう。

この悲劇の発端《ほったん》が、魔王が人間に転生したことだとは誰も思うまい。せめてオズワルドとサイラスの間に、少しでも肉親の情があればいいのだが。それはあまり期待できそうになかった。

「あなたの苦労はわかる、本当よ。だけど、それで謀反《むほん》を正当化はできないし、こんなやり方が成功するとは思えない。サイラス、今後についてオズワルドと話し合えないかしら。ふたりの関係が上手くいくよう、私も協力するから」

「フッ……お断りします」

サイラスが鼻で笑う。

「既に私は皇帝に即位しました。この国は私のものです。もうオズワルドに用はありません」

サイラスに対して多少は抱いていた同情心が、あっという間に消えた。根性がねじ曲がった人間は苦手だ。おまけに国を私物化するような発言は勘違いもはなはだしい。

(めんどくさい。こんなところで時間をかけている場合じゃないわね)

サイラスを説得することを諦めて、アデルは彼に向けた剣を構え直した。

「じゃあ仕方ないわ。オズワルドの居場所を教えて」

「それを知ってどうする気です。助けに行くおつもりですか？」

「だったらなに？」

「女ひとりでなにができると……」

サイラスが言い終わらないうちに、アデルは側にあった丸テーブルを剣でなぎ払った。

ガシャーンと盛大な音を立てて、テーブルは壁に叩きつけられる。真っ二つに割れている木製の天板を見て、サイラスはすくみ上がった。

アデルはふたたびサイラスに剣を突きつけると、ゆっくりと尋ねる。

「オズワルドはどこ？　って、聞いてるでしょ？　私、あんまり気が長くないの。次はあなたの頭が割れるかもね」

恐怖のせいかサイラスの額《ひたい》に冷や汗が浮き出ている。ごくりと喉を鳴らし、彼は震える唇を開いた。

「オ、オズワルドは……死にました」

「適当なこと言ってるんじゃないわよ」

「ほ、本当です！　あの男は死んだんです！　私が殺すよう命じました！」

嘘くさいと感じたが、サイラスはそう言い張る。あまりに強情なので、アデルはだんだん弱気になってきた。

（オズワルドがそう簡単に殺《や》られるもんですか！　……だけど、いくらあの人が強いといっても、今はただの人間。もしかして……）

アデルの気持ちの揺れを察したのか、サイラスの顔つきに急にいつもの狡猾《こうかつ》さが滲《にじ》む。そのあげく、信じがたい言葉を放った。

「アデル、クロイス王国の平和のためにも、あなたはガルディア帝国の皇妃でいるべきです。私の妻になると言うなら、私に剣を向けた罪は許しましょう」

（こいつ……！）

クロイス王国を脅迫《きょうはく》のネタに使う手口はオズワルドと同じなのだが、サイラスの言い方は酷くい

やらしい。アデルは衝動的に彼を殴りつけたくなった。

「ヘタに半殺しにするより、いっそここであなたを殺してしまえば、すべて丸く収まるってことよね」

「アデル……な、なにを言っているんです？」

「私が城に潜入したことは誰も知らないのだから、犯人はわからない。いい考えだわ」

アデルがニッと笑うと、サイラスは膝をがくがくと震わせた。

「や、やめろ……誰かっ、衛兵！」

サイラスが振り絞るように掠《かす》れた声を上げ、アデルはわざとサイラスすれすれに剣を振り下ろす。

そのとき、執務室の扉が開き、男の声が響いた。

「おやめください、アデル妃殿下」

聞き覚えのある声に振り返る。サイラスは腰を抜かしてその場にへたり込んでいたが、部屋に入ってきた人物を見て目に生気を取り戻した。

「バートン、この女を捕らえなさい！　皇帝に対する反逆罪です！」

入り口に立ったままこちらを見ているのは、バートンである。

（バートン将軍……）

軍は枢密院《すうみついん》とともにサイラスの味方についた。帝都で聞いた話は間違いであってほしいと願っていたが、その希望が潰《つい》えたことをアデルは察した。

「バートン将軍、あなたがオズワルドを裏切るなんて……どうしてなの？」

アデルの問いかけにはなにも答えず、バートンは目を伏せる。唇を引き結んだその表情は苦痛に満ちて見えた。

「この女は私を殺そうとしたのですよ。あなたも見たでしょう！」

サイラスは転げるようにしてバートンに駆け寄り、その背に隠れてこちらを窺《うかが》う。

バートンはゆっくりとアデルに近づくと、以前と変わらぬ態度で深く頭《こうべ》を垂れた。

「アデル妃殿下、私とともに来てください。おとなしく従っていただければ、決して悪いようにはいたしません。あなたならこの状況をおわかりでしょう。私が命じれば、すぐに兵たちが駆けつけます」

「力ずくで私を捕らえるというわけ」

「あなたにそんなまねはしたくないのです」

「……わかったわ」

アデルは息をつくと、手にしていた剣をバートンに渡した。

城内の兵士たちと同様にバートンの様子もいつもと違う。訓練場で会ったときの彼は、まるで父親のようにオズワルドを愛《いと》しく思っているふうに見えた。彼らの間には確かな絆《きずな》があるとアデルは信じたのだ。

そのオズワルドを敵に回すとしたら、それなりのわけがあるのだろう。

「その女は地下牢に閉じ込めておきなさい。フッ……いくら気が強くても所詮《しょせん》は世間知らずの王女。ネズミが這《は》い回る部屋で、半日も耐えられるとは思えません。あなたがその気になれば、私はいつでも受け入れ……ぐはっ」

サイラスが最後まで言い終わらないうちに、アデルはその嫌味な顔に拳を打ち込んだ。サイラスは短く呻《うめ》いて、鼻を押さえる。

「な……なんという野蛮なっ！」

鼻血を垂らしているサイラスの横を通り、アデルはバートンとともに部屋をあとにした。

（オズワルド、生きているんでしょうね？　死んだら承知しないから……）

サイラスの発言は嘘だと思うものの、アデルはどうしようもなく心細くなる。意気込んで城に乗り込んだはいいが、オズワルドの居場所も、生死さえもわからず、ここにはひとりの味方もいない。

バートンに付き添われて歩いていくアデルを、バートンの部下たちが見つめていた。その表情には一様に狼狽《ろうばい》が浮かんでいる。皆、自分の意思でサイラスに従っているわけではないということだ。

階段のほうへ向かう途中、バートンが声を潜《ひそ》めてアデルに囁《ささや》いた。

「陛下は生きていらっしゃいます」

アデルははじかれたように顔を上げた。

「オズワルドは無事なのね？　どこにいるの？」

バートンは前を向いたまま、小声で続ける。

「どこにいらっしゃるかまではわかりません。サイラス様の隙をついて、近衛兵《このえへい》たちとともに城を出ました。今もどこかに潜伏中でしょう。帝都では多数の兵士が見回りをしていますが、陛下がそう簡単に捕まるはずはありませんから」

その言葉にはオズワルドへの信頼が込められている。やはり、バートンのオズワルドに対する敬愛の念は変わっていないのだ。

「バートン将軍、あなたはどうしてサイラスの味方なんかしているの？　なにか事情があるのでしょう？」

「それは関係ありません。私が陛下に背《そむ》いたことは事実です」

バートンがなにか隠していることは明白だった。けれど、彼はそれについて語ろうとはしない。

階段を下りて城の奥へと進んでいくが、バートンが先導するのは地下牢がある方向とは違っていた。彼がアデルを連れていったのは厨房《ちゅうぼう》や洗濯室など、下働きの者が出入りする区画である。いつもなら大勢の使用人たちが行き交っているはずだが、今はやけに静かだ。反乱が起きたと聞いて城から逃げ出した者も少なくないのだろう。

厨房《ちゅうぼう》の前まで来ると、バートンは扉を開け、さきほど取り上げた剣をアデルに手渡した。

「この奥に、城の裏側へ出る勝手口があります。ここからお逃げください。後のことは私が責任を取ります」

「サイラスの味方なのに私を助けたら、あなたの立場が悪くならない？」

アデルの問いかけには答えず、バートンは曖昧《あいまい》に笑う。

「城を出てからはご自身で逃げ延びてください。あなたなら大丈夫でしょうが」

「もちろんよ。ありがとう、バートン将軍」

「どうぞご無事で」

アデルはバートンを軽く抱擁《ほうよう》してから、小走りで厨房《ちゅうぼう》を通り抜けた。

バートンに教えられた道を通り城の裏側へ出たが、厳戒態勢ということもあり、どこにも兵士の姿がある。アデルは帽子を深く被り直して、行き交う兵士たちとすれ違った。ここで見つかってしまったら、せっかく逃がしてくれたバートンに申し訳ない。

細心の注意を払って進んでいると、向こうからぐたぐだと歩いてきた大男がわざとらしくぶつかってきた。

「痛《いて》ぇな！　おい、骨が折れてたらどうしてくれるんだよ！」

わかりやすいゴロツキである。こんな粗野な兵士がガルディア軍にいるはずがなく、当然ながら傭兵《ようへい》のひとりだ。

「すみません、急いでいたもので」

アデルは心の中で舌打ちしながら、俯《うつむ》き加減で謝った。けれど、こういう輩《やから》はそう簡単に逃がしてはくれない。

「治療費として銀貨五枚で許してやるよ」

（くっ……こんなヤツに恵んでやる義理はないけど、しょうがない）

アデルは革袋から急いで銀貨を取り出すと、男に手渡して離れようとした。その寸前、大男の手がアデルの上着を掴んで止める。

「おまえ……なんかいい匂いするな。女の香水みたいな……」

（しまった！　女だってバレた？）

戦闘を覚悟して腰の剣に手を伸ばしたそのとき、大男の反対側から誰かが近づく気配があった。

「申し訳ないが、こいつは俺の部下だ。非礼があったのならこれで許せ」

低く通る男の声がしたと思ったら、地面に大量の金貨が散らばる。チャリンチャリンと音をさせて転がる金貨に、周りにいた他の傭兵《ようへい》たちも一斉に群《むら》がった。

「金貨だぞ！」

「やめろ！　これは俺のだ！」

大男の注意がそれた隙に、金貨を撒《ま》いた男はアデルの腕を掴んで駆け出した。

「え……ちょっと！」

アデルの手を引いて走る男はガルディア軍兵士の制服を着ているが、その長身と黒髪には見覚えがある。兵士は城壁まで走ると、ようやく足を止めて振り返った。

オズワルドの黒い瞳がアデルをとらえ、安堵したようにやわらいだ。

「無事か、アデル」

「オズワルド……やっぱり生きてた」

探し求めていた姿を目の前にして、アデルの体から力が抜けた。頽《くずお》れそうになったところを、オズワルドが支えてくれる。

「当然だ。俺がサイラスごときに殺《や》られると思うか」

「思わないけど、不安で……良かった」

そんなつもりはなかったのに、瞳に自然と涙が浮かんでくる。視界がぼんやりと滲《にじ》んだとき、アデルはものすごい勢いで抱きしめられた。

頭の中が真っ白になり、抵抗もできずにいると、オズワルドの顔が間近に迫る。アデルは反射的にのけぞった。

「ちょっ……どさくさにまぎれてなにしてんの！」

「おまえが泣きそうな顔をするから思わず……」

「思わず、じゃない！　こんなことしてるヒマないから！」

なおもしがみつこうとする皇帝を全力で引きはがし、アデルはくるりと背を向けた。

（まったく、この非常時になに考えてるのよ！　うっかり流されるところだったじゃない）

帽子を下げて赤くなっているだろう顔を隠す。今の攻防で涙はすっかり引いていた。

正直、オズワルドに抱きしめられても全然不快ではなかった。むしろ、少しくらいならいいかなと思ってしまったことが恥ずかしく、今はそんな状況ではないと気を引き締める。

「オズワルド、あなたがどうしてこんなところにいるのよ。城から逃げたと聞いていたのに」

アデル同様、一般兵士に変装までしている。しかし、醸《かも》し出される尊大さは隠しきれていない。

オズワルドとバレなかったのは、相手がこちらの顔を知らない傭兵《ようへい》だったからだ。

「それはこっちの台詞《せりふ》だ。おまえにはクロイス王国へ帰れと言ったはずだが。そんな格好で城に忍び込むとは、相変わらず無鉄砲な女だな」

自分の格好を棚に上げて説教するオズワルドに、アデルは膨れっ面になった。

「クロイス王国へ向かう途中で、城で反乱が起きたって聞いたからよ。おとなしく里帰りなんてできるわけがないでしょう」

「俺の身がそれほど心配だったのか」

図星を指されてアデルは咄嗟《とっさ》に顔を背《そむ》ける。

「べ、別にあなたのことだけじゃないわ！　それより、無謀なのはあなたのほうでしょ。城から逃げたあなたを、サイラスは探しているはずよ。見つかったらどうするつもりだったの」

「おまえが城に向かったと、ノーマから聞いたからな」

「ノーマから？　彼女はクロイス王国へ向かったはずじゃ……」

「おまえが心配で戻ってきたらしい。だが、さすがに城に戻る危険は冒《おか》せず、助けを求めてダレンの屋敷を訪ねたんだ」

「ということは、ノーマは無事なのね」

オズワルドの説明にアデルは胸をなで下ろした。

無茶をしてほしくないと思う反面、ノーマの気持ちは嬉しかった。それにしても、いつのまにダレンとそこまで親しくなっていたのだろう。まったくノーマも隅に置けない。

「ノーマもあなたも、私を助けに戻るなんて……助けに来たつもりが、かえってみんなに迷惑をかけてしまったわね」

アデルはオズワルドを助けに城へ来たのだ。彼がアデルのせいで捕まっては意味がないし、もしもそんなことになれば自分を許せない。

オズワルドは兵士姿のアデルをしみじみと見下ろした。

「妻を助けるのは夫の務めだ。もっとも、元勇者殿には必要なかったようだが」

「脱出できたのはバートン将軍のおかげよ。サイラスに地下牢へ入れられそうになったけど、将軍が逃がしてくれたの」

バートンの名に、オズワルドの表情がかげりを帯びる。バートンの裏切りは、オズワルドにとっても想定外だったことが窺《うかが》えた。

「バートンがサイラスについたことが、俺の唯一の誤算だった。サイラスはともかく、バートンの命令に兵は逆らえないからな。だが、サイラスはそれも信用していないのか、大量の傭兵《ようへい》を雇って城を守らせている」

自国の兵士よりも、金で雇った傭兵《ようへい》を信じているということか。それもサイラスらしい。

「バートン将軍がサイラスの味方をしているのには、なにか理由があると思うの。聞いても話してくれなかったけど、絶対に彼の意思ではないわ」

「わかっている。それについては後で話そう」

オズワルドに促《うなが》され、アデルは彼と連れだって歩き出した。

城壁に沿って進んでいくと、今は使われていない穀物《こくもつ》倉庫に突き当たる。崩れかけた建物に入り、最奥にある大きな木箱を開けると、城の外へと繋がる穴が見えた。これも、城の隠し通路のひとつである。

オズワルドが先に木箱に入り、アデルへと手をさしのべた。

「オズワルド」

手を取りながら、アデルはためらいがちに呼びかけた。今のうちに言っておきたいことがある。

「あの……助けに来てくれて、ありがとう」

アデルが素直に礼を口にすると、オズワルドはじっとこちらを見つめた。黒い瞳が期待に満ちたようにキラキラと輝いている。

「アデル……」

「……なに？」

問いかけに答えず、オズワルドはいきなりアデルを引き寄せた。

今度は抵抗する隙も与えず、抱きしめて唇を重ねてくる。

最初は突き飛ばそうとしたアデルも、いつしかその背に腕を回していた。


帝都の中心までたどり着いたときには、あたりが暗くなっていた。

バートンが言っていた通りオズワルドの捜索《そうさく》命令が出ているのか、町を巡回する兵士の人数が多い。けれど、帝都に住む人々には関係ないらしく、夜の酒場通りは普段と変わらず、陽気な酔っぱらいや、客引きで賑わっている。

アデルは宿屋に預けていた馬を引き取り、オズワルドとともに帝都の郊外へと向かう。行き先を知っているオズワルドが手綱《たづな》を持った。

馬の背に揺られて一時間ほど行くと、森があり、その奥に一棟の館が現れた。

辺鄙《へんぴ》な場所にしては豪華な造りで、よく手入れされている。ここはレナード家の別荘、つまりダレンの父が所有する館で、今は逃亡中のオズワルドたちの隠れ家となっていた。

レナード家はガルディア帝国で古くから続く家柄で、ダレンの父親と先帝とは従兄弟《いとこ》同士になるそうだ。帝国内でかなりの影響力と財力を持っているため、皇帝といえどもレナード家には簡単に干渉できない。ダレンがオズワルドをかくまっていることはサイラスにも想像がつくだろうが、彼が勝手にレナード家の領地内に入ることはできないとのことだった。

館の正面で馬を停めると、その音が聞こえたのか中から扉が開いた。

「アデル様！」

駆け出してきたのはノーマだ。ダレンを頼ってレナード家を訪ねた彼女を、彼の家族がここへ送り届けてくれたとオズワルドから聞いている。

アデルは馬から飛び降りると、自分もノーマに駆け寄った。

「ノーマ、元気そうで良かったわ」

「アデル様……よくご無事で！」

ノーマが目に涙を浮かべてアデルを抱きしめる。ふたりで抱き合っていたところ、館の中からダレンが現れた。

「アデル様、陛下も……ご無事でなによりです」

彼はアデルとオズワルドの格好をしげしげと眺めて苦笑する。

「それにしても、皇帝夫妻がそろって一般兵に変装とは、やはり似たもの夫婦なんですね」

「似てないわよ！　ドレスで城に戻れば私だってバレるから、仕方なく制服を借りただけ」

「夫婦は考えることも似るというからな」

「似てないってば！」

アデルがムキになって叫ぶと、ダレンが夫婦の間を取りなすように口を挟む。

「まあまあ、おふたりで力を合わせて危機を乗り越えられたということで、なによりです。今回の救出は、陛下がどうしてもご自分で行くと仰《おっしゃ》って、いくらお止めしても聞き入れてくれなかったんですよ」

「我《わ》が儘《まま》な主《あるじ》を持つと部下も大変ね」

アデルが照れ隠しで素っ気なく呟くと、

「アデル様、それが愛というものですわ」

と、ノーマが余計なフォローを入れてくれた。

レナード家の館には、皇帝側近であるダレンと、皇帝の身辺警護を担《にな》う近衛兵《このえへい》も身を寄せている。里帰りするアデルの護衛についてきていた一団も加わり、総勢で二百人近くにはなっていた。

この館を守るには十分な人数だが、城に乗り込むには心細い。それ以前に、ガルディア軍の兵士同士を戦わせたくないとオズワルドは考えているようだ。

食事の後、アデルはオズワルドたちと現状について話し合うことにした。書斎へ移動し、ノーマがみんなにお茶を淹《い》れてくれる。今は非常事態なので館の使用人は最低限しか置いておらず、ノーマも普段はやらない掃除や炊事《すいじ》など手伝っているらしい。

ダレンの報告は、アデルが町人から聞いた内容とほぼ同じだった。

オズワルド失踪《しっそう》後、枢密院《すうみついん》の発表によりサイラスが新皇帝ということになってはいるが、神殿での即位式がまだ行われていないため、現在の肩書きは『皇帝（仮）』とのことである。

それはともかく、アデルにはオズワルドに確かめずにはいられないことがあった。

「オズワルド、今回の反乱について、あなたは予想していたんでしょう？　私を里帰りさせたのもそのためよね？」

アデルはもう、ダレンやノーマの前でオズワルドに対する態度を取り繕《つくろ》うのはやめにした。陛下と尊称をつけることもなく、思い切りタメ口である。

ノーマもダレンも最初は驚いたようだが、オズワルドがそれを許しているのでなにも言わない。ノーマは一言言いたそうではあるが、今はそれどころではないのだろう。

「ああ、サイラスが俺の即位を快《こころよ》く思っていなかったことは知っていた。その頃から枢密院《すうみついん》に根回ししていたことも。だが、奴が行動に移すのが思っていたよりも早かった。俺がおまえと結婚したことで余計に焦りを感じたのだろう」

アデルの詰問に、オズワルドはあっさりと白状する。隠していたことをまったく悪びれていないので、アデルは怒りのやり場がなくなった。

「どうして私に本当のことを言わなかったのよ。いきなりクロイス王国に帰れなんて言うから、なにがあったのかと気が気じゃなかったわ」

（こっちは浮気の心配ばっかりしてたっていうのに……）

しかし、それを言うとオズワルドはまた『おまえでも嫉妬《しっと》するのか』と、つけあがりそうなので黙っておく。浮気でなかったことは喜ばしいが、謀反《むほん》の予兆を知らされていなかったことは納得できない。

「おまえは隠し事が下手そうだから黙っていた。今回の謀反《むほん》については、サイラスに味方する者をあぶり出すために敢《あ》えて放置していたところもある。おまえが口を滑らせて噂《うわさ》が広まることは避けたかったからな」

「……言わせておけば、ずいぶんじゃない」

無礼なオズワルドの発言に、アデルの頬がひくひくと震える。

とはいえ、円満離婚を画策《かくさく》していた段階でその情報を得ていたら、アデルもどう行動していたかはわからなかった。離婚したいと願うあまり、オズワルドの足を引っ張っていたかもしれない。そうならなくて良かった。

「サイラスは枢密院《すうみついん》に根回ししていたって言ったわね。貴族たちはあの男の味方になってなんの得があるの？」

枢密院《すうみついん》とは、皇帝の政治を支える組織のことだ。少数の貴族で構成され、国の財政や法律の制定などに携《たずさ》わる。枢密院《すうみついん》をまとめているのが宰相《さいしょう》であり、皇帝が不在の折には宰相《さいしょう》がそれに代わる権限を持つ。

「それはもちろん金の力ですよ」

ノーマにお茶のお代わりをもらいながら、ダレンが答えた。

「これまで、多忙な陛下に代わって、宰相《さいしょう》が内政を任されていた部分もあります。ですから、各領地からの税金徴収でごまかしがあっても目をつぶるとか、特別に便宜《べんぎ》をはかってやることも可能です。サイラス宰相《さいしょう》の下なら甘い汁を吸えると考え、彼に味方した貴族もいれば、それが弱みになって脅《おど》された者もいたでしょう」

「要するに、打算で繋がってるってことよね」

「それだけとも限りませんが。陛下が国民に人気があるといっても、皇帝になってまだ一年です。サイラス宰相《さいしょう》のほうが枢密院《すうみついん》とは関わりが深い。それに、汚職や不正を正し、身分が低くても実力のある者を登用する陛下のやり方を快《こころよ》く思わない貴族もいます」

ダレンの言うことも理解できるが、それでも反乱軍の結束は危《あや》ういと感じる。計画も杜撰《ずさん》で、勢いで決行したとしか思えない。首謀者であるサイラス自身が、病《や》んでいる臭いをぷんぷんさせている。

「サイラスは、本気で自分が皇帝になれると思っているのかしら」

「俺を殺せば、他に皇帝になる者はいないからな」

「実の甥《おい》を殺してまで皇帝になった者に、臣下も民《たみ》もついていくとは思えないわ」

アデルの道徳的な意見に、ソファの肘かけで頬杖をついていたオズワルドが穏やかに微笑む。

「そうであればいいが、強い者が上に立つのはどこの世界でも変わらない。そして、たとえ力ずくで奪った地位でも、国が上手く機能するなら民《たみ》にとってはなにも問題はない。最初は異を唱えている者も、いずれはその状態に慣れる」

「だけど……」

反論しかけて、結局なにも言えないことが不甲斐《ふがい》ない。

（オズワルドは正しい。私のほうが甘いのね）

クロイス王国は権力争いとは無縁ののどかな国だった。オズワルドは現世で、そして前世の魔王生活でも、上に立つ者の苦労を味わっている。

「サイラス宰相《さいしょう》の場合、強いから城を乗っ取れたわけではありませんけどね。仮にあの方が皇帝になったとしても、国政が上手くいくどころか、すぐに他の者に取って代わられますよ」

いつも明るく、悪意などなさそうなダレンにしては言い方にとげがある。オズワルドに対して謀《む》反《ほん》を起こしたサイラスに、それだけ腹を立てているのだ。

「実の叔父《おじ》と対立するなんて、やりにくいわね」

「相手が誰だろうと関係ない。敵対する者は叩きつぶすだけだ」

「……さすがね」

肉親の情にこだわらないのは、やはり元が魔王だからなのか。

オズワルドは目を伏せて淡々と続ける。

「肉親というだけで理解し合えるわけではないだろう。反対に、血のつながりなど関係なく絆《きずな》が生まれることもある。人間とはそういうものではないのか」

彼の一番の理解者であろうダレンに目をやると、オズワルドを慈《いつく》しむような表情で聞いていた。

オズワルドには、こんな状況でも味方になってくれる友人がいるし、彼を信じてついてきた兵士たちもいる。かなり強引で無茶で困ったところはあるけれど、オズワルドはオズワルドなりに人間らしい生き方をしてきたのだ。

そして、もうひとり強力な味方がいるはずだったのだが、予定通りいかないのも人生である。

「バートン将軍は、どうしてサイラスの味方をしているの？」

聞くことが躊躇《ためら》われたものの、アデルは自分からその疑問を口にする。それについて触れないことには、話を先へ進められない。

オズワルドはダレンと目を見合わせ、ふたたびアデルに視線を移した。

「サイラスに人質を取られている」

「人質!?　いったい誰を！」

「妻と娘だ。バートン本人から聞いたわけではなく、内密で部下に調べさせてわかった。バートンの屋敷から連れ去られ、どこかに監禁されているらしい」

「無事なんでしょうね」

「バートンを従わせる切り札だからな。丁重に扱っているはずだ」

オズワルドの説明に少し安心したが、それでも怒りで体が震えた。謀反《むほん》を起こしただけでも相当腹立たしいのに、まったく無関係の者まで巻き込むとは人間のクズである。

「サイラス……なんて卑劣な男なの、素っ裸にひん剥《む》いて馬に縛りつけて町中引きずり回してやりたい！」

「それより、城のてっぺんから逆さ吊りにするほうがいい。帝都中からよく見える」

血の気の多い夫婦の会話にノーマは苦い顔になり、ダレンはわざとらしく咳払いをした。

「えー……話を戻しますが……」

仕切り直すようにダレンが話を再開する。

「バートン将軍が宰相《さいしょう》についたのは、我々には計算外でした。軍が反乱勢力側についてしまったら、鎮圧どころではありません。それに、やはり将軍の影響力は大きいですから」

いくらオズワルドが年齢に見合わぬ辣腕《らつわん》の皇帝だとしても、自分よりずっと年配の部下を束ねるのは難しい。そんなオズワルドを支えるバートンがいてこそ、兵士たちも皇帝にあれほどの忠誠を誓っていたのだ。

「だったら、私がクロイスへ行って援軍を頼むわ」

「却下だ」

アデルが提案すると、オズワルドはすかさず一蹴《いっしゅう》した。

「どうしてよ？　今はそれが一番妥当な作戦じゃない」

「クロイス王国が出てくれば、これは二国間の戦争になる。そうなった場合、クロイス王国に勝ち目はない」

「う……」

率直な意見はまったくその通りで、アデルは返す言葉がない。クロイス軍など、ガルディア軍の前では吹けば飛ぶような非力な存在だ。

「それより、手っ取り早くバートンの妻子を救出するほうが賢明だろう」

「居場所がわかっているの？」

「今のところ、範囲を特定した段階ですが……」

アデルの質問に、ダレンが机の上に地図を広げて指をさす。

「将軍の屋敷の周囲で聞き込みを重ねて、ご家族を乗せた馬車がどこへ向かったかはわかりました。誘拐はサイラスが雇った傭兵《ようへい》に行わせたようです。さすがに、正規の兵士に将軍のご家族をさらって監禁しろとは命令できませんからね。詳しい居場所の特定にはもう少し時間がかかりそうですが、レナード家の総力を挙げて、必ず割り出しますので」

（なんて頼もしい……持つべき者は有力貴族の友人ね）

レナード家がそこまで言ってくれるのなら、そう遠くないうちに監禁場所は特定できるだろう。

妻子の命がかかっている以上、できるだけ早く、けれど慎重にやらなければなるまい。

「ところでアデル、サイラスにはなにもされなかっただろうな」

突然話題を変えたオズワルドの声に、不穏な響きがあった。

「地下牢に入れられそうになったと言っていたな。いったいなにがあった？　あの男はおまえに邪《よこしま》な感情を抱いていたが、そこまでするとはよほどのことがあったのだろう」

「ああ、それね。求婚されたから断ったのよ。それで地下牢に入れようとするなんて、男として最低だと思うわ」

「……求婚、だと？」

オズワルドの目つきが剣呑《けんのん》になり、場の空気が一気に凍りつく。

（なんか、まずいことを言ったかしら……）

オズワルドの怒りに火をつけたことを察して、アデルは笑顔でごまかそうとする。

「だ、大丈夫よ！　それ以上のことはなかったし、あまりに腹が立ったから剣で脅《おど》してやったわ。なんか勢いであなたの執務室のテーブルも叩き壊してしまったけど、悪いのはサイラスだから怒らないでね」

オズワルドを宥《なだ》めるつもりが、自分のやんちゃぶりまでぶちまけてしまう。ノーマが頭痛を覚えたように額《ひたい》へ手を当てて呻《うめ》いた。

「アデル様、なんて乱暴なことを……」

最後に拳で殴ったことは黙っておく。これ以上、武勇伝という名の恥を重ねてはいけない。

「それでこそ俺の妃《きさき》だ。だが、いっそのこと腕の一本でもぶった斬ってやればよかったものを」

オズワルドは怒るどころかもっとやれという姿勢である。

「アデルを妃《きさき》にか……あの男、よほど俺を怒らせたいらしい。フッ……城を取り戻した暁《あかつき》にはどうしてくれようか」

（サイラス、今すぐ逃げたほうがいいかも……）

今にも頭に角が生えるのではないかと思ってしまうほど、オズワルドが邪悪な気を発している。

ノーマが怯えてアデルの傍に身を寄せたが、ダレンは慣れているのか笑顔で聞き流していた。

バートンの妻子救出までは目立った行動は起こさず、情報収集と館の防御に徹《てっ》する、という結論で、その夜の話し合いは終わった。

用意された寝室に引き上げる間際、オズワルドがなにか言いたげな顔つきでこちらを見つめていることに気づく。

「オズワルド、どうかした？　なにか気になることでも？」

「いや……少し疲れただけだ。おまえも散々な一日だっただろう。とりあえず、今夜はゆっくり休め」

「ええ、そうさせてもらうわ。おやすみなさい」

アデルはなぜか後ろ髪を引かれる思いで、書斎をあとにする。

（オズワルドが「疲れた」なんて言うとは思わなかった。あの人も今は人間なのね）

けれど、なにか気になる表情だった。不安を感じているような、縋《すが》るような黒い瞳が、オズワルドらしくない。

立ち止まって考えこむアデルに、一緒に出てきたノーマが不思議そうな顔を向ける。

「アデル様、どうされました？」

「……いいえ、なんでもない」

オズワルドの様子が気にかかりながらも、さすがにアデルも疲労を感じ、その夜はぐっすりと深い眠りについたのだった。

7

夜明け前、オズワルドは静かに館を出ると、ひとり馬に乗り西へ向かった。

薄汚れたフードつきのマントを羽織《はお》り、傍目にはそれが皇帝だとは誰も思わない格好である。

外出することはダレンにも言っていない。館には見張りの兵がいたが、交代の時間を見計らって抜け出した。これまでにも、お忍びで城を出たことはあったが、そのたびにダレンから口やかましく注意されていたことをオズワルドは懐かしく思い出す。

(今回ばかりは、帰ってからダレンの小言を聞くのが楽しみに思える)

それは無事に帰れたら、の話だからだ。

危険を覚悟の上でひとり向かう先は、千年前に自分が造った魔王城である。

おとぎ話の中で語られるだけの、所在もはっきりとしないその城は、確かに存在していた。それも、このガルディア帝国内に今も静かに眠っていることを、オズワルドは知っている。

城の場所に心当たりがあったオズワルドは、転生してから幾度もひとりで探し回った。そしてようやく見つけたのは、二十歳を過ぎた頃だ。

城を探していたのは、かつての魔王としての自分に執着《しゅうちゃく》していたからではない。この世からその痕跡を消すためだ。あの城には、とてつもない力が眠っている。なにも知らない人間が手にすれば、ガルディア帝国ごと滅ぼしかねないほどの禍々《まがまが》しい力が。

魔王がその地を追われる間際、人間に見つからぬよう城の奥に隠した魔力の塊《かたまり》。

いつか処分するのは自分の務めと思っていた。しかし今は、この騒動を収束させるために魔王の力を使えはしないか、オズワルドはそう考えている。

ただ、今は人間である自分に魔王の力が扱えるのか。わからないが、やってみる価値はある。

バートンの家族が人質に取られたことを知らされたとき、これ以上、自分の戦いに誰かを巻き込むことはできないと決心した。

誰よりもアデルを、絶対に傷つけたくはない。

彼女が望む平和と幸せを守ってやりたい。そのために、二度と彼女と会えなくなるとしても引き返す気はなかった。

レナード家の領地を出ると、サイラスの手の者に見つかる危険性が高くなる。サイラスがオズワルドの反撃を恐れてガルディア帝国中に捜索《そうさく》隊を放っていることは、調査に出た部下から聞いていた。旅人に扮《ふん》しているのはそのためだ。

太陽が中天に昇った頃、小さな田舎《いなか》町にさしかかった。半日も馬で駆けてきたので、このあたりで少し休憩を取っておくべきだろう。

古ぼけた酒場に入ると、昼間だというのに客で賑わっている。オズワルドは人目につかない隅のテーブルに着き、注文を取りに来た店主にワインと簡単な食事を頼む。

フードを目深《まぶか》に被ったまま周囲に視線を走らせたとき、テーブルを挟んだ向かいの椅子に誰かが腰かけた。

（まさか、サイラスの追っ手か……？）

オズワルドは息を呑んで腰の剣に手をかける。向かいの席に座った客が、テーブルに両肘をついてこちらに身を乗り出してきた。

「そんな格好でなにやってんのよ」

ぶっきらぼうな、けれどいつもオズワルドの胸を甘くざわつかせるその声に、顔を上げる。呆れきったようなアデルの青い瞳がこちらを見つめていた。

「なにやってんのって聞いてんの。誰にもなにも言わずにひとりでこっそり館を出るなんて、納得いく理由があるんでしょうね」

「それは……」

オズワルドが答える前に、店主が注文の品を運んできた。テーブルに置かれた皿には、肉や野菜をパイ生地《きじ》に包んで焼かれた料理が載っている。それを見たアデルは、店主を見上げて皿を指さした。

「私も同じものを。量はこの倍で」

「倍……？」

オズワルドが繰り返すと、なにか文句があるのかと言いたげにアデルが睨《にら》む。

「だって朝食も食べるヒマがなかったのよ。あなたがなにか企《たくら》んでる気はしていたけど、まさか夜明け前に出ていくとは思わないもの。急いであとをつけてきたんだから」

アデルに後をつけられていたことに、まったく気づかなかった。さすがは前世勇者と言うべきか。その追跡技術に舌を巻くとともに、感動も覚える。

「そうか、おまえはそこまで俺の身を心配していたのだな」

「違うから！　あなたがひとりでコソコソやってるから気になっただけ。どうせかっこつけて、ひとりで片をつけるとか考えているんでしょう。それが逆に、みんなに心配かけてるってことがわからない？」

「そう言うおまえは、ノーマになんと言って出てきたんだ」

「あ……」

なにか思い出したのか、アデルが口を開けて固まる。そんなことだろうと思ってはいた。

「おまえも黙って出てきたんだな。ということは、今頃は夫婦そろって失踪《しっそう》したと大騒ぎになっているわけか」

「仕方ないでしょ！　すぐに追いかけないと見失うって焦ったんだから、あなたのせいよ！」

自分はうっかり忘れたくせに、オズワルドに逆ギレしている。こういう女である。

それでも、彼女が心配してついてきたことは間違いない。本人は認めようとしないが、そういうところも可愛い。

(可愛いが……連れていくわけにはいかない)

誰よりも守りたい彼女を、自身の思い込みに付き合わせたくはない。失敗する気はないが、かといって成功する保証もないのだ。

そこへ、店主がアデルの皿を運んできた。

オズワルドと似たようなフードつきマントを羽織《はお》っていたアデルは、フードだけ取ってにこりと微笑む。小太りの中年店主は破顔して鼻の下を伸ばした。

「いやぁ、これは別嬪《べっぴん》さんだね。ワインを一杯サービスするよ」

「まあ、ありがとう。嬉しいわ」

アデルは嬉々として店主からグラスを受け取っている。

皇妃といっても、こんな田舎《いなか》町まで顔が知れ渡っているわけではない。ほとんどのガルディア帝国民にとって、アデルはただの通りすがりの美人である。

「そう易々《やすやす》と他の男に笑顔を振りまくな」

オズワルドが不機嫌を隠さずに言うと、アデルはわざとらしく微笑みグラスに口をつけた。

「人間関係において愛想は大事よ。いつも仏頂面《ぶっちょうづら》のあなたにはわからないでしょうけど」

(おまえも俺にはそこまで笑顔を向けないくせに)

本当はそう言ってやりたいが、すねていると思われそうなのでやめておく。事実、すねているのだ。

「こういう酒場の空気って、千年経っても変わらないのね」

にぎやかな笑い声と、酒と油っぽい料理の匂いで満たされている古ぼけた店内を、アデルが懐かしそうに見回した。

「私はともかく、あなたはよくこんな場所に入れたわね。お酒も料理も口に合わないでしょうに」

「美味いか不味《まず》いかという基準で食事をするわけではないからな。生きるために必要な糧《かて》となればそれでいい」

「楽しくない生き方してるのね。あなたらしいと言えばあなたらしいけど」

理解できないという顔で呟き、アデルは料理を口に運ぶ。その姿を見ていると、安酒場の素朴《そぼく》な料理がなぜかとても美味く感じる。

彼女のマントの下がちらりと覗《のぞ》き、男物の服が見えた。昨日も借り物の兵士の制服を着ていたが、今日の衣服もどこかで見た覚えがある。

「おまえ、もしかしてそれはダレンの服じゃないのか？」

「たぶんそうね。洗濯して干してあったものを勝手に拝借してきたの。手持ちの服はドレスだけなんだもの。あれじゃ馬を走らせられないでしょ」

「他の男の服など着るな。なぜ俺の服にしない」

「ダレンのほうが小柄だからよ。あなたの服はぶかぶかで動きにくいの」

「それが見たいんだが」

「あなた変態なの？」

アデルの軽蔑《けいべつ》のまなざしがオズワルドに突き刺さる。

多少の勢いもあったが、口づけまで交わした仲だというのに、どうしてこうも野暮《やぼ》なのか。しかし、アデルに普通の女のように浮かれてほしいわけではなく、これはこれで悪くないと感じてしまうのだからオズワルドも救いようがない。

食事が終わりにさしかかった頃、オズワルドは唐突に言った。

「アデル、おまえをこんなことに巻き込んですまない」

それは、ずっと心の中にあった言葉である。バートンの裏切りが想定外とはいえ、サイラスの暴挙を止められなかったのは自分の責任だ。

「ガルディア皇帝の地位に就《つ》いたことで、俺の周りで面倒事が起きるのは覚悟の上だ。だが、妃《きさき》であるおまえのことは絶対に守るつもりでいた。今回の件は俺の力不足が招いたことだ」

素直に謝罪したオズワルドを、アデルはまるで化け物でも見るような目で見ている。

「あなたにそんな殊勝《しゅしょう》さがあるなんて思ってもみなかったわ。どうしたの？　ここの食事になにか悪いものでも入っていたの？」

「おまえは……人が詫びているというのに、その言いぐさか」

「別に謝ってほしくなんてないもの。反乱を予期しておいて、私に黙っていたことは頭にくるわ。けど、バートン将軍の裏切りはあなたのせいではないでしょう」

「だが、サイラスがそこまでするとは見抜けなかったことは、俺の失態だ」

「あなた、自分をなんだと思っているの？　人がすべて計算通りに動くわけないじゃない。自信がありすぎるのも困りものね。躓《つまず》いたときの絶望感も大きいから」

「………」

遠慮のないアデルの言葉に、オズワルドは押し黙る。アデルの口撃はオズワルドの傷口をさらに深くえぐり、そこに大量の塩を詰め込んで蓋をするくらい容赦がない。

(やはり恐ろしい女だ。前世の古傷まで痛む気がする……)

思わず脇腹に手を当てたオズワルドのほうへ、アデルが手を伸ばしてきた。手のひらでばちんと両頬を挟まれて、顔を引っ張られる。オズワルドは動揺して目を白黒させた。

「……なんのまねだ」

「ガラにもなく落ち込んでいるみたいだから、ちょっと元気づけてあげようと思って。脅《おど》しをかけてまで私を皇妃にしておいて、今更なにを弱気になってるの？　鼻につくほど傲岸不遜《ごうがんふそん》な言動で、いつも私を苛立たせるのがあなたよ。そうでないと、私まで調子が狂うじゃない」

あまりの言われように、それはそれで傷つく。

「無理やり皇妃にしたことを、まだ根に持っているのか？」

「当然でしょう。だからあなたは、早く皇帝の座を取り戻して、私に気楽な皇妃稼業を続けさせる義務があるの。オズワルド、あなたは望むものすべてを手に入れるんでしょう？　あの驕《おご》り高ぶった言葉に偽《いつわ》りはないと私は信じているわ」

アデルの口から発せられるすべての言葉には嘘がなく、力強い。魔法のように人の心を動かす。おそらく前世から、彼女のこういうところは変わっていないのだろう。

どうしてこれほど彼女に惹かれるのか、オズワルドは今更ながらに思い知らされる。

「やはり、おまえには敵《かな》わないな」

アデルの手に自分の手を添えて、オズワルドは頷いた。

「それで、あなたはこんなところまでなにをしに来たのか、まだ聞いていなかったわ」

こうなってしまったら隠しておくわけにはいかず、オズワルドは観念した。

「ある物を取りに来た」

「ある物ってなによ。もったいぶらずに言いなさい」

「……剣だ」

「剣？」

「おまえも覚えているだろう、魔王アーロンが手にしていた剣だ。魔剣インフィナイト」

「え……あなた、剣に名前とかつけるタイプだったの？　嘘でしょ？」

笑いを含んだ声で聞かれ、オズワルドは言うんじゃなかったと後悔する。

「昔から、名のある剣士が使用した剣には呼び名が存在するものだ。名前をつけることで、より剣の威力が高まると考えられてきた。それが魔剣ともなればなおのこと」

「プッ……ごめんなさい。人の趣味についてとやかく言うつもりはないのよ。でも、人から恐れられる魔王がそんな自意識過剰な子供みたいなこと……あははっ」

アデルは笑いすぎて涙目になりながら、目元をぬぐう。

デリカシーのなさに腹が立つが仕方がない。力業《ちからわざ》で押し切る脳筋勇者には、神秘的な力の話など理解できないようだ。

「魔剣のことはよく覚えているわ。あれのせいでずいぶん手こずったし、魔力を持つ剣なんて狡《ずる》いと思っていたから。それでそのインチキ剣はどこにあるの？」

「インチキ剣ではなく、インフィナイトだ」

「あーはいはい、インなんとか」

覚える気も興味もまったくないらしい。アデルに正しい魔剣の名を教えるのは諦めて、オズワルドは説明を続けた。

「魔剣は魔王の城にある。千年前、城を去るときに、人に見つからぬよう俺が隠した。城は今も残っている」

「では、魔剣もまだそこにあるの？」

「おそらくな。転生してから何度か探しに来て、城そのものは見つけたが、魔剣はまだ見ていない」

アデルがいつになく難しい顔で押し黙る。そんな不確かなものに命運を懸けることに納得がいかないのだろう。

「反乱を早期に片付けるには、バートン将軍の家族を救出するほうが賢明じゃないかしら。確かに魔剣の威力はすごかったわ。あれがあれば、城を守っている兵士だって簡単に蹴散らせると思う。だけど、魔剣が現存する保証はないんでしょう？」

「だからひとりで来たんだ。ここから先は危険もある。おまえは帰れ」

オズワルドは考えを変える気はなく、かといってアデルを付き合わせる気もない。黙って守られている女ではないが、やはり少しでも危険な場所にはいてほしくなかった。

アデルはオズワルドの顔をじっと見つめ、腹をくくったように嘆息する。

「そういうわけにはいかないのよ。たとえサイラスを失脚させても、あなたがいなければ意味がないんだから。みんなのためにも、私はあなたを無事に連れ帰らなくてはいけないの。そういうわけで、同行するわ」

そう言うだろうと思ってはいた。

アデルの青い瞳には強い決意が漲《みなぎ》っていて、ちょっとやそっとでは揺らがないことはわかる。説得は無駄だと確信し、オズワルドは苦笑した。

「ガルディア皇帝は妃《きさき》の尻に敷かれていると、いずれ陰口を叩かれそうだ」

「失礼ね。私はそんなことしないわよ」

本当に不本意そうにアデルが唇をとがらせる。

今やダレンやノーマの前でも呼び捨てで言いたい放題のくせに、自覚はないらしい。

「別に構わん。そのくらいでないと俺の妃《きさき》は務まらないからな。城はここからさほど遠くない。一緒に捜索《そうさく》する気ならついて来い」

「ちょっと待ってよ！」

オズワルドが立ち上がると、アデルはワインを飲み干して慌ててあとに続いた。

＊＊＊

オズワルドに追いついたのはいいが、彼を連れて帰ることは難しそうだった。

オズワルドはおそらく、バートンの家族を巻き込んでしまったことに罪悪感を覚えている。彼のせいではないのに、主《あるじ》としての責任感がやたらと強いのだ。

戦力が劣っている状況で、敵を凌駕《りょうが》する力がほしいと願うことはアデルも理解できる。けれど、それが千年前の魔王の剣というのは、危険も伴《ともな》うのではないか。

今のオズワルドは人間で、前世の魔力はないと言っていた。人の身で魔剣を使うことなどできるのだろうか。

（ヤバそうになったら私が止めるしかないわね）

まさか、千年経って魔王の身を案じる立場になるとは思ってもみなかった。

酒場を出て馬屋のほうへ向かう途中、アデルは突然オズワルドに手を引かれ、物陰に連れ込まれた。

「なによ、いきなり……っ」

抗議しようとした口を手でふさがれ、向こうを見ろと目で合図される。馬屋の前で、ガルディア軍の兵士が三人、町の人になにか尋ねていた。

「サイラスが差し向けた捜索隊《そうさく》かしらね」

「レナードの領地を出ればいずれ出くわすとは思っていたが、こんな田舎《いなか》町まで来ているとはな。さすがにバートンは抜かりがない」

「感心してる場合じゃないでしょ。こんな小さな町、あまり立ち寄る旅人もいないだろうから、じきに私たちの目撃情報が耳に入るわ。馬屋を見張られていたら身動きが取れないし、面倒だからこっちから出ていってあげましょうか」

アデルの大胆な提案に、オズワルドが信じがたいという顔になる。

「こちらから捕まりに行く気か？」

「そんなわけないでしょ。こっちが捕まえるのよ。ほら、ついて来て」

あまり乗り気ではなさそうなオズワルドを促《うなが》し、アデルは通りへ歩いていく。ふたりが近づくと、聞き込み中の兵士たちが振り向いた。

「お忙しそうね。あなたたち、誰をお捜しなの？」

捜索《そうさく》対象がいきなり目の前に現れたことに、兵士たちは動揺の色を浮かべる。

「こ、皇妃様！　それに陛下も！　こ、こんなところにいらっしゃるとは……」

まさか出くわすとは思っていなかったのか動揺が半端《はんぱ》なく、真っ青な顔で声も手も震えている。

これでよく皇帝夫妻を捕まえに来たものだ。

「私たちを捕まえに来たんでしょう？　剣を抜かないの？」

兵士たちは腰の剣に手をかけるが、抜くことをためらっている様子だ。身動きが取れずにいる様《さま》が肉食獣を前にした獲物《えもの》そのもので、なんだかかわいそうになってくる。

しかし、こちらも情けをかける余裕はない。

アデルはオズワルドの前に出て、ためらうことなく剣を抜き、三人に向かって構えた。

「いくら逆賊の手先といえど、さすがに陛下に剣を向けることはできないようね。それでは私が相手になるわ」

一歩近づくと、兵士たちが後退する。ひとりの兵士のポケットから一枚の紙が落ち、アデルの足下にひらりと飛んできた。拾い上げて見たところ、誰かの似顔絵である。

「なによ、これ」

そこには、男女ふたりの顔が色つきで描かれていた。男は黒髪で黒い瞳、女は金髪碧眼で、ふたりともものすごく凶悪な顔つきである。

「ちょっとこれ、まさか私たちじゃないでしょうね？」

アデルが非難の声を上げると、オズワルドも横から似顔絵を覗《のぞ》き込む。

「誰に描かせたんだ？　まったく似ていない」

「あなたのほうは結構似てるわよ。この底意地悪そうな目つきとか」

「底意地悪そう……」

オズワルドはいっそう目つきを悪くして似顔絵を破り捨てた。

酒場の店主がそうであったように、地方になればなるほど皇帝や皇妃の顔を知らない者は多い。兵士たちはこれを見せて町人に聞き込みをしていたのだろう。

それにしても、まるで指名手配書ではないか。改めてアデルは腹が立ってきた。

「サイラスめ、どこまで私の神経を逆なですれば気が済むのかしら。早く城に戻ってボコボコにしてやりたい……というわけで、あなたたち、邪魔するつもりならどこからでもかかっていらっしゃい。命が惜しくなければだけど……オホホホホッ」

高笑いするアデルの後ろで、オズワルドがぼそりと呟く。

「おまえのほうがよほど悪役のようだぞ」

「伝説の悪役に言われたくないんだけど」

振り返って睨《にら》みつけてから、アデルはふたたび三人の兵士に向き直る。

三人はアデルに剣を向けられたまま、突然その場に跪《ひざまず》いた。

「オズワルド陛下、アデル皇妃殿下！」

「ど、どうしたの……いきなり」

アデルはたじろいで三人を見下ろした。三人とも顔を伏せ、地面に頭がつくのではないかと思うほど項垂《うなだ》れている。

「我々はバートン将軍の命令でお二方をお捜ししておりましたが、陛下に敵対するつもりなど毛頭ございません。どうかお逃げくださいませ」

「三人とも、顔を上げなさい」

アデルが命じると兵士たちは恐る恐る言われた通りにする。よくよく見れば、彼らの顔には見覚えがあった。

「あなたたち、私が見学に行った訓練に参加していたわね」

あのときの新人兵士の中の三人、ということはつまり『アデル皇妃に蹴られ隊』の隊員である。

あの場にいた誰もが、オズワルドを崇拝《すうはい》し、忠誠を誓っていたことを思い出す。

アデルの横にオズワルドが進み出た。

「バートンの命令に逆らうと言うのか」

「我々が忠誠を捧げているのは陛下です。将軍がなにをお考えなのかはわかりませんが、自分の信念に従いたいと思います」

兵士が直属の上官に逆らうというのは、並大抵の覚悟ではない。今後、オズワルドが皇帝に返り咲く保証もないのだ。

アデルがオズワルドと顔を見合わせると、彼は誇らしげに微笑した。

「おまえたちの忠義が無駄にならぬよう、必ず城に戻ると約束する」

「私も、帰ったら例の親衛隊を公認にするわ」

「お待ちしております、陛下、妃殿下！」

皇帝と皇妃の宣言に、三人は声をそろえて答えた。


命令に違反したのではなく、あくまでも皇帝夫妻に負けたという設定で、三人を縛り馬屋に閉じ込めさせてもらった。数時間もすれば町の誰かが見つけてくれるだろう。

「陛下、妃殿下、どうかご無事で」

そう言って送り出され、アデルとオズワルドはふたたび馬に乗り町を出た。

幸運にも彼らはオズワルドとアデルの味方だったが、兵士のすべてがそうとは限らない。それに、立ち寄った酒場などからふたりの目撃情報が出れば、この周辺を集中的に探し回るはず。

さらなる追っ手が来る前に、魔剣を手に入れて戻らなければならない。

馬で二時間ほど西へ走ると、まばらに木々が見えてきて、やがて森に入った。

速度を落としてしばらく進んだところで、前を行くオズワルドが馬を下りる。

「ここからは歩きだ」

アデルもあたりを警戒しながら馬から下り、ふたりは近くの木に手綱《たづな》をくくりつけた。

森には、普段から人が入っている様子はない。なんの手入れもされていないらしく、地面には倒れた木が横たわり、枯れ葉が足の下に積もっている。さらに奥へ分け入ると、行く手を阻《はば》むように木々が密集し、昼間だというのに暗く、空気はじめじめと湿気を帯びていた。

鳥のさえずりひとつ聞こえず、あたりは不気味なほどに静まりかえっている。

（陰気な場所ね……）

現在ここはガルディア帝国の外れに位置するが、千年前――人と魔族が大陸の支配権を争っていた時代はまだどこの国でもなかった。言わば、アデルとオズワルドにとって因縁《いんねん》の地だ。

「本当にここが魔王城だったの？　なんだか、記憶と違う気がするんだけど」

先を歩くオズワルドの背にアデルは尋ねた。

「あの頃は森などなかったからな。千年経って来てみたら、こんなふうになっていた。だが、古い地図や言い伝えを丹念に調べていくうちに、ここがそうだと確信が持てた」

オズワルドは振り返らずに答える。彼がここへ来るのは何度目なのか。まるでなにかに導かれるように、迷うことなく進んでいく後ろ姿に、アデルは不安を覚えた。

千年前は森ではなく、ごつごつとした岩山だった。当時も決して居心地のいい場所ではなかったが、今はあの頃よりも空気が重苦しく感じる。滅びた魔族の怨念《おんねん》が漂《ただよ》っているせいなのかと、アデルらしくない想像が頭に浮かんだ。

（前世の仲間たちの魂《たましい》が、オズワルドを呼んでいるのかも……）

もしそうなら、彼はそれにどう応えるのだろうか。ガルディア皇帝の座を捨てて、魔王に戻りはしないか。そんなばかげたことを考えてしまう。

なんの道しるべもない草むらを、草木をなぎ払って進んでいく。やがて、頬にひんやりとした空気が触れ、明るい場所に出ていた。

目の前には、巨大な湖が横たわっている。凪《な》いだ湖面は日の光を反射して、磨き抜かれた鏡のように美しい。

「森の奥にこんなに大きな湖があるなんて驚いたわ。でも、綺麗ね」

湖の前で立ち止まったオズワルドにアデルが顔を向ける。

「それで、城跡はどこ？　ここからまだ遠いの？」

「この下だ」

「って、まさか……」

「城は湖に沈んでいる」

アデルは呆然として湖を覗《のぞ》き込んだ。湖は深いのか、青黒い水底はなにも見えない。見ていると吸い込まれそうでぞくりとした。

オズワルドも横に立ち、同様に湖を見下ろす。

「ここから見るとわかりにくいが、中の視界はそれほど悪くない。この時間なら潜《もぐ》っても支障はないはずだ」

「潜《もぐ》ったことがあるの？」

「一度だけだが。この地に流れる魔力が膜を張るようにして、城を今も千年前と同じ状態で守っている」

「魔剣の場所はわかるの？」

「奥の間に祭壇《さいだん》があって、そこに飾られている。おそらく、今も昔と変わらず」

「それなら、行くだけ行ってみましょう。さあ、ぐずぐずしないで」

腰の剣を外し、水に飛び込む準備をする。しかし、オズワルドは動こうとしない。アデルは怪訝《けげん》な顔で見上げた。

「なにをしてるの？　時間がないのよ」

「おまえはここに残れ。俺ひとりで行く」

「ここまでついてきたんだもの、一緒に行くわよ。私、泳ぎも得意なんだから」

任せてと言わんばかりに腕を回すが、オズワルドがゆるく首を横に振る。

「おまえに関してそんな心配はしていない。問題は……魔剣を取って、生きて戻れる保証がないということだ」

「……どういう意味？」

不穏な発言にアデルは眉をひそめる。冷たい風が吹き湖面が波立った。それを眺めながらオズワルドが告げる。

「千年前にかけた魔法の効力が今も続いているのなら、魔剣を祭壇《さいだん》から離したとたん、城が崩れる仕組みになっている」

「崩れる……？」

「当時から、魔王城には様々な宝があるという噂《うわさ》が流れていた。魔王が城を捨てた後、人間が勝手に持ち出さないよう、俺が魔力のすべてを注ぎ込んで作ったといっても過言ではない仕掛けだ。不届きな盗人《ぬすっと》は城と運命をともにすることになる。魔剣の場所は覚えていたが、今まで近づかなかったのはその仕掛けのためだ」

アデルはしばらく黙ってオズワルドを見つめていたが、やがてなんとも言えない脱力感に襲われて地面に座り込んだ。

「オズワルドのバカ、なんでそんな無駄に強力な魔法をかけたの！　あとで取りに来るときのこと考えなさいよ！」

「まさか千年も経ってから、自分が盗人《ぬすっと》になるとは想像もしなかったからな」

「せっかくここまで来たのに……」

さすがはオズワルド、というより魔王アーロン。最後の最後まで小賢《こざか》しい手を使ってくれる。まさかこんなオチがあるなんて、期待が大きかっただけに落胆も大きい。

「それじゃあ魔剣を手に入れるのは無理ね。あなたにそんな危険を冒《おか》させるわけにはいかない。ここまで来て悔しいけど、魔剣のことは諦めましょう」

「諦めるつもりなら最初からここへは来ていない。魔剣は必ず持ってくる」

オズワルドの声には妙な自信が込められていた。けれど、アデルはすんなりとその言葉を信じる気にはなれない。尊大に構えていろとは言ったが、これはただの虚勢《きょせい》ではないか。

「かっこつけるのも大概にしなさい！　自分の命をなんだと思っているの？　あなたは人間で、皇帝で、私の夫なんだから、こんなところで死なせないわよ！」

啖呵《たんか》を切って立ち上がり、オズワルドを睨《にら》みつける。

じっとアデルを見下ろしていた黒い瞳が、やさしく微笑んだ。

「おまえが俺を大切に思っていることはよくわかった」

「こんなときにふざけないで！」

オズワルドの手がアデルの髪に触れる。風のように髪を揺らし、それはすぐに離れた。

「アデル……大丈夫だ、俺は死なない」

「だから、なにを根拠に言っているの！」

「わずかだが望みがあるからだ。魔剣を手にするのが正当な持ち主なら城は倒壊しない。俺の前世が魔王アーロンであったことを、剣が認めればいい」

「魔王の記憶があるから、大丈夫かもしれないってこと？」

オズワルドは頷き、微笑する。

「それに、おまえがいると俺は負ける気がしない」

そんなふうに言われたら、アデルはなにも言えなくなってしまう。

(狡《ずる》い男……これじゃあ前世よりタチが悪いわよ)

大丈夫なんていうのは思い込みで、本当はなんの保証もないというのに。

けれど、今はアデルがなにを言っても、オズワルドは魔剣を取りに行くのだろう。

魔剣の力を手に入れたいだけでなく、彼は彼なりに前世にケリをつけようとしている。アーロンが仕掛けた魔法に挑むことで、魔王を乗り越えようとしているのかもしれない。

アデルは自分からオズワルドを抱きしめた。このまま離したくなかったが、覚悟を決めて離れると、毅然《きぜん》と顔を上げる。

「死んだら許さないわよ。また生まれ変わってやり直すなんて、こりごりだから」

「もちろんだ。まだおまえと一線を越えていないというのに、ここで死ぬわけにはいかないからな。アデル、俺が無事に戻ってきたら、そのときは……」

「ちょっ……こんなときになに言ってんのよ！　だいたい、これから命を懸けるってときにそういう約束すると、たいてい死ぬんだから」

「……それが最愛の夫を送り出す言葉か」

「悠長《ゆうちょう》なこと言ってないで、行くならとっとと行ってらっしゃい」

アデルが手を振ると、オズワルドは未練がましそうに剣をアデルに手渡し、湖の中に入っていく。岸に近い部分は浅瀬になっていて、ざぶざぶと進むその後ろ姿をアデルは見守る。

オズワルドは死なない。無事に魔剣を持って戻ってくる。幸せな第二の人生は、まだ始まったばかりなのだから。

気を抜くと揺らぎそうになるその気持ちを、アデルは奮《ふる》い立たせる。

オズワルドの姿はしだいに湖の中へと消え、やがて湖面にはさざ波ひとつ立たなくなった。

＊＊＊

湖の中は薄暗く、水は肌を刺すほどに冷たい。

しばらく潜《もぐ》ると、やがて湖底にうっすらと白い建物が見えてきた。暗闇の中に浮かび上がるのは、魔王城である。

鋭く尖ったいくつもの塔で構成され、城を形作る石のひとつひとつが魔法の光を放つ。千年前と変わらぬ美しさで、まるで主《あるじ》の帰還を待ちかねていたようだ。

誘うように開かれた正面扉から、オズワルドは城の中へと入っていく。扉が閉じられると、そこは水中ではなく、呼吸することができた。周囲の石壁が輝き、松明《たいまつ》がなくとも中が見渡せる。

けれどこれ自体が、盗人《ぬすっと》を誘い込むための魔法による罠なのだ。

今ではこの城の存在すら人々は忘れているが、千年前に廃城となった頃は魔王の宝を盗みに入る輩《やから》があとを絶たなかったのだろう。床を見ると、ここへ入ったはいいが出られなくなった屍《しかばね》がごろごろと、白骨化して転がっている。

(魔法をかけたのは俺だが、えげつない……)

自《みずか》ら罠の餌食《えじき》にならないことを願いつつ、オズワルドは城の中を進んでいく。

そこは、ガルディア城にも劣らぬ壮麗な白亜の宮殿だった。高い天井を支える石柱には美しい彫刻が施《ほどこ》され、壁や床は真珠《しんじゅ》めいて色を変化させる。魔法で時を止めた城を歩くうちに、千年の時を遡《さかのぼ》ったような錯覚に襲われた。

オズワルドの脳裏に、鮮明に当時の記憶が蘇《よみがえ》る。

部下たちを次々になぎ払い、金髪をなびかせて乗り込んできた女の姿。

あの日、アーロンは初めてクレアと出会った。その出会いが、魔王アーロン、そしてオズワルドの運命を変えたのだ。

クレアが城に乗り込んできたとき、魔族は既に崩壊しかかっていた。多くの者は城から逃げ出し、残された者も戦闘意欲などとうに失っていた。

魔王アーロンはひとりクレアに応戦したものの、深傷を負って城を追われることになる。その間際、この城に最後の魔法をかけたのだ。

生きるために戦うクレアは強く、美しかった。

生きたいと願う眩《まばゆ》いほどの生命力に、アーロンは惹《ひ》きつけられたのだ。滅び行く魔族と運命をともにすると誓っていた魔王は、彼女に負けたことに悔《く》いはなかった。

けれど、願わくは、別の世で別の形で出会いたいと、心のどこかで祈ったかもしれない。

祈りは叶えられ、オズワルドはアデルと出会った。もう剣を交える必要なく、互いに手を取り合える場所で。

石柱の間を進んでいくと、最奥に扉が見えてきた。石で出来たその表面にはびっしりと、絵とも文字ともつかない不可思議な文様《もんよう》が刻まれている。

オズワルドは扉の前に立つと、文様《もんよう》を指でなぞり始めた。ひとつひとつ慎重に、決められた順番通りに。この解呪を間違えても城は崩れる。千年前に自分がかけた封印の呪文を、今もはっきりと覚えていることが不思議だった。

やがて文様《もんよう》が光り、祭壇《さいだん》へと通じる扉が重い音を響かせて開いていく。この奥に、魔剣は眠っている。

祭壇《さいだん》の間に足を踏み入れると、空気が重く、濃くなったように感じられた。城の中に澱《よど》んでいる魔力は人の身には毒に等しい。千年経った今もここは魔族の領域であり、いくら魔王の転生者でも、人となったオズワルドを拒《こば》んでいる。

それでも、オズワルドはまっすぐに祭壇《さいだん》へと向かう。

魔王の剣インフィナイトは千年前に見たままの姿で、祭壇《さいだん》の上に横たわっていた。

柄《つか》も鞘《さや》も白銀に光る剣は、魔剣と呼ぶにはあまりに神々《こうごう》しい。他の金銀、財宝とは比べようもないほど、この城でもっとも価値ある宝である。

「おまえは、今も俺を主《あるじ》と認めるか？」

魔剣に語りかけ、その柄《つか》に右手を伸ばす。わずかな地鳴りが響き、城が揺れた。オズワルドが手を離すと、それはすぐに収まる。

（やはり拒絶するのか）

人の体では魔力は使えない。

たとえ持ち出せたとしても、魔力の塊《かたまり》とも言うべき魔剣を操ることは、オズワルドに大きな負担を強《し》いるだろう。もしかすると、命をも脅《おびや》かすかもしれない。

それでも、オズワルドは千年前と同じ過ちを犯したくはなかった。

魔王の力が及ばず、滅んでいった魔族。今度こそ同胞を守るために強い君主でありたいと、ずっと願い続けてきた。

オズワルドはふたたび魔剣に触れる。

剣が淡く光を帯びて、光の帯がオズワルドの手にゆっくりと絡みつく。指先から熱くなるような、あるいは逆に冷えていくような奇妙な感覚。剣から流れ出る魔力が体内に満ちていく充実感に、オズワルドは目を閉じた。

(懐かしい心地よさだ……)

けれど今は、この感覚よりもオズワルドを酔わせる温《ぬく》もりがある。

金糸《きんし》のごときアデルの髪、なめらかな肌。その愛《いと》しい感触は、今の自分が人間である証《あかし》。

オズワルドは魔剣の柄をきつく握りしめ、祭壇《さいだん》から持ち上げた。

その瞬間、湖底から大きな地響きがとどろき、城が激しく揺れた。

壁や柱に亀裂《きれつ》が走り、天井から石が降ってくる。城を守っていた魔法の膜が壊れたのだ。

城が崩れるのと同時に、一気に押し寄せた水にオズワルドは押し流される。

激流に必死に抵抗するが、体は湖の底に引きずり込まれていった。

(アデル……)

必ず、おまえのもとへ帰る――

そう強く思ったとき、オズワルドは何者かに手を引かれた気がした。

＊＊＊

ズンッ……と大きな地鳴りがしたと思うと、湖が激しく波打ち、渦巻いた。

アデルは転ばないよう近くの木にしがみつき、湖に目をこらす。

（オズワルド……!?）

アデルの背筋を冷たいものがつたう。

やはりダメだったのか。魔剣はオズワルドを主《あるじ》とは認めず、彼は城とともに湖底に消えたのではないか。固唾《かたず》を呑んで湖面を見つめていると、やがて揺れが収まり、湖面がしだいに穏やかになってくる。最後のさざ波が岸辺に打ち寄せたのと同時に、湖の中から人影が現れた。

「オズワルド！」

アデルはその名を叫び、水飛沫《みずしぶき》をたてながら湖の中へと駆け出す。片手で剣を抱えたオズワルドが、もう一方の腕で迎えるようにアデルを抱き寄せた。

「死んだかと思ったじゃないの……良かった、帰ってこられて」

オズワルドの胸に額《ひたい》をつけ、アデルはほっと息を吐く。彼の体は冷え切っていたが、それでも確かに生きている証《あかし》として鼓動を感じた。

「死なないと約束しただろう」

「そうね、あなたはちゃんと約束を守る人だったわ」

オズワルドを支えつつ湖から上がり、彼が手にした白銀の剣をアデルは指さす。

「それが魔剣インなんとか、なのね。使えそうなの？」

「魔剣イン……まあいい」

オズワルドは剣を少し鞘《さや》から引いて見せた。

白銀の刃が、とても千年前のものとは思えない輝きを放っている。少しも錆《さ》びていないのは、剣が持つ魔力のせいか。

「人の身で扱うのは楽ではないが、命を奪われるほど拒まれてはいないらしい」

「それは、あなたが魔王として認められたということなの？」

アデルはオズワルドの表情を窺《うかが》う。

それはそれで別の不安も生じる。彼が魔王として覚醒《かくせい》すれば、人間ではなくなってしまうのではないか。肌が青白く変化したり角が生えてきたりするのも嫌だが、なによりもオズワルドが目の前から消えてしまうことが怖い。

アデルの不安を否定するように頭をなで、オズワルドは笑った。

「というより、魔王アーロンの魂《たましい》が力を貸してくれたのだろう。湖の中で、アーロンの気配を感じた気がする。結局のところ、俺はあの男とは別の存在なのだと、今は思う」

「……ええ、そうよ、オズワルド」

自分の心配は杞憂《きゆう》だったことをアデルは悟った。

大丈夫だ。オズワルドは自身を見失ってはいない。彼は魔王アーロンではなく、ガルディア皇帝オズワルド・バルド・ガルディアなのだから。

「戻りましょう、私たちの城へ」

隣に並ぶと、オズワルドはアデルの肩を抱いて歩き出した。

8

夜が明けたばかりのガルディア帝国帝都レアン。

静まりかえっている大通りを、二頭の馬が全速力で疾走していく。

宰相《さいしょう》サイラスによる謀反《むほん》が起き、皇帝オズワルドが行方不明という非常事態のさなかである。帝都ではいつも以上に警備が強化され、今も夜勤の兵士がふたり、大通りを見回っていた。

「なんだ？　こんな朝っぱらから……どこからか緊急の知らせか？」

「それにしては様子がおかしいぞ」

「そこの暴走馬、止まれ！」

屈強な兵士が馬の前に出て両手を広げた。

命令に従うだろうと軽く考えていたが、馬たちが止まる気配はない。それどころか、ますますスピードを上げてこちらに突進してくる。

「え……ちょっ、待っ……！」

「怪我をしたくなかったら退《ど》いてちょうだい！」

騎手のひとりは女性らしく、兵士たちに向かってそう呼びかけた。

蹴り殺されては大変だと、ひとりは道の脇へと避難し、中央に立ちふさがっていた大男は逃げる間もなく身を屈《かが》める。

「うわぁぁっ！」

叫んだとたん、馬はひらりと兵士の頭上を飛び越えた。続くもう一頭も軽々と飛び越えて、速度を落とすことなく走り去る。

「な、なんなんだっ⁉　他国からの奇襲かっ⁉」

大男が起き上がって振り返ると、二頭の馬は既に消えていた。

道の脇に立ってそれを見送っていた兵士が、信じられないものを目撃したという顔をしている。

「なぁ……今の、オズワルド陛下じゃなかったか？」

「は？」

「後ろの馬に乗ってたのは、アデル皇妃に見えたが……」

ふたりはしばらく顔を見合わせて、同時に困ったような笑みを浮かべた。

「「いや、まさかぁ！」」

＊＊＊

アデルとオズワルドが乗る二頭の馬は、ガルディア城の正門へ向かっていた。

先頭を駆けているオズワルドは、ぴったりと閉じた門に向かって魔剣を振るう。剣先から凄まじい風が巻き起こり、その風圧で頑丈な門がばりばりと壊れ、吹き飛ばされた。門の前に立っていた衛兵たちが、腰を抜かしそうになりつつも逃げていく。

「最初からそんなに飛ばして大丈夫なの？」

正門を駆け抜けながら、石で出来た城壁の一部まで壊れている光景を横目に、アデルが尋ねる。

「なにも問題はない。絶好調だ」

「それならいいけど、あとになってへばらないでね」

（魔剣インなんとか……本当になんて威力なのよ！　前世にも劣らないじゃない！）

やりすぎて城ごと崩壊しないかと心配になるほどだ。

魔剣を手に入れたアデルとオズワルドは、一度ダレンの館へ戻った。夫婦揃って理由も告げずに丸一日留守にしたことで、ダレンとノーマから延々と説教をされたが、それも仕方がない。

しかし、留守の間に良い知らせもあった。バートン将軍の妻子が見つかり、無事に救出されたのだ。

ふたりは、とある無人の屋敷に監禁され、サイラスが金で雇った傭兵《ようへい》に見張られていた。もとよりサイラスに忠義があるわけではない傭兵《ようへい》たちは、レナード家の私兵たちに囲まれると、早々に逃げ出したという。

バートンがサイラスに味方をする理由がなくなり、オズワルドが城に戻ることにダレンは反対しなかった。アデルとオズワルドのあとには、ダレンが率いる近衛兵《このえへい》の一団もついてきている……はずなのだが。

アデルとオズワルドの速度についてこられず、後続隊はかなり遅れている。待っているのももどかしく、ふたりは真っ先に城に突入した。

その勢いでサイラスのもとへ行き、城を奪還するつもりでいる。

ガルディア皇帝ともあろう者が、戦術もなにもない雑な作戦を遂行中であるが、なんといっても前世が魔王と勇者という非常識な力の持ち主なのだ。相手が普通の人間なら、一個小隊くらいはふたりで軽く撃破できる。

「緊急事態！　賊が……ではなく、オズワルド陛下とアデル妃殿下が侵入した！」

警報の鐘が鳴り響き、城の中がにわかに騒がしくなった。

まさかオズワルドが直接乗り込んでくるとは思っていなかったのだろう。早朝という時刻もあって、待機中だった兵士たちが兵舎のほうから慌てて走ってくる。しかしこちらに攻撃してくることを躊躇《ためら》っているようで、みんなオロオロと立ち尽くすばかりだ。

オズワルドが速度を落とすことなく、そんな兵士たちを魔剣でなぎ払った。

「うわぁぁぁっ‼」

「ぎゃあぁぁっ‼」

兵士たちは悲鳴を上げて吹き飛ばされ、ふたりの前に立ちはだかる者はひとりもいない。

アデルとオズワルドは城の入り口で馬を下りると、堂々と扉へ向かった。門番がびくつきながら槍で扉を守ろうとしたが、オズワルドに一睨《ひとにら》みされて引き下がる。

「ちゃんと手加減しなさいよ？　城を取り戻しても、屍《しかばね》が累々《るいるい》と横たわっているなんて嫌よ」

「心配ない。せいぜい骨の一本二本砕けているだけだろう」

「ならいいけど」

物騒な会話を交わしつつ、オズワルドが乱暴に扉を開け放つ。ふたりを取り囲んでわらわらと兵が集まってきた。ガルディア軍の洗練された制服ではなく、だらしなく着崩した小汚い服装の彼らは、他国からかき集められた傭兵《ようへい》部隊である。

その数は二十人といったところか。全員が屈強な体格をしており、壁のように行く手を阻《はば》んでいる。一応リーダーらしき者はいるのか、兵のひとりが前へ出た。

「オズワルド陛下ですか。あんたに恨みはないが、おとなしく捕まったほうが楽ですよ」

下卑《げび》た笑いを浮かべて剣を構えたその男を、オズワルドは冷ややかに見つめる。

「ほお、俺に剣を向けるか。痴《し》れ者が、身の程をわきまえろ」

ぞっとする笑みでふたたび魔剣を振り下ろそうとしたその手を、アデルはすかさず止めた。

「待って、ここで魔剣を使ったら城が壊れるわ」

「ちゃんと加減していただろう」

「とりあえず人死には出ていないようだけど、城壁は壊れたわよ。ここは私にやらせて」

「自分が暴れたいだけじゃないのか？」

（……それもあるけど）

オズワルドを見ていたら血が騒いだ、というのは否定できない。アデルはオズワルドの前に出ると、腰の剣をすらりと引き抜いた。

「陛下の代わりに私がお相手をするわ。どこからでもかかって来なさい」

「女か？　誰だ、おまえ……」

アデルを前にして戸惑うリーダー格の男に、背後の兵がこそこそと囁《ささや》く。

「噂《うわさ》に聞いたことがある。ガルディア帝国には化け物みたいな皇妃がいると」

「聞こえてるわよ！　誰が化け物ですって⁉」

噛みつくように吠えたアデルに傭兵《ようへい》たちが怯《ひる》む。しかし、すぐに全員が剣を抜き、それをアデルへと向けた。

アデルは素早く周囲に視線を走らせると、最初に斬りかかってきた兵と剣を交え、力任せにはじき飛ばす。他の兵にぶつかり共倒れになったふたりを見て、傭兵《ようへい》たちは目を丸くする。

「さあ、次はどなた？」

アデルが笑顔で見回した瞬間、兵たちは色めき立った。憎々しげに顔をゆがめ、剣を握り直して一斉に飛びかかる。

「くそ……女だからって油断するな！」

「かかれ！」

振り下ろされる剣を優雅に躱《かわ》し、なぎ払い、時には蹴り飛ばす。生き生きと戦っているアデルをオズワルドが感心したように見ていた。

「さすがだな。だが、おまえは手加減しなくてもいいのか？」

「してるでしょ。私が本気を出したら、この人たち瞬殺よ」

半分ほどを半殺しにしたところで、アデルは息も切らさずに答える。周囲には屍《しかばね》になりかけている男たちが累々《るいるい》と横たわっていた。

「でも、さすがに現役時代よりも体が鈍っているわね。今後は肥満防止のためにも、ときどき軍の訓練に参加しようかしら」

「やめてくれ。ガルディア軍を壊滅させる気か？」

「なによ、人聞きの悪い」

オズワルドと言い合いをしながら一歩前進すると、残り半分の傭兵《ようへい》たちが震えて後退する。

「ひぃぃ……っ、やっぱり化け物じゃねぇか！」

厳《いか》つい男たちが悲鳴に近い声を上げ、バタバタと逃げ出した。床に倒れている者たちは、ほぼ失神状態である。

「化け物って、また言ったわね！　私に勝とうなんて千年早いのよ」

アデルが傭兵《ようへい》たちに向かって叫ぶ。静かになったホールに新たな人の気配がした。中央の大階段を下りてくる者がいる。

ガルディア軍の制服を着た恰幅《かっぷく》のいい姿を見上げて、アデルは彼の名を口にした。

「バートン将軍……」

バートンは、オズワルドとアデルの前へ来ると恭《うやうや》しく頭《こうべ》を垂れる。

「オズワルド陛下、アデル妃殿下、兵たちの無礼をお許しください」

「久しぶりだな、バートン」

オズワルドに声をかけられ、バートンはわずかに視線を上げて微笑んだ。

「さすがは陛下と妃殿下、たったおふたりで城に奇襲をかけるとは、予想もしていませんでした」

「俺もおまえの裏切りは想定外だったがな」

オズワルドの皮肉に対して、バートンはなにも答えない。言い訳ひとつせずに、表情を引き締めている。

自分の意思に反してサイラスの味方をせざるを得なかったことは、バートンにとっても辛く屈《くつ》辱的《じょくてき》だったに違いない。彼は今もオズワルドを思いやり、主《あるじ》として尊敬している。それは、傍《かたわ》らにいるアデルにも痛いほど伝わってきた。

「俺はサイラスに会いに来た。そこを退《ど》け」

オズワルドが命じても、バートンは動こうとはしない。

「お通しすることはできません」

「ならば力ずくで通るまでだ」

ふたりのやり取りを見ていたアデルは、驚いて割って入ろうとする。

「オズワルド、どうしてあなた……っ」

「アデル、おまえは下がっていろ」

その声には有無を言わせない迫力があり、アデルは口をつぐんだ。

アデルが見守る中、オズワルドはバートンと対峙する。オズワルドはふたたび魔剣を、バートンも自分の剣を抜いた。

なんの合図もなく、ふたり同時に動く。

キンッと刃同士がぶつかり合う音が、ホールに響く。どちらも真剣な顔で剣を振るっているが、それは命を懸けた戦いというよりも、気迫に満ちた師弟の剣術稽古《けいこ》のように見えた。

バートンの妻子が救出された今、なにもふたりが戦う必要はない。そんなことはオズワルドもわかっている。ただ、バートンの裏切りにどんな理由があったにせよ、すんなりとは許せないのだろう。やり場のない悔しさをぶつけ、バートンもそれを受け入れている。

オズワルドが手にしているのは魔剣のはずだが、今はその魔力を内に秘めたただの美しい剣だ。魔剣は使い手の心を汲《く》み、破壊兵器にも普通の剣にも変化するとオズワルドが言っていた。

剣を交える様子がしだいに楽しそうに見えてきた頃、オズワルドはバートンが打ち込んできた剣をはじき飛ばした。それが床に落ちるのと同時に、バートンが膝をつく。

「……お見事です、陛下。やはり、もう私では敵《かな》いませんな」

息を切らせながらバートンが言うが、その声は嬉しそうでもある。

「年のせいではなく、おまえの鍛錬《たんれん》不足だ。最近、腹が出ているぞ」

オズワルドは素っ気なく言い放ち、魔剣を鞘《さや》に収めた。

「バートン、おまえの妻子はダレンが無事に保護した。もう心配ない」

バートンがはじかれたように顔を上げる。

「陛下……」

「最愛の者を人質に取られれば、俺でも同じことをする。幸い、俺にその心配はなさそうだがな」

オズワルドがアデルを見て口の端を歪める。喜んでいいのか、複雑な気分だ。

バートンは改めて床に跪《ひざまず》くと、オズワルドに向かって深く頭を下げた。

「申し訳ありませんでした、陛下。陛下に背《そむ》いた罪は私の命で……」

「償《つぐな》う必要はない。おまえのぶんもサイラスに償《つぐな》わせるからな」

バートンの謝罪を最後まで聞かずに、オズワルドは言った。バートンを見下ろすその瞳には、もうなんの遺恨《いこん》もない。

「おまえには今後も俺に仕えてもらう。悪いと思うなら職務に励め」

「陛下……ありがとうございます」

バートンの声は、かすかに泣いているように聞こえた。

(オズワルドならそうするとは思っていたけれど、それでこそ私の夫だわ)

まだ頭を下げているバートンをその場に残し、ふたりは大階段を上《のぼ》っていった。


階上へ進んでも、どこにも兵士の姿はない。

おそらく、ガルディア軍の兵士はバートンがすぐに撤収《てっしゅう》させたのだろう。そして、サイラスが雇った傭兵《ようへい》たちは、戦況が悪いと判断するなり城から逃げ出したらしかった。

静まりかえった廊下を進み、ふたりはサイラスの寝室前に到着する。さすがにこの騒ぎに気づいて目覚めたとは思うが、まだ呑気《のんき》に寝ているとしたら大物だ。

勢いよく扉を開け放ち、ふたり同時に踏み込んだ。しかし、そこには誰もいない。

「逃げたのかしら」

「そんな時間はなかったはずだが」

サイラスの護衛をしていたという傭兵《ようへい》を捕まえて居場所を吐かせ、その足でここへ来たのだから。

オズワルドとアデルが城へ乗り込んできたことは、サイラスにも伝わっていたようだ。逃げる準備でもしていたのか、室内はかなり散らかっていた。

「この謀反《むほん》はすぐに終わるとダレンが言っていたけれど、本当に数日で終わったわね」

「俺としては、一時《いっとき》でも城を追い出されたと考えるだけで、はらわたが煮えくりかえる。この怒りをどうしてくれよう」

憎々しげに言いながら、オズワルドが室内を歩き回る。

ベッドの側へ行くと、彼はサイラスへの怒りをぶちまけるようにそこへ剣を突き刺した。ベッドの下から「ヒィッ」という悲鳴が聞こえてくる。

「すぐにそこから出てこい、サイラス。でなければ、次はあなたも一緒に串刺しにする」

今や、叔父《おじ》扱いすることをやめ、オズワルドが冷酷に命じる。そこに隠れていることに最初から気づいていたらしい。

慌ててベッドの下から這《は》い出てきたサイラスは、着崩れた寝間着姿で、眼鏡はずり落ちている。

彼は眼鏡を押し上げつつ、オズワルドの前に跪《ひざまず》いた。

「オズワルド陛下、申し訳ありませんでした！　今回の騒動は私の本意ではありません。私は枢密《すうみつ》院《いん》にそそのかされて仕方なく……」

「黙れ」

オズワルドのたった一言で、サイラスはすくみあがった。甥《おい》の顔も怖くて見られないのか、目線を落としてがくがくと震えている。

「あなたの言い訳などもとより聞く気はないが、この期《ご》に及んで本意ではなかったとは。どこまで恥をさらすつもりだ。それでもガルディア家の血を引く人間か」

「く……っ」

甥《おい》にそこまで言われて、サイラスは悔しそうに唇を噛んだ。それでも、オズワルドに言い返すことはない。

「俺が皇位に就《つ》いたときから、あなたが快《こころよ》く思っていなかったことは知っている。枢密院《すうみついん》に根回しし、俺を追い落とそうとしたことも。だが、先帝の弟であるが故《ゆえ》に、皇帝の座を欲したことは理解できなくもない」

意外にも、オズワルドはサイラスの気持ちに理解を示した。

「俺があなたに対して憤《いきどお》りを覚えるのは、己の野望のために無関係の者を巻き込み、あまつさえそれを脅迫《きょうはく》の材料とし、謀反《むほん》に荷担《かたん》させたことだ」

バートンについて言っているのだ。まったくだとアデルが心の中で同意していると、オズワルドはさらに語気を荒らげた。

「そして、それ以上に許せないのは、アデルに求婚したことだ」

「ええっ、そうくるのっ⁉」

オズワルドはアデルに他の男が絡むと常軌《じょうき》を逸《いっ》するらしい。嫉妬《しっと》も限度を超えると、喜べばいいのか怒ればいいのかわからなくなる。

「自分が皇位に就《つ》いたから、妃《きさき》になれと迫ったそうだな。己の立場を利用して求婚するとは下劣極まりない。そうやって脅《おど》したついでに、アデルになにもしていないだろうな。もし指一本でも触れていたら、万死《ばんし》に値《あたい》する」

怒気をはらんだオズワルドに、アデルは失笑するしかない。

（どの口がそれを言うのか……サイラスがいなかったら張り倒してやりたい）

サイラスはそんなオズワルドの迫力に圧《お》され、床に尻をつき座り込んでいる。

「め、めっそうもない……私がアデル皇妃に本気で結婚を迫るなど、ただ皇妃の美しさに魔が差しただけです。もろちん一切触れておりませんし……そうですよね、皇妃！」

助けを求めるようにアデルを見たサイラスの顔面に、オズワルドが魔剣を突きつける。

「誰が我が妻を見ていいと言った」

「す、すすすみません！」

サイラスには散々不愉快な思いをさせられたが、だんだんかわいそうになってくる。過去に手を握られたことはあったけれど、黙っておいてやるべきだろう。そうでなければ、オズワルドが本気でサイラスを殺しそうだ。

やがて恐怖が頂点に達したのか、サイラスは開き直ったような笑みを浮かべた。虚《うつ》ろな瞳で一点を見つめ、ぶつぶつと呟き始める。

「これで、なにもかも終わりだ。やはり、私はあなたに負ける運命だったのか……オズワルド、私を殺すのですか」

その口調は皇帝に対してというよりは、甥《おい》に対しての問いかけに聞こえた。肉親の情に訴えて命乞いでもするつもりなのか。

「実の叔父《おじ》を処刑したなどと知れ渡れば、ガルディア皇帝としての名誉に関わる。命までは取らない……が、この先一生、自由はないものと思え」

サイラスはおそらくどこかに幽閉でもされるのだろう。オズワルドが死刑を宣告するのではないかと案じていたアデルは一安心した。いくら謀反《むほん》の首謀者でも、肉親を処刑するのはオズワルドにとっても良いこととは思えなかったからだ。

命が助かったというのに、サイラスは少しも嬉しそうではなかった。

「私は長年、兄上に尽くしてきました。その兄が亡くなれば、自分が跡を継ぐものと信じていたのに、兄は私にあなたの補佐になるよう命じたのです。私を差し置いて、十も下の甥《おい》がガルディア帝国の皇帝になるとは」

オズワルドへの劣等感を吐露《とろ》する姿は哀れで、いつもの驕《おご》り高ぶったサイラスとはほど遠い。

「当初、あなたの即位には貴族から不満の声も出ていましたが、そんな不満をあなたはすぐに退《しりぞ》けた。軍を味方につけ、強気で他国を牽制《けんせい》する姿勢も、ガルディア皇帝にふさわしいと持て囃《はや》される始末だ。あなたは生まれながらの皇帝だった。私などその足下にも及ばない。皇帝になれず、宰《さい》相《しょう》の地位さえ失った私など、もう生きる価値もない。いっそ死刑にしてくれたほうがありがたいというものです」

ベッドの下に隠れていた往生際の悪さとは打って変わって、サイラスは死刑を要求する。賄賂《わいろ》をばらまいたり人質を取ったりと、やり方はかなりあくどいが、彼は彼なりに本気であがいていたのだろう。

サイラスと目線を合わせるように、オズワルドが膝をついた。

「叔父《おじ》上、今となっては、あなたは唯一の肉親です。幼い頃から支えてくれたことに、俺は感謝しています」

改めて『叔父《おじ》』と呼んだオズワルドを、サイラスが意外そうに見上げる。オズワルドにもそんな感情があったのだと、アデルも感動を覚えた。

「あなたは有能な人間です。ただ運が悪かっただけで、時と場所が違えば一国の君主となっていたかもしれない」

「オズワルド……」

いつになくやさしいオズワルドの言葉に、サイラスは感激したように甥《おい》の名を口にする。眼鏡の奥の瞳は険しさがなくなり、涙が滲《にじ》んでいた。

「あなたにとって最大の不幸は、俺が甥《おい》だったことです。生まれたときから人並み外れた強さと知性で他者を圧倒してきた俺に、あなたは敵《かな》わなかった。だが、それを悔《く》いることはない。あなたにはどうしようもないことだったのだから」

（え、なに？　……これは自慢話なの？）

話の雲行きがあやしくなってきた。オズワルドがなにを言わんとしているのかわからず、アデルははらはらと見守る。

「血の繋がったあなたには真実を話しましょう。俺が人より優れているのは、伝説の魔王アーロンの生まれ変わりだからです」

（それを今、ここで言うっ⁉）

ぶっ飛んだ告白に、アデルは倒れそうになった。

こんな深刻な場面では、冗談でしたと笑ってごまかすこともできない。たった今まで感激に涙していたサイラスの顔が真っ赤になり、こめかみに青筋が浮き出た。

「わ、私をバカにしているのか！」

声を荒らげて立ち上がる。当然の反応だ。

（ああ、せっかく改心しかけていたのに……キレちゃった）

心温まるいい場面だったのが、ぶちこわしである。やはりオズワルドは魔王だ。人間の心の繊細さをまるでわかっていない。

「バカになどしていない。真実を話したのに、なぜ怒る」

本気で聞いているらしいオズワルドがアホの子に思えてくる。

アデルはオズワルドの腕を引っ張って立たせると、サイラスから引き離した。

「すみませーん、サイラス叔父様《おじ》！　この人ちょっと疲れているみたいですわ……ホホホ、どうか聞き流してくださいませ」

「ついでに教えると、アデルは勇者クレアの生まれ変わりです。彼女を思い通りにしようなどと、愚かな妄想は二度と抱かぬように」

「もう黙れ！　あなた本当はバカなんじゃないの？　よくそれで人のこと脳筋とか言えたわね！」

さらっと人の前世まで暴露《ばくろ》してくれたオズワルドの背中を思い切りどつく。

ここはとりあえず、衛兵を呼んでサイラスを捕縛してもらうのが先決である。そう考えて廊下へ出ようとしたアデルは、サイラスが素早く動いたのを見て足を止めた。

さっき隠れていたベッドの下から、彼はなにか大きな機械を引っ張り出した。

「これを使うかは迷いましたが、もう失うものはありません。こうなったらあなた方も道連れです」

そう言って肩に担《かつ》いだのは、大人の背丈の半分ほどもある黒い大筒である。

軍事に力を入れているガルディア帝国には、他国にはない高性能な武器が揃っていた。これは火薬で出来た砲弾を遠くへ飛ばすための兵器で、その破壊力は凄まじい。

「そんなものを隠していたとはな」

「やめて！　ここで使えば、あなただって無事では済まないわ！」

こんな狭い場所で砲弾が爆発すればひとたまりもない。部屋ごと吹き飛び、跡形も残らないだろう。それこそ、元勇者だろうが元魔王だろうが、確実に死ぬ。

「どうせ一生どこかに幽閉されるなら、ここで死ぬのも同じことだ！」

完全に自棄《やけ》を起こしているサイラスは、目を血走らせて叫んだ。

「どうするのよ、オズワルド！　あなたのせいよ！」

こんな状況になっても、まったく焦る様子がないオズワルドが、頼もしいを通り越して腹立たしい。いくら魔剣があっても、大筒を破壊すればその瞬間に爆発しかねないのだ。

それなのに、オズワルドはサイラスに向けて魔剣を構えている。

「え……待って、あんなのを吹き飛ばしたら爆発するんじゃ……」

「大丈夫だ。俺を信じろ」

「なんなの、その自信はどこから来るの！」

アデルは喚《わめ》きながら、オズワルドとサイラスを見比べる。

サイラスが思いとどまる様子はない。用意していた燐寸《マッチ》で、躊躇《ちゅうちょ》なく大筒に点火している。

「これであなたも終わりですよ、オズワルド！」

サイラスが叫んだ直後、大筒が大きな音を立てて砲弾を放った。

(今回の人生、前世より早く終了だなんて……いやよぉぉぉっ！)

アデルはぎゅっと目をつぶってオズワルドの背中にしがみつく。オズワルドの背がしなり、彼が魔剣を振るう。室内に嵐が吹き荒れた。

キィィィ……ン！

耳鳴りに似た音が響き、部屋の中は静まりかえった。

いつまでも爆音や爆風は起きず、アデルはこわごわ目を開ける。すると——

「なに、これ……」

まるで時を止めたかのように、室内は凍りついていた。

どこもかしこも真っ白な霜《しも》が降りて、吐く息も白い。いきなり真冬の戸外に放り出されたも同然で、寒がりのアデルは両腕を抱きしめて震えた。

「え？　突然雪が降った？　なんで？　ここ屋内でしょ？」

「魔剣インフィナイトが放った氷結魔法だ。砲弾を凍りつかせることで爆発を防いだ」

ゆっくりと魔剣を下ろしてオズワルドが説明する。

「氷結魔法……そんなこともできるの？」

「魔剣は使用者の意思を汲《く》むと前に言っただろう。炎を噴き出すことも可能だ」

(恐るべし、魔剣インなんとか……こんなデタラメな武器を相手に戦ってたのか、前世の私！)

アデルは改めて魔王の狡《ずる》さを妬《ねた》ましく思う。

サイラスは大筒を持ったまま倒れていた。その体も霜が覆《おお》い、凍死体のようだ。

「叔父《おじ》上は気絶しているだけだが、この状態だと本当に死ぬな」

「早く言ってよ！　……衛兵！　誰か来てちょうだい！」

アデルは大声で衛兵を呼びながら廊下に飛び出した。すぐに兵士たちが駆けつけ、気絶しているサイラスを運び出す。

凍りついた室内を見て兵士たちは驚いていたが、既にオズワルドが得体の知れない力を使いまくっていたので、誰もなにも尋ねない。ガルディアの新たな特殊兵器とでも思ってくれれば幸いである。

サイラスと兵士たちが出ていくと、アデルは大きく息を吐いた。

「はぁ……ようやく終わったわね」

「ああ……」

疲れたようなオズワルドの声が返ってくる。

いろいろと言いたいことはあるけれど、この度の騒動で一番活躍したのが彼であることは間違いない。オズワルドが意を決して魔剣を探しに行かなければ、サイラスの支配はもっと長引いていた。

(あんなにがんばったんだから、少しは褒めてあげなきゃね)

オズワルドを振り返ると、彼は魔剣を手にしたまま立ち尽くしている。瞳は力なく足下を見つめ、寒さのせいか肌が青白い。大仕事を終えて放心するのはわかるが、なんだか様子がおかしい。

「オズワルド……?」

心配になって呼びかけると、その体がぐらりと傾《かし》いだ。慌てて駆け寄ったアデルに寄りかかるように、オズワルドは頽《くずお》れる。ふたりは折り重なって床に倒れた。

「オズワルド！　しっかりして！」

腕の中に抱き起こし、必死に呼びかける。オズワルドは目を閉じたままぐったりとしていた。

(まさか、魔剣の力に耐えきれなかった……？)

オズワルドは決して辛そうなところを見せなかったから気づかなかったが、人の身で魔剣を使うには、相当な負担があったはずだ。

「すぐに医師を呼んでくるわ。ここで待っていて」

「いや……いい、ここにいろ」

「でも……」

「頼む、ここにいてくれ……アデル」

縋《すが》るように伸ばされた手をアデルは強く掴んだ。オズワルドが薄く目を開け、アデルを見て安心したみたいに微笑む。

今度こそ本当に彼が死んでしまったらどうしよう。そんな恐怖がわき上がり、アデルの心臓は早鐘のように鳴っている。

ようやく反乱が収まり、オズワルドとも心が通じ合った気がして、これから本当の夫婦として生きていくというのに。

「オズワルド、死なないで」

冷たくなったオズワルドの手を唇に押し当てて、アデルは囁《ささや》く。頬に熱いものが伝い、自分が泣いていることに気づいた。

「アデル……」

「ええ、なに？」

小さく呼ばれた名前を聞き取ろうと、もっと顔を近づける。オズワルドは空《あ》いている片腕をアデルへと伸ばし、髪をなでるようにして抱き寄せた。

「愛している」

囁《ささや》きとともに、ひんやりとした感触がアデルの唇に触れる。

「オズワルド……私も……」

あなたを愛している。その囁《ささや》きは口づけの中に溶けて消えた。

オズワルドの唇がアデルの唇をやさしくついばみ、それがだんだんと熱を帯びてくる。息づかいが激しくなり、アデルを抱く腕に力がこもった。

（……あれ？　なんか、おかしくない？）

最初は素直に応じていたアデルも、しだいに違和感を覚える。今にも死にそうだったくせに、やけに口づけが濃厚なのだ。

「ちょっ……ちょっと待って！　オズワルド、あなた……っ」

強い力でアデルを抱きしめているオズワルドを全力で引き離す。すると、彼は物足りなさそうに手を伸ばしてきた。

「もう少しくらいいいだろう。どうせここには他に誰もいない」

あっけらかんとのたまうオズワルドの顔色は、すっかり血色を取り戻している。わけがわからず、アデルはぱちぱちと瞬《まばた》きした。

「あなた……魔剣を使いすぎて死にかけていたんじゃなかったの？」

「かなり体力も気力も使ったが、命に別状はない」

「私はてっきり、いまわの際の口づけかと……」

たった今まで浸《ひた》っていた甘く切ない感情が一気に吹き飛んだ。恥ずかしさと怒りでアデルは真っ赤になる。

「ああ、それで可愛く泣いていたのか」

「か、可愛く……」

「おまえの気持ちはよくわかった。本当は俺を心から愛しているのだな」

ふたたび唇を寄せてきたオズワルドを、アデルはどんと突き飛ばす。

「愛してなんかない！　このペテン師魔王！　私の涙を返してよ！」

「おい、アデル……そんな恐ろしい形相で剣を抜くな」

「やっぱりあなたはもう一度死んで、生まれ変わってやり直すべきだわ！」

「さっき死なないでと言っただろう」

「前言撤回！」

アデルが剣を振り下ろし、オズワルドは素早くそれを回避する。ガツンと破壊音が響き、オズワルドがいた場所に大穴が開いた。

そこへ、遅れてやって来たダレンが現れた。壮絶な戦い（一方的な）を眺め、彼は苦笑する。

「おふたりとも、夫婦喧嘩《げんか》は大概になさってくださいね。城がいくつあっても足りませんから」

＊＊＊＊＊＊＊

ガルディア城での反乱から、二年余りの月日が流れた。

ガルディア帝国は以前と変わらず、セレーネ大陸一の強国として君臨している。若き名君オズワルド、そして美しく強い皇妃アデルの名は、大陸中に知れ渡るほどだ。

ダレンは今もオズワルドの側近として、ノーマはアデルの侍女として側にいてくれる。脅《おど》されていたことで謀反《むほん》に荷担《かたん》した罪を許されたバートンも、ガルディア軍の総指揮を任されていた。

サイラスはガルディア帝国の北端に位置する、皇家が所有する古い城に追いやられた。

城の中のみ自由を許されているが、そこから逃げ出してまたなにか画策《かくさく》しないとも限らない。しかしオズワルドの話によれば、周囲は険しい山で、冬は雪で閉ざされるとても不便な場所なのだとか。命がけで城を脱出してふたたび皇位を狙うなら、いつでも受けて立つとも彼は言っている。

謀反《むほん》を鎮《しず》めて以降、オズワルドは魔剣を使えなくなった。

魔剣の力が消えたのか、彼が扱えなくなったのかはわからない。魔剣インフィナイトは、今はただの美しい剣としてオズワルドのもとにある。

「もう、この世界には必要のない力だからな」

オズワルドはそう言った。

それは本音であり、けれど彼がわずかな寂しさも感じていることをアデルは察した。魔剣はオズワルドにとって、過去の同志でもあったのだから。

アデルは念願叶って暢気な……ではなく、穏やかな皇妃生活を送っている。

オズワルドとの夫婦関係も良好だ。前世の宿敵という蟠《わだかま》りがなくなった今、アデルは彼を愛《いと》しく、大切に思う。ただし、若干、尻に敷いてはいるかもしれないが。

ある日の午後、アデルはノーマとふたり温室でおしゃべりをしていた。

今ではすっかり人妻となったアデルだが、ノーマにとっては相変わらず世話のやける妹のような存在らしい。アデルもノーマを頼りにして、たいていのことは相談している。

カウチに座るふたりの視線の先で、生後一年ほどの子供がよちよち歩きをしていた。

「ロビン、こっちにいらっしゃい」

「ア～ア～」

アデルが広げた両手に向かって、ロビンと呼ばれた子供が歩いてくる。金髪で青い瞳を持つその男児は、アデルとオズワルドの子供だ。

「本当にアデル様によく似ておいでですわ。お元気でお可愛らしくて、こんなに愛らしいお子様は他におりません」

ロビンを見つめるノーマの瞳が潤《うる》んでいる。いつもそう言って感激するノーマに、アデルは苦笑いした。

「ノーマは大袈裟《おおげさ》ね。子供なんてみんな可愛いものだし、ロビンもこの先どう成長するかはわからないわよ」

「いいえ、ロビン様は特別です。なんといっても、オズワルド様とアデル様のお子様ですもの。成長なさってもお美しいに決まっています。それに将来、ガルディア皇帝となられる方なのですから」

「容姿はともかく、ガルディア皇帝の息子という肩書きはなかなか重いものがあるわね。でも、そんなことは関係なく、私はのびのび育ってほしいと思っているの」

アデルは息子を抱き上げて言った。

ロビンの場合は皇太子というだけでなく、父親が人間離れしているので、重圧を感じるかもしれない。それに、皇位にはいろいろな苦労がついて回る。本人にも、その周りの人間にも。

「それはもちろんですが、早いうちからの教育も大切ですわ。私がしっかりとお育てして、すばらしい殿方になっていただかなくては。アデル様のときは若干失敗しましたから、その反省を生かして今度こそ」

「失敗ってなによ？　私は立派なガルディア皇妃になったでしょう？」

「表向きはそうですが」

裏は違うと言いたいのか。アデルがいくつになってもノーマの小言は減らない。

「ロビンはそろそろお昼寝の時間ね」

「では、私がお部屋へお連れしますわ」

「ウ〜」

ノーマが抱こうと腕を伸ばしたところ、強制的に昼寝させられることを察知したのか、ロビンは顔をしかめて首をぶんぶんと横に振る。けれど、ぐずっていた顔がいきなりぱっと笑顔になった。

ロビンの視線の先を見ると、石畳《いしだたみ》を歩いてくる長身の人影がある。オズワルドだ。

「あら、お父様が来たのね。ノーマ、お昼寝はあとでいいわ」

「かしこまりました」

ノーマは笑顔で答え、オズワルドに一礼して温室を出ていった。忙しくてなかなか息子と遊ぶ時間がないオズワルドのため、気を利かせてくれたのだろう。

「お仕事は大丈夫なの？」

「ああ、あとはダレンに任せてきた」

オズワルドは笑って言うと、アデルに軽く口づけてからロビンを抱いた。

「いい子にしていたか、ロビン」

「ア～」

「俺に会いたかったのか、よしよし」

ロビンに髪を引っ張られて笑っている。その笑顔は、他国がこぞってひれ伏すガルディア皇帝とは思えないほどやわらかい。アデルに対してもそうなのだが、もしかするとそれ以上だ。

「ロビンはおまえに似て美しい子供だ」

目の中に入れても痛くないとはまさにこのことだろう。うっとりと息子を褒め称《たた》える夫に、アデルは笑みをこぼす。

「それは光栄ですわ、陛下」

まさか、オズワルドがこれほど親ばかとは思わなかった。皇帝としては最近ますます貫禄《かんろく》が出てきて臣下を無駄に緊張させているくせに、印象が違いすぎて面白い。

「だが利発なところは俺譲りだな」

「はいはい、そういうことにしておきましょう」

「おまえはいずれ、俺の跡を継いでガルディア皇帝となる男だ。強く賢くならなくてはな」

一歳の息子に、オズワルドは真剣に語りかけている。意味を理解していないロビンは、キャッキャと声を立てて笑った。

「まだ一歳よ。気が早いわ」

「そんなことはない。俺が一歳の頃には、普通に言葉を理解していたぞ。そう考えると、ロビンは話すのが遅くないか？」

「言っておくけど、あなたは普通じゃないから。魔王基準で考えないで」

アデルは呆れてオズワルドからロビンを取り返す。

「成長には個人差があるものよ。それに、ロビンは夜泣きもしないし、手がかからないほうだわ」

「なるほど、そういうものか」

オズワルドは意外そうな顔で頷いている。前世魔王にも知らないことはあるのだ。

突然ロビンが腕を伸ばし、ぶんぶんと振り回し始めた。

「ア〜ッ」

いつもより少し興奮気味に大きな声を上げる。

なにを訴えているのかと様子を窺《うかが》っていると、アデルの目の前で突風が吹いた。小さな竜巻が温室内を駆け巡り、中央の噴水《ふんすい》から水を巻き上げる。

「え……今のは、なにが起こったの？」

状況を把握できないアデルの耳に、ロビンの甲高い笑い声が響いた。

「キャ〜ッ」

嬉しそうに手を叩き、ふたたび腕を振る。

ドーン……ッ。

目に見えない大砲がぶつかったかのように、噴水塔《ふんすい》が折れて倒れる。下から大量の水が噴き出すのを、皇帝夫婦は唖然として見守った。ガラスの天井にぶつかった水が一面に降り注ぐ。

「これって、まさか……」

「魔法だな」

「なんでロビンがっ⁉　ロビン、やめなさい！」

魔法を止めようと手を握ると、ロビンは遊び疲れたのかすやすやと寝息を立てる。

アデルとオズワルドは顔を見合わせた。

「どうやら、中身は本当にあなたに似たみたいね」

「そのようだな」

アデルが冷静に指摘し、オズワルドも静かに頷いた。

そして、アデルは事の重大さに動転する。

「っていうか、父親の前世が子供に遺伝するなんてことがあるの⁉」

「さすがは俺の子供だ」

「喜んでる場合じゃないわよ！　帝王学を学ばせる以前に、どうやって躾《しつ》けたらいいの、この子！」

「……クスクスクス」

親の気も知らず、どんな楽しい夢を見ているのか、ロビンは寝たまま笑っている。

前世が勇者と魔王だった最強夫婦に、子育てという戦いが待ち受けていた。

この作品に対する皆様のご意見・ご感想をお待ちしております。
おハガキ・お手紙は以下の宛先にお送りください。

【宛先】
〒150-6008 東京都渋谷区恵比寿4-20-3 恵比寿ｶﾞｰﾃﾞﾝﾌﾟﾚｲｽﾀﾜｰ 8F
（株）アルファポリス　書籍感想係

メールフォームでのご意見・ご感想は右のＱＲコードから、
あるいは以下のワードで検索をかけてください。

アルファポリス　書籍の感想　検索

ご感想はこちらから

勇者《ゆうしゃ》と魔王《まおう》が転生《てんせい》したら、最強《さいきょう》夫婦《ふうふ》になりました。

狩田眞夜（かりた まや）

2020年 9月 5日初版発行

編集－反田理美
編集長－太田鉄平
発行者－梶本雄介
発行所－株式会社アルファポリス
〒150-6008 東京都渋谷区恵比寿4-20-3 恵比寿ｶﾞｰﾃﾞﾝﾌﾟﾚｲｽﾀﾜｰ8F
TEL 03-6277-1601（営業） 03-6277-1602（編集）
URL https://www.alphapolis.co.jp/
発売元－株式会社星雲社（共同出版社・流通責任出版社）
〒112-0005東京都文京区水道1-3-30
TEL 03-3868-3275
装丁・本文イラスト－昌未
装丁デザイン－AFTERGLOW
（レーベルフォーマットデザイン―ansyyqdesign）
印刷－図書印刷株式会社

価格はカバーに表示されてあります。
落丁乱丁の場合はアルファポリスまでご連絡ください。
送料は小社負担でお取り替えします。

ISBN 978-4-434-27802-0 C0093